Sult

Knut Hamsun

First published: October 2021

This edition was originally printed as paperpack in the United Kingdom by CreateSpace, and is available from Amazon.com, CreateSpace.com, and other retail outlets.

ISBN: 846-6591-903
ISBN-13: 979-846-6591-903

Published by Practice Norwegian Publishing, Ltd.
London, England
United Kingdom

Sult

INNHOLD

FØRSTE STYKKE

Det var i den Tid, jeg gik omkring og sultet i Kristiania, denne forunderlige By, som ingen forlater, før han har fått Mærker af den . . . .

Jeg ligger vågen på min Kvist og hører en Klokke nedenunder mig slå seks Slag; det var allerede ganske lyst, og Folk begyndte at færdes op og ned i Trapperne. Nede ved Døren, hvor mit Rum var tapetseret med gamle Numre af »Morgenbladet«, kunde jeg så tydelig se en Bekendtgørelse fra Fyrdirektøren, og lidt tilvenstre derfra et fedt, bugnende Avertissement fra Bager Fabian Olsen om nybagt Brød.

Straks jeg slog Øjnene op, begyndte jeg af gammel Vane at tænke efter, om jeg havde noget at glæde mig til idag. Det havde været lidt knapt for mig i den sidste Tid; den ene efter den anden af mine Ejendele var bragt til »Onkel«, jeg var bleven nervøs og utålsom, et Par Gange havde jeg også ligget tilsengs en Dags Tid af Svimmelhed. Nu og da, når Lykken var god, kunde jeg drive det til at få fem Kroner af et eller andet Blad for en Føljeton.

Det lysned mer og mer, og jeg gav mig til at læse på Avertissementerne nede ved Døren; jeg kunde endog skælne de magre, grinende Bogstaver om »Ligsvøb hos Jomfru Andersen, tilhøjre i Porten«.

3

Det sysselsatte mig en lang Stund, jeg hørte Klokken slå otte nedenunder, inden jeg stod op og klædte mig på.

Jeg åbned Vinduet og så ud. Der, hvor jeg stod, havde jeg Udsigt til en Klædesnor og en åben Mark; langt ude lå Gruen tilbage af en nedbrændt Smedje, hvor nogle Arbejdere var i Færd med at rydde op. Jeg lagde mig med Albuerne ned i Vinduet og stirred ud i Luften. Det blev ganske vist en lys Dag, Høsten var kommet, den fine, svale Årstid, hvori alting skifter Farve og forgår. Støjen var allerede begyndt at lyde i Gaderne og lokked mig ud; dette tomme Værelse, hvis Gulv gynged op og ned for hvert Skridt jeg tog henover det, var som en gisten, uhyggelig Ligkiste; der var ingen ordentlig Lås for Døren og ingen Ovn i Rummet; jeg plejed at ligge på mine Strømper om Natten, forat få dem lidt tørre til om Morgenen. Det eneste, jeg havde at fornøje mig ved, var en liden rød Gyngestol, som jeg sad i om Aftenerne og døsed og tænkte på mangehånde Ting. Når det blæste hårdt, og Dørene nedenunder stod åbne, lød der alleslags underlige Hvin op gennem Gulvet og ind fra Væggene, og »Morgenbladet« nede ved Døren fik Revner så lange som en Hånd.

Jeg rejste mig og undersøgte en Byldt henne i Krogen ved Sengen efter lidt til Frokost, men fandt intet og vendte tilbage til Vinduet igen.

Gud ved, tænkte jeg, om det aldrig skal nytte mig at søge efter en Bestilling mer! Disse mange Afslag, disse halve Løfter, rene Nej, nærede og skuffede Håb, nye Forsøg, som hver Gang løb ud i intet, havde gjort det af med mit Mod. Jeg havde tilsidst søgt en Plads som Regningsbud, men var kommet

4

forsent; desuden kunde jeg ikke skaffe Sikkerhed for femti Kroner. Der var altid et eller andet til Hinder. Jeg mældte mig også til Brandkorpset. Vi stod halvhundrede Mand i Forhallen og satte Brystet ud, forat give Indtryk af Kraft og stor Dristighed. En Fuldmægtig gik omkring og beså disse Ansøgere, følte på deres Arme og gav dem et og andet Spørgsmål, og mig gik han forbi, rysted blot på Hovedet og sagde, at jeg var kasseret på Grund af mine Briller. Jeg mødte op påny, uden Briller, jeg stod der med rynkede Bryn og gjorde mine Øjne så hvasse som Knive, og Manden gik mig atter forbi, og han smilte, — han havde kendt mig igen. Det værste af alt var, at mine Klæder var begyndt at blive så dårlige, at jeg ikke længer kunde fremstille mig til en Plads som et skikkeligt Menneske.

Hvor det havde gået jævnt og regelmæssig nedad med mig hele Tiden! Jeg stod tilsidst så besynderlig blottet for alt muligt, jeg havde ikke engang en Kam tilbage eller en Bog at læse i, når det blev mig for trist. Hele Sommeren udover havde jeg søgt ud på Kirkegårdene eller op i Slotsparken, hvor jeg sad og forfatted Artikler for Bladene, Spalte efter Spalte om de forskelligste Ting, underlige Påfund, Luner, Indfald af min urolige Hjærne; i Fortvivlelse havde jeg ofte valgt de fjærneste Emner, som voldte mig lange Tiders Anstrængelse og aldrig blev optaget. Når et Stykke var færdigt, tog jeg fat på et nyt, og jeg blev ikke ofte nedslagen af Redaktørernes Nej; jeg sagde stadig væk til mig selv, at engang vilde det jo lykkes. Og virkelig, stundom, når jeg havde Held med mig og fik det lidt godt til, kunde jeg få fem Kroner for en Eftermiddags Arbejde.

Jeg rejste mig atter op fra Vinduet, gik hen til

Vaskevandsstolen og dynked en Smule Vand på mine blanke Bukseknæ, forat sværte dem lidt og få dem til at se lidt nye ud. Da jeg havde gjort dette, stak jeg som sædvanligt Papir og Blyant i Lommen og gik ud. Jeg gled meget stille nedad Trapperne, for ikke at vække min Værtindes Opmærksomhed; der var gået et Par Dage, siden min Husleje forfaldt, og jeg havde ikke noget at betale med nu mere.

Klokken var ni. Vognrammel og Stemmer fyldte Luften, et uhyre Morgenkor, blandet med Fodgængernes Skridt og Smældene fra Hyre-kuskenes Svøber. Denne støjende Færdsel overalt oplived mig straks, og jeg begyndte at føle mig mer og mer tilfreds. Intet var fjærnere fra min Tanke end blot at gå en Morgentur i frisk Luft. Hvad kom Luften mine Lunger ved? Jeg var stærk som en Rise og kunde standse en Vogn med min Skulder. En fin, sælsom Stemning, Følelsen af den lyse Ligegladhed, havde bemægtiget sig mig. Jeg gav mig til at iagttage de Mennesker, jeg mødte og gik forbi, læste Plakaterne på Væggene, modtog Indtryk fra et Blik, slængt til mig fra en forbifarende Sporvogn, lod hver Bagatel trænge ind på mig, alle små Tilfældigheder, som krydsed min Vej og forsvandt.

Når man bare havde sig lidt til Mad en sådan lys Dag! Indtrykket af den glade Morgen overvælded mig, jeg blev uregerlig tilfreds og gav mig til at nynne af Glæde, uden nogén bestemt Grund. Ved en Slagterbutik stod en Kone med en Kurv på Armen og spekulered på Pølser til Middag; idet jeg passered hende, så hun hen på mig. Hun havde blot én Tand i Formunden. Nervøs og let påvirkelig som jeg var bleven de sidste Dage, gjorde Konens Ansigt straks et modbydeligt Indtryk på mig; den lange, gule Tand så ud som en liden Finger, der stod op fra Kæven, og hendes Blik var endnu fuldt af Pølse, da hun vendte det mod mig. Jeg tabte med en Gang Appetiten og følte Kvalme. Da jeg kom til Basarerne, gik jeg hen til Springet og drak lidt Vand; jeg så op — Klokken var ti i Vor Frelsers Tårn.

Jeg gik videre gennem Gaderne, drev om uden Bekymring for nogetsomhelst, standsed ved et Hjørne, uden at behøve det, bøjed af og gik en Sidegade, uden at have Ærinde derhen; jeg lod det stå til, førtes omkring i den glade Morgen, vugged mig sorgfrit frem og tilbage blandt andre lykkelige Mennesker; Luften var tom og lys, og mit Sind var uden en Skygge.

I ti Minutters Tid havde jeg stadig havt en gammel, halt Mand foran mig. Han bar en Byldt i den ene Hånd og gik med hele sit Legeme, arbejded af al Magt, forat skyde Fart. Jeg hørte, hvor han pusted af Anstrængelse, og det faldt mig ind, at jeg kunde bære hans Byldt; jeg søgte dog ikke at indhente ham. Oppe i Grændsen mødte jeg Hans Pauli, som hilste og skyndte sig forbi. Hvorfor hav de han sådant Hastværk? Jeg havde slet ikke i Sinde at bede ham om en Krone, jeg vilde også med det allerførste sende ham tilbage et Tæppe, som jeg havde lånt af ham for nogle Uger siden. Såsnart jeg var kommet lidt ovenpå, vilde jeg ikke være nogen Mand noget Tæppe skyldig; kanske begyndte jeg allerede idag en Artikel om Fremtidens Forbrydelser eller om Viljens Frihed, hvadsomhelst, noget læseværdigt noget, som jeg vilde få ti Kroner for mindst . . . . Og ved Tanken på denne Artikel følte jeg mig med en Gang gennemstrømmet af Trang til at tage fat straks og øse af min fulde Hjærne; jeg vilde finde mig et passende Sted i Slotsparken og ikke hvile, før jeg havde fået den færdig.

Men den gamle Krøbling gjorde fremdeles de samme sprællende Bevægelser foran mig i Gaden. Det begyndte tilsidst at irritere mig at have dette skrøbelige Menneske foran mig hele Tiden. Hans Rejse syntes aldrig at ville tage Ende; måske havde han bestemt sig til akkurat det samme Sted som jeg, og jeg skulde hele Vejen have ham for mine Øjne. I min Ophidselse forekom det mig, at han ved hver Tvergade sagtned en Smule og ligesom vented på, hvilken Retning jeg vilde tage, hvorpå han igen svang Byldten højt i Luften og gik til af yderste Magt, forat få Forsprang. Jeg går og ser på dette masede Væsen og blir mer og mer opfyldt af Forbittrelse mod ham; jeg følte, at han lidt efter lidt ødelagde min lyse Stemning og trak den rene, skønne Morgen med sig ned i Hæslighed med det samme. Han så ud som et stort humpende Insekt, der med Vold og Magt vilde slå sig til en Plads i Verden og forbeholde sig Fortouget for sig selv alene. Da vi var kommet på Toppen af Bakken, vilde jeg ikke længer finde mig i det, jeg vendte mig mod et Butiksvindu og standsed, forat give ham Anledning til at komme væk. Da jeg efter nogle Minutters Forløb atter begyndte at gå, var Manden foran mig igen, også han havde stået bom stille. Jeg gjorde, uden at tænke mig om, tre fire rasende Skridt fremad, indhented ham og slog Manden på Skulderen.

Han standsed med ét. Vi gav os begge til at stirre på hinanden.

»En liden Skilling til Melk!« sagde han endelig og lagde Hovedet på Siden.

Se så, nu stod jeg godt i det! Jeg følte i Lommerne og sagde:

»Til Melk ja. Hm. Det er småt med Pengene i disse Tider, og jeg ved ikke, hvor trængende De kan være.«

»Jeg har ikke spist siden igår i Drammen,« sagde Manden; »jeg ejer ikke en Øre, og jeg har ikke fået Arbejde endnu.«

»Er De Håndværker?«

»Ja, jeg er Nådler.«

»Hvilket?«

»Nådler. Forresten kan jeg også gøre Sko.«

»Det forandrer Sagen,« sagde jeg. »De får vente her i nogle Minutter, så skal jeg gå efter lidt Penger til Dem, nogle Øre.«

Jeg gik i største Hast nedad Pilestrædet, hvor jeg vidste om en Pantelåner i anden Etage; jeg havde forøvrigt aldrig været hos ham før. Da jeg kom ind i Porten, trak jeg skyndsomt min Vest af, rulled den sammen og stak den under Armen; derpå gik jeg opad Trappen og banked på til Sjappen. Jeg bukked og kasted Vesten på Disken.

»Halvanden Krone,« sagde Manden.

»Ja ja, Tak,« svared jeg. »Havde det ikke været det, at den begyndte at blive lidt for knap til mig, så vilde jeg ikke have skilt mig ved den, naturligvis.«

Jeg fik Pengene og Sedlen og begav mig tilbage. Det var i Grunden et udmærket Påfund, dette med Vesten; jeg vilde endog få Penge tilovers til en rigelig Frokost, og inden Aften skulde så min Afhandling om Fremtidens Forbrydelser være istand. Jeg begyndte på Stedet at finde Tilværelsen blidere, og jeg skyndte mig tilbage til Manden, forat få ham fra Hånden.

»Værsågod!« sagde jeg til ham. »Det glæder mig, at De har henvendt Dem til mig først.«

Manden tog Pengene og begyndte at mønstre mig med Øjnene. Hvad stod han og stirred efter? Jeg havde det Indtryk, at han især undersøgte mine Bukseknæ, og jeg blev træt af denne Uforskammethed. Troed Slyngelen, at jeg virkelig var så fattig som jeg så ud for? Havde jeg måske ikke sågodtsom begyndt at skrive på en Artikel til ti Kroner? Overhovedet frygted jeg ikke for Fremtiden, jeg havde mange Jærn i Ilden. Hvad kom det så et vild fremmed Menneske ved, om jeg gav bort en Drikkeskilling på en sådan lys Dag? Mandens Blik irritered mig, og jeg beslutted mig til at give ham en Irettesættelse, inden jeg forlod ham. Jeg trak på Skuldrene og sagde:

»Min gode Mand, De har lagt Dem til den stygge Uvane at glo en Mand på Knæerne, når han giver Dem en Krones Penge.«

Han lagde Hovedet helt tilbage mod Muren og spærred Munden op. Der arbejded noget bag hans Stodderpande, han tænkte ganske vist, at jeg vilde narre ham på en eller anden Måde, og han rakte mig Pengene tilbage.

Jeg stamped i Gaden og svor på, at han skulde beholde dem. Indbildte han sig, at jeg vilde have alt det Bryderi for ingenting? Når alt kom til alt skyldte jeg ham måske denne Krone, jeg havde det med at huske en gammel Gæld, han stod foran et retskaffent Menneske, ærlig ud i Fingerspidserne. Kortsagt, Pengene var hans . . . . Å, ikke noget at takke for, det havde været mig en Glæde. Farvel.

Jeg gik. Endelig havde jeg denne værkbrudne Plageånd afvejen, og jeg kunde være uforstyrret. Jeg tog atter ned gennem Pilestrædet og standsed udenfor en Husholdningshandel. Der lå fuldt op af Mad i Vinduet, og jeg bestemte mig til at gå ind og få mig lidt med på Vejen.

»Et Stykke Ost og et Franskbrød!« sagde jeg og slængte min Halvkrone på Disken.

»Ost og Brød for altsammen?« spurgte Konen ironisk, uden at se på mig.

»For hele femti Øre ja,« svared jeg uforstyrret.

Jeg fik mine Sager, sagde yderst høfligt God-morgen til den gamle, fede Kone og begav mig sporenstrængs opad Slotsbakken til Parken. Jeg fandt mig en Bænk for mig selv og begyndte at gnave grådigt af min Niste. Det gjorde godt; det var længe siden jeg havde fået et så rundeligt Måltid, og jeg følte lidt efter lidt den samme mætte Ro i mig, som én føler efter en lang Gråd. Mit Mod steg stærkt; det var mig ikke længer nok at skrive en Artikel om noget så enkelt og ligetil som Fremtidens Forbrydelser, som desuden hvemsomhelst kunde gætte sig til, ligefrem læse sig til i Historien; jeg følte mig istand til en større Anstrængelse, jeg var i Stemning til at overvinde Vanskeligheder, og jeg bestemte mig for en Afhandling i tre Afsnit om den filosofiske Erkendelse. Naturligvis vilde jeg få Lejlighed til at knække ynkeligt nogle af Kants Sofismer . . . . Da jeg vilde tage mine Skrivesager frem og begynde Arbejdet, opdaged jeg, at jeg ikke længer havde nogen Blyant hos mig; jeg havde glemt den efter mig i Pantelånersjappen; min Blyant lå i Vestelommen.

Herregud hvor dog alting havde Lyst til at gå forkært for mig! Jeg banded nogle Gange, rejste mig op fra Bænken og drev frem og tilbage i Gangene.

Det var meget stille overalt; langt borte, ved Dronningens Lysthus, rulled et Par Barnepiger sine Vogne omkring, ellers var der ikke et Menneske at se noget Sted. Jeg var dygtig forbittret i Sind og spadsered som en rasende foran min Bænk, Hvor mærkelig vrangt gik det dog ikke på alle Kanter! En Artikel i tre Afsnit skulde ligefrem strande på den simple Ting, at jeg ikke havde et Stykke ti Øres Blyant i Lommen! Hvad om jeg gik ned i Pilestrædet igen og fik min Blyant tilbageleveret? Der vilde endda blive Tid til at få et godt Stykke færdigt, inden de spadserende begyndte at fylde Parken. Der var også så meget, som afhang af denne Afhandling om den filosofiske Erkendelse, måske flere Menneskers Lykke, ingen kunde vide det. Jeg sagde til mig selv, at den kanske vilde blive til stor Hjælp for mange unge Mennesker. Ret betænkt vilde jeg ikke forgribe mig på Kant; jeg kunde jo undgå det, jeg behøved blot at gøre en ganske umærkelig Bøjning, når jeg kom til Spørgsmålet Tid og Rum; men Renan vilde jeg ikke svare for, gamle Sognepræst Renan . . . . Under alle Omstændigheder galdt det at gøre en Artikel på så og så mange Spalter; den ubetalte Husleje, Værtindens lange Blik om Morgenen, når jeg traf hende i Trapperne, pinte mig hele Dagen og dukked frem igen endog i mine glade Stunder, når jeg ellers ikke havde en mørk Tanke. Dette måtte jeg have en Ende på. Jeg gik hurtigt ud af Parken, forat hente min Blyant hos Pantelåneren.

Da jeg kom ned i Slotsbakken, indhented jeg to Damer, som jeg gik forbi. Idet jeg passered dem, strejfed jeg den enes Ærme, jeg så op, hun havde et fyldigt, lidt blegt Ansigt. Med ét blusser hun og blir forunderlig skøn, jeg ved ikke hvorfor, måske af et

Ord, hun hører af en forbigående, måske blot af en stille Tanke hos hende selv. Eller skulde det være fordi jeg berørte hendes Arm? Det høje Bryst bølger heftigt nogle Gange, og hun klemmer Hånden hårdt om Parasolskaftet. Hvad gik der af hende?

Jeg standsed og lod hende komme foran mig igen, jeg kunde ikke i Øjeblikket gå videre, det hele forekom mig så besynderligt. Jeg var i et pirreligt Lune, ærgerlig på mig selv for Hændelsen med Blyanten og i høj Grad ophidset af al den Mad, jeg havde nydt på tom Mave. Med en Gang tager min Tanke ved et lunefuldt Indfald en mærkelig Retning, jeg føler mig greben af en sælsom Lyst til at gøre denne Dame bange, følge efter hende og fortrædige hende på en eller anden Måde. Jeg indhenter hende atter og går hende forbi, vender mig pludselig om og møder hende Ansigt til Ansigt, forat iagttage hende. Jeg står og ser hende ind i Øjnene og hitter på Stedet et Navn, som jeg aldrig havde hørt, et Navn med en glidende, nervøs Lyd: Ylajali. Da hun var kommet mig ganske nær, retter jeg mig ivejret og siger indtrængende:

»De mister Deres Bog, Frøken.«

Jeg kunde høre, hvor mit Hjærte slog hørligt, da jeg sagde det.

»Min Bog?« spørger hun sin Ledsagerinde. Og hun går videre.

Min Ondskabsfuldhed tiltog, og jeg fulgte efter Damen. Jeg var mig i Øjeblikket fuldt bevidst, at jeg begik gale Streger, uden at jeg kunde gøre noget ved det; min forvirrede Tilstand løb af med mig og gav mig de mest forrykte Indskydelser, som jeg lystred efter Tur. Det nytted ikke, hvormeget jeg sagde til mig selv, at jeg bar mig idiotisk ad, jeg gjorde de dummeste Grimaser bag Damens Ryg, og jeg hosted rasende nogle Gange, idet jeg passered hende. Således vandrende ganske sagte fremad, altid i nogle Skridts Forspring, følte jeg hendes Øjne i min Ryg, og jeg dukked mig uvilkårlig ned af Skam over at have været hende til Plage. Lidt efter lidt fik jeg en forunderlig Fornemmelse af at være langt borte, andre Steder henne, jeg havde en halvt ubestemt Følelse af, at det ikke var mig, som gik der på Stenfliserne og dukked mig ned.

Nogle Minutter efter er Damen kommet til Paschas Boglade, jeg har allerede standset ved det første Vindu, og idet hun går forbi mig, træder jeg frem og gentager:

»De mister Deres Bog, Frøken.«

»Nej, hvilken Bog?« siger hun i Angst. »Kan du forstå, hvad det er for en Bog, han taler om?«

Og hun standser. Jeg gotter mig grusomt over hendes Forvirring, denne Rådvildhed i hendes Øjne henrykker mig. Hendes Tanke kan ikke fatte min lille desperate Tiltale; hun har slet ingen Bog med, ikke et eneste Blad af en Bog, og alligevel leder hun i sine Lommer, ser sig gentagne Gange ind i Hænderne, vender Hovedet og undersøger Gaden bag sig, anstrænger sin lille ømtålige Hjærne til det yderste, forat finde ud, hvad det er for en Bog, jeg taler om. Hendes Ansigt skifter Farve, har snart det ene, snart det andet Udtryk, og hun ånder ganske hørligt; selv Knapperne i hendes Kjole synes at stirre på mig som en Række forfærdede Øjne.

»Bryd dig ikke om ham,« siger hendes Ledsagerske og trækker hende i Armen; »han er jo fuld; kan du ikke se, at Manden er fuld!«

Så fremmed, som jeg i dette Øjeblik var for mig

selv, så fuldstændig et Bytte for sære, usynlige Indflydelser, foregik der intet omkring mig, uden at jeg lagde Mærke til det. En stor brun Hund sprang tværs over Gaden, henimod Lunden og ned til Tivoli; den havde et ganske smalt Halsbånd af Nysølv. Højere op i Gaden åbnedes et Vindu i anden Etage, og en Pige lagde sig ud af det med opbrættede Ærmer og gav sig til at pudse Ruderne på Ydersiden. Intet undgik min Opmærksomhed, jeg var klar og åndsnærværende, alle Ting strømmed ind på mig med en skinnende Tydelighed, som om der pludselig var bleven et stærkt Lys omkring mig. Damerne foran mig havde begge en blå Fuglevinge i Hatten og et skotsk Silkebånd om Halsen. Det faldt mig ind, at de var Søstre.

De bøjed af og standsed ved Cislers Musikhandel og talte sammen, jeg standsed også. Derpå kom de begge to tilbage, gik den samme Vej, som de var kommet, passered mig igen, drejed om Hjørnet ved Universitetsgaden og gik lige op til St. Olafs Plads. Jeg var dem hele Tiden så nær i Hælene som jeg turde. De vendte sig engang og sendte mig et halvt bange, halvt nysgærrigt Blik, og jeg så ingen Fortørnelse i deres Miner og ingen rynkede Bryn. Denne Tålmodighed med mine Plagerier gjorde mig meget skamfuld, og jeg slog Øjnene ned. Jeg vilde ikke længer være dem til Fortræd, jeg vilde af ren Taknemmelighed følge dem med Øjnene, ikke tabe dem afsyne, helt til de gik ind et Sted og blev borte.

Udenfor Numer 2, et stort fire Etages Hus, vendte de sig endnu engang, hvorpå de gik ind. Jeg læned mig til en Gaslygte ved Fontænen og lytted efter deres Skridt i Trapperne; de døde hen i anden Etage. Jeg træder frem fra Lygten og ser opad Huset.

15

Da sker der noget besynderligt. Gardinerne bevæger sig højt oppe, et Øjeblik efter åbnes et Vindu, et Hoved stikker ud, og to sært seende Øjne hviler på mig. Ylajali! sagde jeg halvhøjt, og jeg følte, at jeg blev rød. Hvorfor råbte hun ikke om Hjælp? Hvorfor stødte hun ikke til en af Blomsterpotterne og rammed mig i Hovedet, eller sendte nogen ned, forat jage mig væk? Vi står og ser hinanden ind i Øjnene uden at røre os; det varer et Minut; der skyder Tanker mellem Vinduet og Gaden, og der siges ikke et Ord Hun vender sig om, det giver et Ryk i mig, et fint Stød gennem mit Sind; jeg ser en Skulder, der drejer sig, en Ryg, der forsvinder indad Gulvet. Denne langsomme Gang bort fra Vinduet, Betoningen i denne Bevægelse med Skuldren var som et Nik til mig; mit Blod fornam denne fine Hilsen, og jeg følte mig i samme Stund vidunderlig glad. Så vendte jeg om og gik nedad Gaden.

Jeg turde ikke se mig tilbage og vidste ikke, om hun atter var kommet til Vinduet; efterhvert som jeg overvejed dette Spørgsmål, blev jeg mer og mer urolig og nervøs. Formodentlig stod hun i dette Øjeblik og fulgte nøje alle mine Bevægelser, og det var på ingen Måde til at holde ud at vide sig således undersøgt bagfra. Jeg strammed mig op så godt jeg kunde og gik videre; det begyndte at rykke i mine Ben, min Gang blev ustø, fordi jeg med Vilje vilde gøre den smuk. Forat synes rolig og ligegyldig slængte jeg meningsløst med Armene, spytted i Gaden og satte Næsen ivejret; men intet hjalp. Jeg følte stadig de forfølgende Øjne i min Nakke, og det løb mig koldt gennem Kroppen. Endelig redded jeg mig ind i en Sidegade, hvorfra jeg tog Vejen ned i Pilestrædet, forat få fat på min Blyant.

Jeg havde ingen Møje med at få den tilbage-leveret. Manden bragte mig Vesten selv og bad mig undersøge alle Lommerne med det samme; jeg fandt også et Par Lånesedler, som jeg stak til mig, og takked den venlige Mand for hans Imøde-kommenhed. Jeg blev mer og mer tiltalt af ham, det blev mig i samme Stund meget om at gøre at give dette Menneske et godt Indtryk af mig. Jeg gjorde et Slag henimod Døren og vendte atter tilbage til Disken, som om jeg havde glemt noget; jeg mente at skylde ham en Forklaring, en Oplysning, og jeg gav mig til at nynne, forat gøre ham opmærksom. Da tog jeg Blyanten i Hånden og holdt den ivejret.

Det kunde ikke falde mig ind, sagde jeg, at gå lange Veje for en hvilkensom helst sådan Blyant; men med denne var det en anden Sag, en egen Årsag. Så ringe som den så ud, havde denne Blyantstump simpelthen gjort mig til det, jeg var i Verden, så at sige sat mig på min Plads i Livet . . . .

Jeg sagde ikke mer. Manden kom helt hen til Disken.

»Ja så?« sagde han og så nysgærrigt på mig.

Med den Blyant, fortsatte jeg koldblodigt, havde jeg skrevet min Afhandling om den filosofiske Erkendelse i tre Bind. Om han ikke havde hørt den omtale?

Og Manden synes nok, at han havde hørt Navnet, Titlen.

Ja, sagde jeg, den var af mig, den! Så det måtte endelig ikke forundre ham, at jeg vilde have den lille Stump Blyant tilbage; den havde altfor stort Værd for mig, den var mig næsten som et lidet Menneske. Forresten var jeg ham oprigtig taknemmelig for hans Velvilje, og jeg vilde huske ham for den — jo, jo, jeg vilde virkelig huske ham for den; et Ord var et Ord, den Slags Mand var jeg, og han fortjente det. Farvel.

Jeg gik til Døren med en Holdning, som om jeg kunde anbringe en Mand i en høj Post i Brandvæsenet. Den skikkelige Pantelåner bukked to Gange for mig, idet jeg fjærned mig, og jeg vendte mig endnu engang og sagde Farvel.

I Trappen mødte jeg en Kone, som bar en Vadsæk i Hånden. Hun trykked sig ængsteligt til Siden, forat give mig Plads, og jeg greb uvilkårligt i Lommen efter noget at give hende; da jeg ikke fandt nogen Ting, blev jeg flau og gik hende duknakket forbi. Lidt efter hørte jeg, at også hun banked på til Sjappen; der var et Ståltrådsprinkel på Døren, og jeg kendte straks igen den klirrende Lyd, når et Menneskes Knoger berørte det.

Solen stod i Syd, Klokken var omtrent tolv. Byen begyndte at komme på Benene, det nærmed sig Spadsertiden, og hilsende og leende Folk bølged op og ned ad Karl Johan. Jeg klemte Albuerne i Siden, gjorde mig liden og slap ubemærket forbi nogle Bekendte, som havde indtaget et Hjørne ved Universitetet, forat beskue de forbigående. Jeg vandred opad Slotsbakken og faldt i Tanker.

Disse Mennesker, jeg mødte, hvor let og lystigt vugged de ikke sine lyse Hoveder og svinged sig gennem Livet som gennem en Balsal! Der var ikke Sorg i et eneste Øje, jeg så, ingen Byrde på nogen Skulder, kanske ikke en skyet Tanke, ikke en liden hemmelig Pine i noget af disse glade Sind. Og jeg gik der lige ved Siden af disse Mennesker, ung og nys udsprungen, og jeg havde allerede glemt, hvordan Lykken så ud! Jeg dægged for mig selv med denne Tanke og fandt, at der var skeet mig gruelig

Uret. Hvorfor havde de sidste Måneder faret så mærkelig hårdt frem med mig? Jeg kendte slet ikke mit lyse Sind igen, og jeg havde de underligste Plager på alle Kanter. Jeg kunde ikke sætte mig på en Bænk for mig selv eller røre min Fod noget Sted hen, uden at blive overfaldt af små og betydningsløse Tilfældigheder, jammerlige Bagateller, som trængte ind i mine Forestillinger og spredte mine Kræfter for alle Vinde. En Hund, som strøg mig forbi, en gul Rose i en Herres Knaphul, kunde sætte mine Tanker i Vibren og optage mig for længere Tid. Hvad var det, som fejled mig? Havde Herrens Finger pegt på mig? Men hvorfor just på mig? Hvorfor ikke lige så godt på en Mand i Sydamerika, for den Skyld? Når jeg overvejed Tingen, blev det mig mer og mer ubegribeligt, at netop jeg skulde være udset til Prøveklud for Guds Nådes Lune. Det var en nokså ejendommelig Fremgangsmåde at springe over en hel Verden, forat række mig; der var nu både Antikvarboghandler Pascha og Dampskibs-ekspeditør Hennechen.

Jeg gik og drøfted denne Sag og kunde ikke blive den kvit, jeg fandt de vægtigste Indvendinger mod denne Herrens Vilkårlighed at lade mig undgælde for alles Skyld. Endog efterat jeg havde fundet mig en Bænk og sat mig ned, vedblev dette Spørgsmål at sysselsætte mig og hindre mig fra at tænke på andre Ting. Fra den Dag i Majmåned, da mine Gen-vordigheder begyndte, kunde jeg så tydeligt mærke en lidt efter lidt tiltagende Svaghed, jeg var ligesom bleven for mat til at styre og lede mig hvorhen jeg vilde; en Sverm af små Skadedyr havde trængt ind i mit Indre og udhulet mig. Hvad om Gud ligefrem havde i Sinde at ødelægge mig ganske? Jeg rejste mig op og drev frem og tilbage foran Bænken.

Mit hele Væsen var i dette Øjeblik i den højeste Grad af Pine; jeg havde endog Smærter i Armene og kunde knapt holde ud at bære dem på sædvanlig Måde. Af mit sidste svære Måltid følte jeg også et stærkt Ubehag, jeg var overmæt og ophidset og spadsered frem og tilbage, uden at se op; de Mennesker, som kom og gik omkring mig, gled mig forbi som Skimt. Endelig blev min Bænk optagen af et Par Herrer, som tændte sine Cigarer og passiared højt; jeg blev vred og vilde tiltale dem, men vendte om og gik helt over til den anden Kant af Parken, hvor jeg fandt mig en ny Bænk. Jeg satte mig.

Tanken på Gud begyndte atter at optage mig. Jeg syntes, det var højst uforsvarligt af ham at lægge sig imellem hver Gang, jeg søgte efter en Post, og forstyrre det hele, aldenstund det blot var Mad for Dagen, jeg bad om. Jeg havde så tydelig mærket, at når jeg sulted lidt længe ad Gangen, var det ligesom min Hjærne randt mig ganske stille ud af Hovedet og gjorde mig tom. Mit Hoved blev let og fraværende, jeg følte ikke længer dets Tyngde på mine Skuldre, og jeg havde en Fornemmelse af, at mine Øjne glante altfor vidtåbent, når jeg så på nogen.

Jeg sad der på Bænken og tænkte over alt dette og blev mer og mer bitter mod Gud for hans vedholdende Plagerier. Hvis han mente at drage mig nærmere til sig og gøre mig bedre ved at udpine mig og lægge Modgang på Modgang i min Vej, så tog han lidt fejl, kunde jeg forsikkre ham. Og jeg så op mod det høje næsten grædende af Trods og sagde ham dette en Gang for alle i mit stille Sind.

Stumper af min Børnelærdom randt mig ihu,

Bibelens Stiltone sang for mine Øren, og jeg talte ganske sagte med mig selv og lagde Hovedet spydigt på Siden. Hvi bekymred jeg mig for, hvad jeg skulde æde, hvad jeg skulde drikke, og hvad jeg skulde iføre den usle Maddiksæk kaldet mit jordiske Legem? Havde ikke min himmelske Fader sørget for mig, som for Spurvene under Himlen, og vist mig den Nåde at pege på sin ringe Tjener? Gud havde stukket sin Finger ned i mit Nervenet og lempeligt, ganske løseligt bragt lidt Uorden i Trådene. Og Gud havde trukket sin Finger tilbage, og der var Trevler og fine Rodtråde på Fingeren af mine Nervers Tråde. Og der var et åbent Hul efter hans Finger, som var Guds Finger, og Sår i min Hjærne efter hans Fingers Veje. Men der Gud havde berørt mig med sin Hånds Finger, lod han mig være og berørte mig ikke mer og lod mig intet ondt vederfares. Men han lod mig gå med Fred, og han lod mig gå med det åbne Hul. Og intet ondt vederfores mig af Gud, som er Herren i al Evighed . . . .

Stød af Musik bares af Vinden op til mig fra Studenterlunden, Klokken var altså over to. Jeg tog mine Papirsager frem, forat forsøge at skrive noget, i det samme faldt min Barberbog ud af Lommen. Jeg åbned den og talte Bladene, der var seks Billetter tilbage. Gudskelov! sagde jeg uvilkårlig; jeg kunde endnu blive barberet i nogle Uger og se lidt godt ud! Og jeg kom straks i en bedre Sindsstemning ved denne lille Ejendom, som jeg endnu havde tilbage; jeg glatted Billetterne omhyggeligt ud og forvared Bogen i Lommen.

Men skrive kunde jeg ikke. Efter et Par Linjer vilde der ikke falde mig noget ind; mine Tanker vare andre Steder, og jeg kunde ikke stramme mig op til nogen bestemt Anstrængelse. Alle Ting indvirked på mig og distrahered mig, alt, hvad jeg så, gav mig nye Indtryk. Fluer og små Myg satte sig fast på Papiret og forstyrred mig; jeg pusted på dem, forat få dem væk, blæste hårdere og hårdere, men uden Nytte. De små Bæster lægger sig bagud, gør sig tunge og stritter imod, så deres tynde Ben bugner. De er slet ikke til at flytte af Pletten. De finder sig noget at hage sig fast i, spænder Hælene mod et Komma eller en Ujævnhed i Papiret og står uryggelig stille sålænge, til de selv finder for godt at gå sin Vej.

En Tidlang vedblev disse små Udyr at beskæftige mig, og jeg lagde Benene overkors og gav mig god Tid med at iagttage dem. Med én Gang bæved en eller to høje Klarinettoner op til mig fra Lunden og gav min Tanke et nyt Stød. Mismodig over ikke at kunne gøre min Artikel istand, stak jeg igen Papirerne i Lommen og læned mig bagover på Bænken. I dette Øjeblik er mit Hoved så klart, at jeg kan tænke de fineste Tanker, uden at trættes. Idet jeg ligger i denne Stilling og lader Øjnene løbe nedad mit Bryst og mine Ben, lægger jeg Mærke til den sprættende Bevægelse, min Fod gør, hver Gang Pulsen slår. Jeg rejser mig halvt op og ser ned på mine Fødder, og jeg gennemgår i denne Stund en fantastisk og fremmed Stemning, som jeg aldrig tidligere havde følt; det gav et fint, vidunderligt Sæt gennem mine Nerver, som om der gik Ilinger af koldt Lys gennem dem. Ved at kaste Øjnene på mine Sko, var det som jeg havde truffet en god Bekendt eller fået en løsreven Part af mig selv tilbage; en Genkendelsesfølelse sittrer gennem mine Sandser, Tårerne kommer mig i Øjnene, og jeg fornemmer mine Sko som en sagte susende Tone imod mig. Svaghed! sagde jeg hårdt til mig selv, og jeg knytted Hænderne og sagde Svaghed. Jeg gjorde Nar ad mig selv for disse latterlige Følelser, havde mig tilbedste med fuld Bevidsthed; jeg talte meget strængt og forstandigt, og jeg kneb Øjnene heftigt sammen, forat få Tårerne bort. Som om jeg aldrig havde set mine Sko før, giver jeg mig til at studere deres Udseende, deres Mimik, når jeg rørte på Foden, deres Form og de slidte Overdele, og jeg opdager, at deres Rynker og hvide Sømme giver dem Udtryk, meddeler dem Fysiognomi. Der var noget af mit eget Væsen gået over i disse Sko, de virked på mig som en Ånde mod mit Jeg, en pustende Del af mig selv . . . .

Jeg sad og fabled med disse Fornemmelser en lang Stund, kanskje en hel Time. En liden, gammel Mand kom og optog den anden Ende af min Bænk; idet han satte sig, pusted han tungt ud efter Gangen og sagde:

»Ja, ja, ja, ja, ja, ja, ja, ja, ja, ja, san!«

Så snart jeg hørte hans Stemme, var det som en Vind fejed gennem mit Hoved, jeg lod Sko være Sko, og det forekom mig allerede, at den forvirrede Sindsstemning, jeg just havde oplevet, skrev sig fra en længst svunden Tid, kanske et År eller to tilbage, og var så småt i Færd med at udviskes af min Erindring. Jeg satte mig til at se på den gamle.

Hvad angik han mig, denne lille Mand? Intet, ikke det ringeste! Kun at han holdt en Avis i Hånden, et gammelt Numer, med Avertissementssiden ud, hvori der syntes at ligge en eller anden Ting indpakket. Jeg blev nysgærrig og kunde ikke få mine Øjne bort fra den Avis; jeg fik den vanvittige Idé, at det kunde være en ganske mærkelig Avis, enestående i sit Slags;

min Nysgærrighed steg, og jeg begyndte at flytte mig frem og tilbage på Bænken. Det kunde være Dokumenter, farlige Aktstykker, stjålet fra et Arkiv. Og der foresvæved mig noget om en hemmelig Traktat, en Sammensværgelse.

Manden sad stille og tænkte. Hvorfor bar han ikke sin Avis, som ethvert andet Menneske bar en Avis, med Titlen ud? Hvad var det for Slags Underfundigheder? Han så ikke ud til at ville slippe sin Pakke af Hånden, ikke for alt i Verden, han turde måske ikke engang betro den til sin egen Lomme. Jeg kunde dø på, at der stak noget under med Pakken.

Jeg så ud i Luften. Netop det, at det var så umuligt at trænge ind i denne mystiske Sag, gjorde mig forstyrret af Nysgærrighed. Jeg ledte i mine Lommer efter noget at give Manden, forat komme i Samtale med ham, og jeg fik fat i min Barberbog, men gæmte den igen. Pludselig fik jeg i Sinde at være yderst fræk, jeg klapped mig på min tomme Brystlomme og sagde:

»Tør jeg byde Dem en Cigaret?«

Tak, Manden røgte ikke, han havde måttet høre op, forat spare sine Øjne, han var næsten blind. Takker forresten så meget!

Om det var længe siden hans Øjne tog Skade? Så kunde han måske ikke læse heller? Ikke engang Aviser?

Ikke engang Aviser, desværre!

Manden så på mig. De syge Øjne havde hver sin Hinde, der gav dem et glasagtigt Udseende, hans Blik blev hvidt og gjorde et modbydeligt Indtryk.

»De er fremmed her?« sagde han.

Ja. — Om han ikke engang kunde læse Titlen på

den Avis, han holdt i Hånden?

Næppe. — Forresten havde han straks hørt, at jeg var fremmed; der var noget i mit Tonefald, som sagde ham det. Der skulde så lidet til, han hørte så godt; om Natten, når alle sov, kunde han høre Menneskene i Sideværelset puste . . . . Hvad jeg vilde sige, hvor bor De henne?

En Løgn stod mig med ét fuldt færdig i Hovedet. Jeg løj ufrivilligt, uden Forsæt og uden Bagtanke, jeg svared:

»På St. Olafs Plads Numer 2.«

Virkelig? Manden kendte hver Brosten på St. Olafs Plads. Der var en Fontæne, nogle Gaslygter, et Par Træer, han husked det hele . . . . Hvad Numer bor De i?

Jeg vilde gøre en Ende på det og rejste mig, dreven til det yderste af min fikse Idé med Avisen. Hemmeligheden skulde opklares, hvad det så end skulde koste.

»Når De ikke kan læse den Avis, hvorfor . . . .«

»I Numer 2, syntes jeg, De sagde?« fortsatte Manden, uden at agte på min Uro. »Jeg kendte i sin Tid alle Mennesker i Numer 2. Hvad hedder Deres Vært?«

Jeg fandt i Hast et Navn, forat blive ham kvit, laved dette Navn i Øjeblikket og slynged det ud, forat standse min Plageånd.

»Happolati,« sagde jeg.

»Happolati, ja,« nikked Manden, og han misted ikke en Stavelse i dette vanskelige Navn.

Jeg så forbauset på ham; han sad meget alvorlig og havde en tænksom Mine. Ikke før havde jeg udtalt dette dumme Navn, som faldt mig ind, før Manden fandt sig tilrette med det og lod til at have hørt det før. Imidlertid lagde han sin Pakke fra sig på Bænken, og jeg følte al min Nysgærrighed dirre mig gennem Nerverne. Jeg lagde Mærke til, at der var et Par fede Pletter på Avisen.

»Er han ikke Sjømand, Deres Vært?« spurgte Manden, og der var ikke Spor af undertrykt Ironi i hans Stemme. »Jeg synes huske, at han var Sjømand?«

»Sjømand? Om Forladelse, det må være Broderen, De kender; dette her er nemlig J. A. Happolati, Agent.«

Jeg troed, at dette vilde gøre det af med ham; men Manden gik villigt med på alt; om jeg havde fundet et Navn som Barabas Rosenknopsen, vilde det ikke have vakt hans Mistanke.

»Det skal være en flink Mand, har jeg hørt.« sagde han, forsøgende sig frem.

»Å, en forslagen Mand,« svared jeg, »et dygtigt Forretningshoved, Agent for alt muligt, Tyttebær på Kina, Fjær og Dun fra Rusland, Huder, Træmasse, Skriveblæk . . . .«

»He-he, det var da Fan!« afbrød Oldingen i høj Grad oplivet.

Dette begyndte at blive interessant. Situationen løb af med mig, og den ene Løgn efter den anden opstod i mit Hoved. Jeg satte mig igen, glemte Avisen, de mærkelige Dokumenter, blev ivrig og faldt den anden i Talen. Den lille Dværgs Godtroenhed gjorde mig dumdristig, jeg vilde lyve ham hensynsløst fuld, slå ham storslagent af Marken og bringe ham til at tie af Forbauselse.

Om han havde hørt om den elektriske Salmebog, som Happolati havde opfundet?

Hvad, elek . . . .

Med elektriske Bogstaver, som kunde lyse i Mørke! Et aldeles storartet Foretagende, Millioner Kroner i Bevægelse, Støberier og Trykkerier i Arbejde, Skarer af fast lønnede Mekanikere sysselsat, jeg havde hørt sige syv hundrede Mand.

»Ja, er det ikke som jeg siger!« sagde Manden stille. Mer sagde han ikke; han troed hvert Ord, jeg fortalte, og faldt alligevel ikke i Staver. Dette skuffed mig en Smule, jeg havde ventet at se ham forvildet af mine Påfund.

Jeg opfandt endnu et Par desperate Løgne, drev det til Hazard, ymted om, at Happolati havde været Minister i ni År i Persien. De har det måske ikke på Anelsen, hvad det vil sige at være Minister i Persien? spurgte jeg. Det var mere end Konge her, eller omtrent som Sultan, om han vidste, hvad det var. Men Happolati havde klaret det hele og aldrig stået fast. Og jeg fortalte om Ylajali, hans Datter, en Fé, en Prinsesse, som havde tre hundrede Slavinder og lå på et Leje af gule Roser; hun var det skønneste Væsen, jeg havde set, jeg havde Gud straffe mig aldrig oplevet Magen til Syn i mit Liv!

»Så, hun var så vakker?« yttred den gamle med en fraværende Mine og så ned i Marken.

Vakker? Hun var dejlig, hun var syndigt sød! Øjne som Råsilke, Arme af Rav! Bare et enkelt Blik af hende var forførende som et Kys, og når hun kaldte på mig, jog hendes Stemme mig som en Stråle af Vin lige ind i min Sjæls Fosfor. Hvorfor skulde hun ikke være såpas dejlig? Tog han hende for et Regningsbud eller for noget i Brandvæsenet? Hun var simpelthen en Himlens Herlighed, skulde jeg sige ham, et Æventyr.

»Ja, ja!« sagde Manden lidt betuttet.

Hans Ro keded mig; jeg var bleven ophidset af min egen Stemme og talte i fuldt Alvor. De stjålne Arkivsager, Traktaten med en eller anden fremmed Magt, var ikke mere i min Tanke; den lille, flade Pakke lå der på Bænken imellem os, og jeg havde ikke længer den ringeste Lyst til at undersøge den og se, hvad den indeholdt. Jeg var helt optagen af mine egne Historier, der drev underlige Syner forbi mine Øjne, Blodet steg mig til Hovedet, og jeg løj af fuld Hals.

I dette Øjeblik syntes Manden at ville gå. Han letted på sig og spurgte, for ikke at bryde for brat af:

»Han skal have svære Ejendomme denne Happolati?«

Hvor turde denne blinde, modbydelige Olding tumle med det fremmede Navn, jeg havde digtet op, som om det var et almindeligt Navn og stod på hvert Høkerskildt i Byen? Han snubled aldrig på et Bogstav og glemte ikke en Stavelse; dette Navn havde bidt sig fast i hans Hjærne og slået Rødder i samme Stund. Jeg blev ærgerlig, en indre Forbittrelse begyndte at opstå i mig mod dette Menneske, som intet kunde bringe i Knibe og intet gøre mistænksom.

»Det kender jeg ikke til,« svared jeg derfor tvært; »jeg kender aldeles ikke til det. Lad mig forresten sige Dem nu en Gang for alle, at han hedder Johan Arendt Happolati, at dømme efter hans egne Forbogstaver.«

»Johan Arendt Happolati«, gentog Manden lidt forundret over min Heftighed. Så taug han.

»De skulde set hans Kone,« sagde jeg rasende; »tykkere Menneske . . . . Ja, De tror kanske ikke, at hun var videre tyk?«

Jo, det syntes han nok, han ikke kunde fragå; en sådan Mand havde måske en lidt tyk Kone.

Oldingen svared sagtmodig og stille på hvert af mine Udfald og søgte efter Ord, som om han var bange for at forgå sig og gøre mig vred.

»Helvedes Pine, Mand, tror De måske, at jeg sidder her og lyver Dem kapitalt fuld?« råbte jeg ude af mig selv. »Tror De kanske ikke engang, at der gives en Mand ved Navn Happolati? Jeg har aldrig set på Magen til Trods og Ondskab hos en gammel Mand! Hvad Fan går der af Dem? De har kanske ovenikøbet tænkt ved Dem selv, at jeg var en yderlig fattig Mand, som sad her i min bedste Puds, uden et Etui fuldt af Cigaretter i Lommen? En sådan Behandling, som Deres, er jeg ikke vant til, skal jeg sige Dem, og jeg tåler den Gud døde mig ikke, hverken af Dem eller nogen anden, så meget De ved det!«

Manden havde rejst sig. Med gabende Mund stod han stum og hørte på mit Udbrud indtil det var tilende, så greb han hurtigt sin Pakke på Bænken og gik, næsten løb henad Gangen med små Oldinge-skridt.

Jeg sad tilbage og så på hans Ryg, som gled mer og mer bort og syntes at lude mer og mer sammen. Jeg ved ikke, hvor jeg fik det Indtryk fra, men det forekom mig, at jeg aldrig havde set en uærligere, lastefuldere Ryg end denne, og jeg angred ikke, at jeg havde skældt Mennesket ud, før han forlod mig . . . .

Dagen begyndte at hælde. Solen sank, det tog på at suse lidt i Træerne omkring, og Barnepigerne, som sad i Klynger henne ved Balancerstangen, belaved sig på at trille sine Vogne hjem. Jeg var rolig og vel tilmode. Den Ophidselse, jeg just havde været i, lagde sig lidt efter hvert, jeg faldt sammen, blev slap og begyndte at føle mig søvnig; den store Mængde Brød, jeg havde spist, var mig heller ikke længer til synderlig Mén. I den bedste Stemning lænet jeg mig bagover på Bænken, lukked Øjnene og blev mer og mer døsig, jeg blunded og var lige ved at falde i fast Søvn, da en Parkmand lagde sin Hånd på min Skulder og sagde:

»De må ikke sidde og sove herinde.«

»Nej,« sagde jeg og rejste mig straks. Og med ét Slag stod atter min sørgelige Stilling lyslevende for mine Øjne. Jeg måtte gøre noget, finde på et eller andet! At søge Pladse havde ikke nyttet mig; de Anbefalinger, jeg gik og viste frem, var blevet lidt gamle og skrev sig fra altfor ukendte Personer til at kunne virke kraftigt; desuden havde disse stadige Afslag udefter Sommeren gjort mig noget forknyt. Nå — under alle Omstændigheder var min Husleje forfalden, og jeg måtte gøre en Udvej til den. Så fik det bero med det øvrige sålænge.

Ganske uvilkårligt havde jeg igen fået Blyant og Papir i Hænderne, og jeg sad og skrev mekanisk Årstallet 1848 i alle Hjørner. Om nu blot en enkelt brusende Tanke vilde betage mig vældigt og lægge mig Ordene i Munden! Det havde jo hændt før, det havde virkelig hændt, at sådanne Stunder var kommet over mig, da jeg kunde skrive et langt Stykke uden Anstrængelse og få det velsignet godt til.

Jeg sidder der på Bænken og skriver Snese Gange 1848, skriver dette Tal påkryds og tvers i alle mulige Façoner, og venter på, at en brugbar Idé skal falde mig ind. En Sverm af løse Tanker flagrer om i mit Hoved, Stemningen i den hældende Dag gør mig mismodig og sentimental. Høsten er kommet og har allerede begyndt at lægge alting i Dvale, Fluer og Smådyr har fået det første Knæk, oppe i Træerne og nede på Marken høres Lyden af det stridende Liv, puslende, susende uroligt, arbejdende for ikke at forgå. Alle Krybverdenens nedtrampede Tilværelser rører sig endnu engang, stikker sine gule Hoveder op af Mosen, løfter sine Ben, føler sig frem med lange Tråde og synker så pludselig sammen, vælter om og vender Bugen ivejret. Hver Vækst har fået sit Særpræg, et fint henåndende Pust af den første Kulde; Stråene stritter blege op mod Solen, og det affaldne Løv hvisler henad Jorden med en Lyd som af vandrende Silkeorme. Det er Høstens Tid, midt i Forgængelsens Karneval; Roserne har fået Betændelse i Rødmen, et hektisk, vidunderligt Skær over den blodrøde Farve.

Jeg følte mig selv som et Kryb i Undergang, greben af Ødelæggelsen midt i denne dvalefærdige Alverden. Jeg rejste mig op, besat af sære Rædsler, og tog nogle voldsomme Skridt henad Gangen. Nej! råbte jeg og knytted begge mine Hænder, dette må der blive en Ende på! Og jeg satte mig igen, tog atter Blyanten i Hånden og vilde gøre Alvor af det med en Artikel. Det kunde aldeles ikke nytte at give sig over, når man stod med en ubetalt Husleje lige for Tænderne.

Langsomt, ganske langsomt begyndte mine Tanker at samle sig. Jeg passed på og skrev sagte og vel overvejet et Par Sider som en Indledning til noget; det kunde være Begyndelsen til hvadsomhelst, en Rejseskildring, en politisk Artikel, eftersom jeg selv fandt for godt. Det var en ganske fortræffelig Begyndelse til noget af hvert.

Så gav jeg mig til at søge efter et bestemt Spørgsmål, jeg kunde behandle, en Mand, en Ting at kaste mig over, og jeg kunde ikke finde noget. Under denne frugtesløse Anstrængelse begyndte der igen at komme Uorden i mine Tanker, jeg følte, hvorledes min Hjærne formelig slog Klik, mit Hoved tømtes, tømtes, og det stod tilsidst let og uden Indhold tilbage på mine Skuldre. Jeg fornam denne glanende Tomhed i mit Hoved med hele Legemet, jeg syntes mig selv udhulet fra øverst til nederst.

»Herre, min Gud og Fader!« råbte jeg i Smærte, og jeg gentog dette Råb mange Gange i Træk, uden at sige mer.

Vinden rasled i Løvet, det trak op til Uvejr. Jeg sad endnu en Stund og stirred fortabt på mine Papirer, lagde dem så sammen og stak dem langsomt i Lommen. Det blev køligt, og jeg havde ingen Vest mere; jeg knapped Frakken helt op i Halsen og stak Hænderne i Lommen. Så rejste jeg mig og gik.

Om det bare havde lykkedes mig denne Gang, denne ene Gang! To Gange havde min Værtinde spurgt mig med Øjnene efter Betalingen, og jeg havde måttet dukke mig ned og snige mig forbi hende med en forlegen Hilsen. Jeg kunde ikke gøre det igen; næste Gang jeg mødte disse Øjne, vilde jeg opsige mit Rum og gøre ærligt Rede for mig; det kunde så alligevel ikke vare ved i Længden på denne Måde.

Da jeg kom til Udgangen af Parken, så jeg igen den gamle Dværg, som jeg i mit Raseri havde jaget på Flugt. Den mystiske Avispakke lå opslagen ved Siden af ham på Bænken, fuld af Mad af forskellige Sorter, som han sad og bed af. Jeg vilde lige med ét gå hen til ham og undsylde mig, bede om Tilgivelse for min Opførsel, men hans Mad stødte mig tilbage; de gamle Fingre, der så ud som ti rynkede Klør, klemte modbydeligt om de fede Smørogbrød, jeg følte Kvalme og gik ham forbi, uden at tiltale ham. Han kendte mig ikke, hans Øjne stirred på mig tørre som Horn, og hans Ansigt fortrak ikke en Mine.

Og jeg fortsatte min Vej.

Efter Sædvane standsed jeg ved hver udhængt Avis, som jeg passered, forat studere Bekendtgørelserne om ledige Pladse, og jeg var så heldig at finde én, som jeg kunde påtage mig: En Købmand på Grønlandsleret søgte efter en Mand til et Par Timers Bogførsel hver Aften; Løn efter Overenskomst. Jeg notered mig Mandens Adresse og bad i Taushed til Gud om denne Plads; jeg vilde forlange mindre end nogen anden for Arbejdet, femti Øre var rigeligt, eller kanske firti Øre; det fik blive ganske som det vilde med det.

Da jeg kom hjem, lå der på mit Bord en Seddel fra min Værtinde, hvori hun bad mig om at betale min Husleje i Forskud eller flytte ud, så snart jeg kunde. Jeg måtte ikke optage det fortrydeligt, det var aleneste en nødig Begæring. Venskabeligst Madam Gundersen.

Jeg skrev en Ansøgning til Købmand Christie Grønlandsleret Numer 31, lagde den i en Konvolut og bragte den ned i Kassen på Hjørnet. Så gik jeg op på mit Værelse igen og satte mig til at tænke i Gyngestolen, mens Mørket blev tættere og tættere. Det begyndte at blive vanskeligt at holde sig oppe nu.

* * *

Om Morgenen vågned jeg meget tidligt. Det var endnu ganske mørkt, da jeg slog Øjnene op, og først længe efter hørte jeg Klokken i Lejligheden nedenunder mig slå fem Slag. Jeg vilde lægge mig til at sove igen, men kunde ikke mere falde i Søvn, jeg blev mer og mer vågen og lå og tænkte på tusind Ting.

Pludselig falder der mig ind en eller to gode Sætninger til Brug for en Skitse, en Føljeton, fine sproglige Lykketræf, som jeg aldrig havde fundet Mage til. Jeg ligger og gentager disse Ord for mig selv og finder, at de er udmærkede. Om lidt føjer der sig flere til, jeg blir med ét lysvågen og rejser mig op og griber Papir og Blyant på Bordet bag min Seng. Det var som en Åre var sprunget i mig, det ene Ord følger efter det andet, ordner sig i Sammenhæng, danner sig til Situationer; Scene dynger sig på Scene, Handlinger og Repliker vælder op i min Hjærne, og et underfuldt Behag griber mig. Jeg skriver som en besat og fylder den ene Side efter den anden, uden et Øjebliks Pause. Tankerne kommer så pludseligt på mig og vedbliver at strømme så rigeligt, at jeg mister en Masse fine Biting, som jeg ikke hurtigt nok får skrevet ned, skønt jeg arbejder af alle Kræfter. Det fortsætter at trænge ind på mig, jeg er fyldt af mit Stof, og hvert Ord, jeg skriver, blir lagt mig i Munden.

Det varer, varer så velsignet længe, inden dette forunderlige Øjeblik hører op; jeg har femten, tyve beskrevne Sider liggende foran mig på mine Knæ, da jeg endelig standser og lægger Blyanten væk. Var der nu såsandt nogen Værdi i disse Papirer, så var jeg reddet! Jeg springer ud af Sengen og klæder mig på. Det lysner mer og mer, jeg kan halvvejs skælne

Fyrdirektørens Bekendtgørelse nede ved Døren, og ved Vinduet er det allerede så lyst, at jeg til Nød kunde se at skrive. Og jeg går straks i Gang med at renskrive mine Papirer.

En underlig, tæt Damp af Lys og Farver slår op af disse Fantasier; jeg stejler overrasket foran den ene gode Ting efter den anden og siger til mig selv, at det var det bedste, jeg nogensinde havde læst. Jeg blir yr af Tilfredshed, Glæden puster mig op, og jeg føler mig storartet ovenpå; jeg vejer mit Skrift i Hånden og takserer det på Stedet til fem Kroner efter et løst Skøn. Det vilde ikke falde et Menneske ind at prutte på fem Kroner, det måtte tvertimod siges at være Røverkøb at få det for ti Kroner, kom det an på Indholdets Beskaffenhed. Jeg havde ikke i Sinde at gøre et så særegent Arbejde gratis; så vidt jeg vidste, fandt man ikke Romaner af den Slags efter Vejene. Og jeg bestemte mig for ti Kroner.

Det blev lysere og lysere i Værelset, jeg kasted et Blik ned mod Døren og kunde uden synderlig Møje læse de fine skeletagtige Bogstaver om Jomfru Andersens Ligsvøb tilhøjre i Porten; der var også gået en god Stund siden Klokken slog syv.

Jeg rejste mig og stilled mig midt på Gulvet. Alt vel overvejet, kom Madam Gundersens Opsigelse temmelig belejligt. Dette var egentlig ikke noget Værelse for mig; her var nokså simple grønne Gardiner for Vinduerne, og så synderlig mange Spiger i Væggene til at hænge sin Garderobe på, var her heller ikke. Den stakkels Gyngestol henne i Hjørnet var i Grunden bare en Vits af en Gyngestol, som man mageligt kunde le sig fordærvet af. Den var altfor lav for en voksen Mand, desuden var den så trang, at man så at sige måtte bruge

Stovleknægt, forat komme op af den igen. Kortsagt, Værelset var ikke indrettet til at sysle med åndelige Ting i, og jeg agted ikke at beholde det længer. På ingen Måde vilde jeg beholde det! Jeg havde altfor længe tiet og tålt og holdt til i dette Skur.

Opblæst af Håb og Tilfredshed, stadigt optagen af min mærkelige Skitse, som jeg hvert Øjeblik trak op af Lommen og læste i, vilde jeg straks gøre Alvor af det og gå i Gang med Flytningen. Jeg tog frem min Byldt, et rødt Lommetørklæde, der indeholdt et Par rene Snipper og noget sammenkrøllet Avispapir, som jeg havde båret Brød hjem i, rulled mit Sengetæppe sammen og stak til mig min Beholdning af hvidt Skrivepapir. Derpå undersøgte jeg for Sikkerheds Skyld alle Kroge, forat forvisse mig om, at jeg ikke havde lagt noget efter mig, og da jeg intet fandt, gik jeg hen til Vinduet og så ud. Morgenen var mørk og våd; der var ingen tilstede ude ved den nedbrændte Smedje, og Klædesnoren nede i Gården stod stram fra Væg til Væg, sammentrukket af Væden. Jeg kendte altsammen fra før, trådte derfor bort fra Vinduet, tog Tæppet under Armen, bukked for Fyrdirektørens Bekendtgørelse, bukked for Jomfru Andersens Ligsvøb og åbned Døren.

Med en Gang kom jeg i Tanke på min Værtinde; hun burde dog underrettes om min Flytning, forat hun kunde se, at hun havde havt med et ordentligt Menneske at gøre. Jeg vilde også takke hende skriftlig for de Par Dage, jeg havde benyttet Værelset over Tiden. Visheden om, at jeg nu var reddet for længere Tid, trængte så stærkt ind på mig, at jeg endog loved min Værtinde fem Kroner, når jeg kom indom en af Dagene; jeg vilde vise hende til Overmål, hvad det var for en honnet Person, hun havde havt under Tag.

Sedlen lagde jeg efter mig på Bordet.

Atter engang standsed jeg ved Døren og vendte om. Denne strålende Følelse af at være kommet ovenpå henrykte mig og gjorde mig taknemlig mod Gud og Alverden, og jeg knæled ned ved Sengen og takked Gud med høj Røst for hans store Godhed mod mig denne Morgen. Jeg vidste det, å, jeg vidste det, at den Raptus af Inspiration, jeg just havde gennemlevet og skrevet ned, var en vidunderlig Himlens Gærning i min Ånd, et Svar på mit Nødråb igår. Det er Gud! det er Gud! råbte jeg til mig selv, og jeg græd af Begejstring over mine egne Ord; nu og da måtte jeg standse op og lytte et Øjeblik om der skulde komme nogen i Trapperne. Endelig rejste jeg mig og gik; jeg gled lydløst nedad alle disse Etager og nåed uset Porten.

Gaderne var blanke af Regn, som havde faldt på Morgenstunden, Himlen hang rå og sid over Byen, og der var ingen Steder et Solglimt at se. Hvad mon det led Dagen? Jeg gik som sædvanligt i Retning af Rådstuen og så at Klokken var halv ni. Jeg havde altså et Par Timer at løbe på; det nytted ikke at komme i Bladet før ti, kanske elleve, jeg fik drive omkring sålænge og imidlertid spekulere på en Udvej til lidt Frokost. Jeg havde forresten ingen Frygt for at gå sulten tilsengs den Dag; de Tider var Gudskelov over! Det var et tilbagelagt Stadium, en ond Drøm; nu fra af gik det opad!

Imidlertid var det grønne Sengetæppe mig til Besvær; jeg kunde heller ikke være bekendt at bære en sådan Ting under Armen midt for alle Folks Øjne. Hvad måtte man mene om mig? Og jeg gik og tænkte mig om efter et Sted, hvor jeg kunde få det forvaret indtil videre. Da faldt det mig ind, at jeg kunde gå hen til Semb og få det indpakket i Papir; det vilde straks se bedre ud, og det var ikke længer nogen Skam at bære det. Jeg trådte ind i Butiken og fremførte mit Ærinde for en af Betjentene.

Han så først på Tæppet, derpå på mig; det forekom mig, at han i sit stille Sind trak lidt ringeagtende på Skuldrene, da han modtog Pakken. Dette stødte mig.

»Død og Pine, vær lidt forsigtig!« råbte jeg. »Der er to dyre Glasvaser indi; Pakken skal til Smyrna.«

Det hjalp, det hjalp storartet. Manden bad i hver Bevægelse, han gjorde, om Forladelse for, at han ikke straks havde anet vigtige Ting inde i Tæppet. Da han var færdig med Indpakningen, takked jeg ham for Hjælpen som en Mand, der tidligere havde sendt kostbare Sager til Smyrna; han åbned Døren for mig og bukked to Gange, da jeg gik.

Jeg gav mig til at vandre om blandt Menneskene på Stortorvet og holdt mig helst i Nærheden af de Koner, som havde Potteplanter at sælge. De tunge, røde Roser, hvis Blade ulmed blodige og rå i den fugtige Morgen, gjorde mig begærlig, fristed mig syndigt til at rapse en, og jeg spurgte om Prisen på den, blot forat have Lov til at komme den så nær som muligt. Fik jeg Penge tilovers, vilde jeg købe den, det fik gå, hvordan det vilde; jeg kunde jo nok spare ind lidt hist og her i min Levemåde, forat komme op i Balance igen.

Klokken blev ti, og jeg gik op i Bladet. Saksen gennemroder endel gamle Aviser, Redaktøren er ikke kommet. På Opfordring afleverer jeg mit store Manuskript, lader Manden ane, at det er af mer end almindelig Vigtighed og lægger ham indstændigt på

Minde at lade Redaktøren få det i sin egen Hånd, når han kom. Jeg vilde så selv af hente Besked senere på Dagen.

»Godt!« sagde Saksen og begyndte igen på sine Aviser.

Jeg syntes, at han tog det lidt for roligt, men sagde intet, nikked blot lidt ligegyldigt til ham med Hovedet og gik.

Nu havde jeg Tiden for mig. Om det blot vilde klarne op! Det var et rent elendigt Vejr, uden Vind og uden Friskhed; Damerne brugte for Sikkerheds Skyld Paraplyer, og Herrernes Uldhuer så flade og triste ud. Jeg gjorde atter et Slag henover Torvet og så på Grøntsager og Roser. Da føler jeg en Hånd på min Skulder og vender mig om, »Jomfruen« hilser Godmorgen.

»Godmorgen?« svarer jeg lidt spørgende, for straks at få hans Ærinde at vide. Jeg syntes ikke meget om »Jomfruen.«

Han ser nysgærrigt hen på den store, splinterny Pakke under min Arm og spørger:

»Hvad bærer De på der?«

»Jeg har været nede hos Semb og fået noget Tøj til Klæder,« svarer jeg i en ligegyldig Tone; »jeg syntes ikke, jeg vilde gå så slidt længer, man kan jo også være for karrig mod sit Legeme.«

Han ser på mig og studser.

»Hvordan går det forresten?« spørger han langsomt.

»Jo, over Forventning.«

»Har De fået noget at gøre nu da?«

»Noget at gøre?« svarer jeg og er meget forundret, »jeg er jo Bogholder hos Grosserer-firmaet Christie, jo.«

»Ja så!« siger han og rykker lidt tilbage. »Gud bevare Dem, hvor vel jeg under Dem det! Bare man nu ikke tigger af Dem de Penge, De tjener. Godmorgen.«

Om lidt vender han sig om og kommer tilbage; han peger med Stokken på min Pakke og siger:

»Jeg vil anbefale Dem min Skrædder til de Klæder. De får ikke finere Skrædder end Isaksen. Sig bare, at jeg sendte Dem, så.«

Dette blev mig lidt vel meget. Hvad havde han med at stikke sin Næse i mine Sager? Kom det ham ved, hvilken Skrædder jeg tog? Jeg blev vred; Synet af dette tomme, pyntede Menneske gjorde mig forbittret, og jeg minded ham temmelig brutalt om ti Kroner, som han havde lånt af mig. Allerede førend han fik svare, angred jeg imidlertid at have krævet ham, jeg blev flau og så ham ikke i Øjnene; da i det samme en Dame kom forbi, trådte jeg hurtigt tilbage, forat lade hende passere, og benytted Anledningen til at gå min Vej.

Hvor skulde jeg nu gøre af mig, mens jeg vented? En Kafé kunde jeg ikke besøge med tomme Lommer, og jeg vidste ikke af nogen Bekendt, som jeg kunde gå til på denne Tid af Dagen. Instinktsmæssig stiled jeg opad Byen, drev bort endel Tid på Vejen mellem Torvet og Grændsen, læste »Aftenposten,« som nylig var sat på Tavlen, gjorde en Sving nedi Karl Johan, vendte derpå om og gik lige op på Vor Frelsers Gravlund, hvor jeg fandt mig et roligt Sted på Bakken ved Kapellet.

Jeg sad der i al Stilhed og døsed i den våde Luft, tænkte, halvsov og frøs. Og Tiden gik. Var det nu også sikkert, at Føljetonen var et lidet Mesterstykke af inspireret Kunst? Gud ved, om den ikke havde sine Fejl her og der! Alt vel overvejet behøved den ikke engang at blive antagen, nej, ikke engang antagen, simpelthen! Den var måske nokså middelmådig, kanske ligefrem slet; hvad Sikkerhed havde jeg for, at den ikke allerede i dette Øjeblik lå i Papirskurven? . . . . Min Tillidsfuldhed var rugget, jeg sprang op og stormed ud af Kirkegården.

Nede i Akersgaden titted jeg ind ad et Butiksvindu og så, at Klokken blot var lidt over tolv. Dette gjorde mig end mer fortvivlet, jeg havde så sikkert håbet, at det var langt over Middag, og før fire nytted det ikke at søge efter Redaktøren. Min Føljetons Skæbne fyldte mig med mørke Anelser; jo mer jeg tænkte på den, desto urimeligere forekom det mig, at jeg kunde have skrevet noget brugbart sådan pludseligt, næsten i Søvne, med Hjærnen fuld af Feber og Drømme. Naturligvis havde jeg bedraget mig selv og været glad hele Morgenen udover for ingen Ting! Naturligvis! . . . . Jeg bevæged mig i stærk Gang opad Ullevoldsvejen, forbi St. Hanshaugen, kom ud på åbne Marker, ind i de trange, underlige Gader ved Sagene, over Tomter og Agre og befandt mig tilsidst på en Landevej, hvis Ende jeg ikke kunde se.

Her stopped jeg op og besluttet mig til at vende om. Jeg var bleven varm af Turen og gik sagte og meget nedtrykt tilbage. Jeg mødte to Høvogne; Kørerne lå flade oppe i Læssene og sang, begge barhovedede, begge med runde, sorgløse Ansigter. Jeg gik og tænkte ved mig selv, at de vilde tiltale mig, slænge til mig en eller anden Bemærkning eller gøre en Spillop, og da jeg var kommet dem nær nok, råbte den ene og spurgte, hvad jeg bar under Armen.

»Et Sengetæppe,« svared jeg.

»Hvormange er Klokken?« spurgte han.

»Jeg ved ikke rigtigt, omtrent tre, tænker jeg.«

Da lo de begge to og drog forbi. Jeg følte i det samme Snærten af en Tougsvøbe på mit ene Øre, og min Hat blev reven af; de unge Mennesker kunde ikke lade mig passere, uden at gøre mig et Puds. Jeg tog mig lidt fortumlet op til Hovedet, samled min Hat op fra Grøftekanten og fortsatte min Gang. Nede ved St. Hanshaugen mødte jeg en Mand, som fortalte mig, at Klokken var over fire.

Over fire! Klokken var allerede over fire! Jeg strakte ud, næsten løb nedad Byen, bøjed af og tog ned til Bladet. Redaktøren havde måske for længe siden været der og forladt Kontoret! Jeg gik og sprang om hinanden, snubled, stødte mod Vogne, lagde alle spadserende bag mig, hamled op med Hestene, stred som en gal, forat komme tidsnok. Jeg vred mig indad Porten, tog Trapperne i fire Spring og banked på.

Ingen svarer.

Han er gået! han er gået! tænker jeg. Jeg prover Døren, som er åben, banker på endnu engang og træder ind.

Redaktøren sidder ved sit Bord, med Ansigtet mod Vinduet og Pennen i Hånden, færdig til at skrive. Da han hører min forpustede Hilsen, vender han sig halvt om, ser lidt på mig, ryster på Hovedet og siger:

»Ja, jeg har ikke fået Tid til at læse Deres Skitse endda.«

Jeg blir så glad over, at han da ialfald ikke endnu har kasseret den, at jeg svarer:

»Nej, kære, det forstår jeg nok. Det haster jo ikke så. Om et Par Dage kanske, eller . . . .«

»Ja, jeg skal se. Forresten har jeg Deres Adresse, så.«

Og jeg glemte at oplyse om, at jeg ikke havde nogen Adresse mer.

Audiensen er forbi, jeg træder bukkende tilbage og går. Håbet gløder igen op i mig, endnu var intet tabt, tvertimod, jeg kunde vinde alt endnu, for den Skyld. Og min Hjærne begyndte at fable om et stort Råd i Himlen, hvor det netop var bleven besluttet, at jeg skulde vinde, vinde kapitalt ti Kroner for en Føljeton . . . .

Blot jeg nu havde et Sted at ty hen til for Natten! Jeg overvejer, hvor jeg bedst skulde kunne stikke mig ind, blir så stærkt optagen af dette Spørgsmål, at jeg står stille midt i Gaden. Jeg glemmer, hvor jeg er, står som en enkelt Riskost midt i Havet, mens Sjøen strømmer og larmer rundt omkring den. En Avisgut rækker mig »Vikingen«: D'n er så morssom, så! Jeg ser op og farer sammen — jeg er udenfor Semb igen.

Hurtigt gør jeg helt om, holder Pakken skjult foran mig og iler nedad Kirkegaden, flau og angst for, at man skulde have set mig fra Vinduerne. Jeg passerer Ingebret og Teatret, drejer af ved Logen og tager nedover til Sjøen ved Fæstningen. Atter finder jeg mig en Bænk og begynder at spekulere påny.

Hvor i alverden skulde jeg få Hus inat? Fandtes der et Hul, hvor jeg kunde smutte ind og skjule mig til det blev Morgen? Min Stolthed forbød mig at vende tilbage til mit Rum; det kunde aldrig falde mig ind at gå tilbage på mine Ord, jeg afviste denne Tanke med stor Harme og smilte overlegent i mit stille Sind ad den lille røde Gyngestol. Ved Idéassociationer befandt jeg mig pludselig i et stort to Fags Værelse, jeg engang havde boet i på Hægdehaugen; jeg så et Bræt på Bordet fuldt af svære Smørogbrød, det skifted Udseende, det blev til en Bif, en forførende Bif, en snehvid Serviet, Brød i Masse, Sølvgaffel. Og det gik i Døren: min Værtinde kom og bød mig mer Té . . . .

Syner og dumme Drømme! Jeg sagde til mig selv, at om jeg fik Mad nu, vilde mit Hoved blive forstyrret igen, jeg vilde få den samme Feber i Hjærnen og mange vanvittige Påfund at kæmpe med. Jeg tålte ikke Mad, jeg var ikke således anlagt; det var en Besynderlighed ved mig, en Særegenhed.

Kanske blev der en Råd til Husly, når det led på Kvælden. Det havde ingen Hast; i værste Fald kunde jeg søge ud i Skogen et Sted, jeg havde hele Byens Omegn at tage til, og der var ikke Kuldegrader i Vejret.

Og Sjøen vugged derude i tung Ro, Skibe og plumpe, brednæsede Pramme roded Grave op i dens blyagtige Flade, sprængte Striber ud til højre og venstre og gled videre, mens Røgen vælted som Dyner ud af Skorstenene og Maskinernes Stempelslag trængte mat frem i den klamme Luft. Der var ingen Sol og ingen Vind, Træerne bag mig stod næsten våde, og Bænken, jeg sad på, var kold og rå. Tiden gik; jeg satte mig til at døse, blev træt og frøs lidt over Ryggen: en Stund efter følte jeg, at mine Øjne begyndte at falde i. Og jeg lod dem falde . . . .

Da jeg vågned, var det mørkt omkring mig, jeg sprang op fortumlet og frøsen, greb min Pakke og begyndte at gå. Jeg gik fortere og fortere, forat blive varm, basked med Armene, gned mig nedad Benene, som jeg næsten ikke længer følte noget til, og kom

44

op til Brandvagten. Klokken var ni; jeg havde sovet i flere Timer.

Hvor skulde jeg dog gøre af mig? Et Sted måtte jeg jo være. Jeg står der og glaner opad Brandvagten og studerer på, om det ikke skulde kunne lykkes at komme ind i en af Gangene, passe på et Øjeblik, når Patroullen vendte Ryggen til. Jeg går opad Trappen og vil give mig i Snak med Manden, han hæver straks sin Økse til Honnør og venter på, hvad jeg skal sige. Denne løftede Økse, der vender Eggen mod mig, farer mig som et koldt Hug gennem Nerverne, jeg blir stum af Rædsel foran denne væbnede Mand og trækker mig uvilkårlig tilbage. Jeg siger intet, glider blot mer og mer bort fra ham; forat redde Skinnet, farer jeg mig med Hånden over Panden, som om jeg har glemt et eller andet, og lusker bort. Da jeg atter stod nede på Fortouget, følte jeg mig så frelst, som om jeg just havde undflyet en stor Fare. Og jeg skyndte mig afsted.

Kold og sulten, mer og mer uhyggelig tilmode, drev jeg opad Karl Johan; jeg begyndte at bande ganske højt og brød mig ikke om, at nogen kunde høre det. Nede ved Stortinget, lige ved den første Løve, kommer jeg pludselig ved en ny Idéassociation i Tanke på en Maler, jeg kendte, et ungt Menneske, som jeg engang havde reddet fra et Ørefigen ude på Tivoli, og som jeg engang senere havde været og besøgt. Jeg knipser i Fingrene og begiver mig ned i Tordenskjoldsgaden, finder en Dør, hvorpå der står C. Zacharias Bartel på et Kort, og banker på.

Han kom selv ud; der lugted Øl og Tobak af ham, så det var en Gru.

»Godaften!« sagde jeg.

»Godaften! Er det Dem? Nej, hvorfor Fan

kommer De så sent? Det tager sig slet ikke ud i Lampelys. Jeg har sat til en Høhæsje siden sidst og foretaget et Par Forandringer. De må se det om Dagen, det nytter ikke, at vi prøver på det nu.«

»Lad mig se det nu alligevel,« sagde jeg. forresten husked jeg ikke, hvilket Billede han stod og talte om.

»Aldeles plat umuligt!« svared han. »Det blir gult altsammen! Og så er der en anden Ting« — han kom hviskende hen imod mig — »jeg har en liden Pige inde hos mig iaften, så det er rent ugørligt.«

»Ja, når så er, så er det jo ikke Tale om.«

Jeg trak mig tilbage, sagde Godnat og gik.

Det blev nok ingen anden Udvej alligevel, end at gå ud i Skogen et Sted. Når bare ikke Marken havde været så fugtig! Jeg klapped på mit Tæppe og følte mig mer og mer fortrolig med den Tanke, at jeg skulde ligge ude. Så længe havde jeg plaget mig med at finde et Logi i Byen, at jeg var bleven træt og ked af det hele; det blev mig en behagelig Nydelse at slå mig til Ro, overgive mig og drive dank henad Gaden, uden en Tanke i Hovedet. Jeg gik bortom Universitetsuret og så, at Klokken var over ti, derfra tog jeg Vejen opover Byen. Et Sted på Hægdehaugen stod jeg stille udenfor en Husholdningshandel, hvor noget Mad var udstillet i Vinduet. Der lå en Kat og sov ved Siden af et rundt Franskbrød, lige bag den stod en Kumme Smult og flere Glas Gryn. Jeg stod og så en Stund på disse Madvarer, men da jeg ikke havde noget at købe for, vendte jeg mig hurtigt bort og fortsatte Marschen. Jeg gik meget sagte, kom forbi Majorstuen, gik videre, altid videre, gik i Time efter Time og kom endelig ud i Bogstadskogen.

Her gik jeg af Vejen og satte mig ned, forat hvile.

Så tog jeg til at søge mig om efter et belejligt Sted, begyndte at pusle sammen lidt Lyng og Ener og laved en Seng oppe i et lidet Bakkehæld, hvor det var nogenlunde tørt, åbned min Pakke og tog Tæppet ud. Jeg var bleven træt og maset af den lange Tur og gik straks tilsengs. Jeg kasted og vendte mig mange Gange, førend jeg endelig fik lagt mig tilrette; mit Øre smærted noget, det var lidt ophovnet efter Slaget, og jeg kunde ikke hvile på det. Mine Sko trak jeg af og lagde under Hovedet, og ovenpå dem Papiret fra Semb.

Og Mørkets store Stemning ruged omkring mig; alting var stille, alting. Men oppe i Højden sused den evige Sang, Vejrets Lyd, den fjærne, toneløse Summen, som aldrig tier. Jeg lytted så længe til dette endeløse, syge Sus, at det begyndte at forvirre mig; det var visselig Symfonierne fra de rullende Verdner over mig, Stjærner, der intonered en Sang . . . .

»Det er Fan heller!« sagde jeg og lo højt, forat stive mig op; »det er Natuglerne, som tuder i Kana'an!«

Og jeg rejste mig og lagde mig igen, tog Skoene på og drev omkring i Mørket og lagde mig påny, kæmped og stred med Vrede og Frygt til hen på Morgenstunden, da jeg endelig faldt i Søvn.

* * *

Det var lys Dag, da jeg slog Øjnene op, og jeg havde Følelsen af, at det led henimod Middag. Jeg trak Skoene på, pakked atter Tæppet ind og begav mig tilbage til Byen. Ingen Sol var at se idag heller, og jeg frøs som en Hund; mine Ben var døde, og der begyndte at komme Vand ud af mine Øjne, som om de ikke tålte Dagslyset.

Klokken var tre. Sulten begyndte at blive noget slem med mig, jeg var mat og gik og kasted op lidt hist og her i Smug. Jeg svinged ned til Dampkøkkenet, læste Tavlen og trak opsigts- vækkende på Skuldrene, som om sprængt Kød og Flæsk ikke var Mad for mig; derfra kom jeg ned på Jærnbanetorvet.

En besynderlig Fortumlethed fôr mig med en Gang gennem Hovedet; jeg gik videre og vilde ikke agte på det, men blev værre og værre og måtte tilsidst sætte mig på en Trappe. Mit hele Sind gennemgik en Forandring, ligesom noget gled tilside i mit Indre, eller et Forhæng, et Væv i min Hjærne gik itu. Jeg tog efter Ånden et Par Gange og blev forundret siddende. Jeg var ikke ubevidst, jeg følte klart, hvor det værked lidt i mit Øre, og da en Bekendt kom forbi, kendte jeg ham straks, rejste mig og hilste.

Hvad var det for en ny, pinsom Fornemmelse, som nu lagdes til de øvrige? Var det en Følge af at sove på rå Mark? Eller kom det af, at jeg ikke havde fået Frokost endnu? I det hele taget var det simpelthen ingen Mening i at leve på denne Måde; jeg forstod ved Kristi hellige Pine ikke, hvorved jeg havde gjort mig fortjent til denne udmærkede Forfølgelse heller! Og det faldt mig pludselig ind, at jeg lige så godt kunde gøre mig til Kæltring straks og gå hen til »Onkels« Kælder med Sengetæppet. Jeg kunde sætte det fast for en Krone og få tre passende Måltider, holde mig oppe til jeg fandt på noget andet; Hans Pauli fik jeg slå en Plade. Jeg var allerede på Vej til Kælderen, men standsed foran Indgangen, rysted tvivlrådigt på Hovedet og vendte om.

Efterhvert som jeg fjærned mig, blev jeg gladere og gladere over, at jeg havde sejret i denne svære Fristelse. Bevistheden om, at jeg endnu var ren og ærlig, steg mig til Hovedet, fyldte mig med en herlig Følelse af at være en Karakter, et hvidt Fyrtårn midt i et grumset Menneskehav, hvor Vrag flød om. Pantsætte en andens Ejendom for et Måltid Mad, æde og drikke sig selv til Doms, brændemærke sin Sjæl med den første lille Streg, sætte det første sorte Tegn i sin Hæderlighed, kalde sig Kæltring op i sit eget Ansigt og slå Øjnene ned for sig selv — aldrig! Aldrig! Det havde ikke for Alvor været i min Tanke, det havde næsten ikke faldt mig ind engang; løse, jagende Strøtanker kunde man virkelig ikke svare noget for, især når man havde en gruelig Hovedpine og bar sig næsten ihjæl på et Sengetæppe, som tilhørte en anden Mand.

Der vilde ganske sikkert blive en Udvej til Hjælp alligevel, når Tiden kom! Der var nu Købmanden på Grønlandsleret, havde jeg overhængt ham hver Time på Dagen, siden jeg sendte ham Ansøgningen? ringet på sent og tidligt og bleven afvist? Jeg havde ikke sågodtsom mældt mig til ham og fået Svar. Det behøved ikke at være et aldeles forgæves Forsøg, jeg havde måske havt Lykken med mig denne Gang; Lykken havde ofte en så underlig slynget Vej. Og jeg begav mig ud til Grønlandsleret.

Den sidste Rystelse, som gik gennem mit Hoved, havde gjort mig lidt mat, og jeg gik yderst langsomt og tænkte på, hvad jeg vilde sige til Købmanden. Han var måske en god Sjæl; stak det Lune ham, gav han mig gærne en Krone i Forskud på Arbejdet, uden at jeg bad ham derom; sådanne Folk kunde have det med ganske fortræffelige Påfund nu og da.

Jeg sneg mig ind i en Port og sværted mine Bukseknæ med Spyt, forat se lidt ordentlig ud, lagde mit Tæppe efter mig bag en Kasse i en mørk Krog, skråed over Gaden og trådte ind i den lille Butik. En Mand står og klistrer Poser af gamle Aviser.

»Jeg vilde gærne træffe Hr. Christie,« sagde jeg.

»Det er mig,« svared Manden.

Nå! Mit Navn var det og det, jeg havde været så fri at sende ham en Ansøgning, jeg vidste ikke, om det havde nyttet mig noget?

Han gentog mit Navn et Par Gange og begyndte at le. »Nu skal De se!« sagde han og tog mit Brev op af sin Brystlomme. »Vil De bare behage at se, hvorledes De omgåes Tal, min Herre. De har dateret Deres Brev Året 1848.« Og Manden lo af fuld Hals.

Ja, det var jo lidt forkært, sagde jeg forknyt, en Tankeløshed, en Distraktion, jeg indrømmed det.

»Ser De, jeg må have en Mand, som i det hele taget ikke tager fejl af Tal,« sagde han. »Jeg beklager det; Deres Håndskrift er så tydelig, jeg synes også om Deres Brev forøvrigt, men . . . .«

Jeg vented en Stund; dette kunde umuligt være Mandens sidste Ord. Han gav sig atter i Færd med Poserne.

Ja, det var lejt, sagde jeg så, rigtig gruelig lejt var det; men det skulde jo ikke gentage sig, naturligvis, og denne lille Fejlskrivning kunde nu ikke have gjort mig totalt uskikket til at føre Bøger overhovedet?

»Nej, det siger jeg ikke,« svared han; »men imidlertid vejed det så meget for mig, at jeg bestemte mig for en anden Mand med det samme.«

»Posten er altså besat?« spurgte jeg.

»Ja.«

»Nå, Herregud, så er der jo ikke mere at gøre ved

det!«

»Nej. Jeg beklager det; men . . . .«

»Farvel!« sagde jeg.

Nu steg Vreden op i mig, glødende og brutalt. Jeg
hented min Pakke i Portrummet, bed Tænderne
sammen og løb på fredelige Folk på Fortouget og
bad ikke om Undskyldning. Da en Herre standsed
og irettesatte mig lidt skarpt for min Opførsel,
vendte jeg mig om og skreg ham et enkelt
meningsløst Ord ind i Øret, knytted Hænderne lige
under hans Næse og gik videre, forhærdet af et
blindt Raseri, som jeg ikke kunde styre. Han kaldte
på en Konstabel, og jeg ønsked intet heller end at få
en Konstabel mellem Hænderne et Øjeblik, jeg
sagtned med Forsæt min Gang, forat give ham
Anledning til at indhente mig; men han kom ikke.
Var der nu også nogensomhelst Ræson i, at absolut
alle éns inderligste og ihærdigste Forsøg skulde
mislykkes? Hvorfor havde jeg altså skrevet 1848?
Hvad vedkom dette fordømte Årstal mig? Nu gik jeg
her og sulted, så mine Tarmer krøb sammen i mig
som Orme, og det stod ikke skrevet nogen Steder, at
der skulde blive lidt til Mad, når det led ud på
Dagen. Og efterhvert som Tiden gik, blev jeg mer
og mer åndelig og legemlig udhulet, jeg nedlod mig
til mindre og mindre hæderlige Handlinger for hver
Dag. Jeg løj mig frem uden at blues, snød fattige
Folk for Huslejen, kæmped endog med de
lumpneste Tanker om at forgribe mig på andres
Sengetæpper, alt uden Anger, uden ond
Samvittighed. Der begyndte at komme rådne
Flækker i mit Indre, sorte Svampe, som bredte sig
mer og mer. Og oppe i Himlen sad Gud og holdt et
vågent Øje med mig og påså, at min Undergang

foregik efter alle Kunstens Regler, jævnt og langsomt, uden Brud i Takten. Men i Helvedes Afgrund gik de arge Djævle og skød Børster over, at det vared så længe inden jeg gjorde en Kapitalsynd, en utilgivelig Synd, for hvilken Gud i sin Retfærdighed måtte støde mig ned . . . . Jeg forstærked min Gang, drev det til værre og værre Fart, gjorde pludselig venstre om og kom ophidset og vred ind i en lys, dekoreret Port. Jeg standsed ikke, gjorde ikke et Sekunds Ophold; men Portens hele ejendommelige Udstyr trængte øjeblikkelig ind i min Bevidsthed, hver Ubetydelighed ved Dørene, Dekorationerne, Brolægningen stod klart for mit indre Blik, idet jeg sprang opad Trapperne. Jeg ringte heftigt på i anden Etage. Hvorfor skulde jeg netop standse i anden Etage? Og hvorfor netop gribe til denne Klokkestræng, der var længst borte fra Trappen?

En ung Dame i grå Dragt med sort Pynt kom og lukked op; hun så en liden Stund forbauset på mig, derpå rysted hun på Hovedet og sagde:

»Nej, vi har ikke noget idag.« Og hun gjorde Mine til at ville lukke Døren.

Hvorfor havde jeg også dumpet op i det med dette Menneske? Hun tog mig uden videre for en Tigger, og jeg blev kold og rolig med ét. Jeg tog Hatten af og gjorde et ærbødigt Buk, og som om jeg ikke havde hørt hendes Ord, sagde jeg yderst høfligt:

»Jeg beder Dem undskylde, Frøken, at jeg ringte så hårdt, jeg kendte ikke Klokken. Her skal være en syg Herre, som har averteret efter en Mand til at trille sig i en Vogn?«

Hun stod en Stund og smagte på dette løgnagtige Påfund og syntes at blive tvivlrådig i sine Meninger om min Person.

»Nej,« sagde hun tilsidst, »nej, her er ingen syg Herre.«

»Ikke det? En ældre Herre, to Timers Kørsel om Dag, firti Øre Timen?«

»Nej.«

»Så beder jeg igen om Undskyldning,« sagde jeg; »det er kanske i første Etage. Jeg vilde for Tilfældet blot have anbefalet en Mand, som jeg kender, og som jeg interesserer mig for. Mit Navn er Wedel-Jarlsberg.« Og jeg bukked igen og trådte tilbage; den unge Dame blev blussende rød, i sin Forlegenhed kunde hun ikke komme af Pletten, men stod og stirred efter mig, idet jeg gik ned ad Trapperne.

Min Ro var vendt tilbage, og mit Hoved var klart. Damens Ord om, at hun intet havde at give mig idag, havde virket på mig som en kold Styrt. Så vidt var det kommet, at hvemsomhelst kunde pege på mig i sin Tanke og sig til sig selv: Der går en Tigger, en af dem, som får sin Føde langet ud gennem Entrédørene hos Folk!

I Møllergaden standsed jeg udenfor en Beværtning og snused til den friske Duft af Kød, som stegtes indenfor; jeg havde allerede Hånden på Dørvrideren og vilde gå ind uden Ærinde, men betænkte mig tidsnok og gik bort fra Stedet. Da jeg kom til Stortorvet og søgte efter en Plads, hvor jeg kunde hvile en Stund, var alle Bænke optagne, og jeg ledte forgæves rundt hele Kirken efter et stille Sted, hvor jeg kunde slå mig ned. Naturligvis! sagde jeg mørkt til mig selv, naturligvis, naturligvis! Og jeg tog på at gå igen. Jeg gjorde en Afstikker nedom Vand-springet ved Basarhjørnet og drak en Slurk Vand, gik påny, drog mig frem Fod for Fod, tog mig Tid til lange Ophold ved hvert Butiksvindu, standsed og fulgte med Øjnene hver Vogn, som fôr mig forbi. Jeg følte i mit Hoved en lysende Hede, og det banked noget underligt i mine Tindinger; Vandet, jeg havde drukket, bekom mig højst ilde, og jeg gik og kasted op lidt hist og lidt her i Gaden, for ikke at blive opdaget. Således kom jeg lige op på Krist Kirkegård. Jeg satte mig med Albuerne på mine Knæ og Hovedet i Hænderne; i denne sammentrukne Stilling havde jeg det godt og følte ikke længer den lille Gnaven i Brystet.

En Stenhugger lå på Maven på en stor Granitplade ved Siden af mig og hugged Indskrift; han havde blå Briller på og minded mig med én Gang om en Bekendt af mig, som jeg næsten havde glemt, en Mand, som stod i en Bank, og som jeg for en Tid tilbage havde truffet på i Oplandske Kafé.

Kunde jeg bare bide Hovedet af al Skam og henvende mig til ham! sige ham Sandheden lige ud, at det begyndte at blive temmelig småt for mig nu, nokså vanskeligt at holde mig ilive! Jeg kunde give ham min Barberbog . . . . Død og Pine, min Barberbog! Billetter for henimod en Krone! Og jeg tager nervøst efter denne dyre Skat. Da jeg ikke finder den hurtigt nok, springer jeg op, leder under Angstens Sved, finder den endelig på Bunden af Brystlommen, sammen med andre Papirer, rene og beskrevne, uden Værdi. Jeg tæller disse seks Billetter mange Gange, forfra og bagfra; jeg havde ikke meget Brug for dem, det kunde være et Lune af mig, et Påfund, at jeg ikke gad barbere mer. Jeg var hjulpen for en halv Krone, en hvid halv Krone i Sølv fra Kongsberg! Banken stængtes Klokken seks, jeg kunde passe op min Mand udenfor Oplandske ved syv-otte Tiden.

Jeg sad og glæded mig ved denne Tanke en lang Stund. Tiden gik, det blæste dygtigt i Kastanjerne omkring mig, og Dagen hælded. Var det nu ikke også lidt smaat at komme stikkende med seks Barberbilletter til en ung Herre, som stod i en Bank? Han havde maaske to smækfulde Barberbøger i Lommen, ganske anderledes fine og rene Billetter end mine, ingen kunde vide det. Og jeg følte i alle mine Lommer efter flere Ting, som jeg kunde lade følge med, men fandt ingen. Naar jeg blot kunde byde ham mit Slips? Jeg kunde godt undvære det, naar jeg knapped Frakken tæt til, hvad jeg alligevel maatte gøre, da jeg ikke havde nogen Vest mer. Jeg løste op mit Slips, en stor Dæksløjfe, som skjulte mit halve Bryst, pudsed det omhyggeligt af og pakked det ind i et hvidt Stykke Skrivepapir, sammen med Barberbogen. Saa forlod jeg Kirkegaarden og gik ned til Oplandske.

Klokken var syv paa Raadstuen. Jeg bevæged mig i Nærheden af Kaféen, pusled op og ned langs Jærnstakittet og holdt skarpt Udkig med alle, som kom og gik i Døren. Endelig ved otte Tiden saa jeg den unge Mand, frisk og elegant, komme opad Bakken og skraa ind mod Kafédøren. Mit Hjærte grassered som en liden Fugl i mit Bryst, da jeg fik Øje paa ham, og jeg bused paa uden at hilse.

»En halv Krone, gamle Ven!« sagde jeg og gjorde mig fræk; »her — her har De Valutta,« og jeg stak den lille Pakke i hans Haand.

»Har ikke!« sagde han, »nej, ved Gud, om jeg har!« og han vrængte sin Pengepung lige for mine Øjne. »Jeg var ude igaaraftes og blev blank; De skal tro mig, jeg ejer det ikke.«

»Nej, nej, kære, det er vel så!« svared jeg og troed ham på hans Ord; der var jo ingen Grund for ham til at lyve i en så liden Sag; det forekom mig også, at hans blå Øjne stod næsten fugtige, da han undersøgte sine Lommer og ikke fandt noget. Jeg trak mig tilbage. »Undskyld, da!« sagde jeg; »det var bare en liden Knibe, jeg stod i.«

Jeg var allerede et Stykke nede i Gaden, da han råbte efter mig om Pakken.

»Behold den, behold den!« svared jeg; »den er Dem vel undt! Det er bare et Par Småting, en Bagatel — omtrent alt, jeg ejer på Jorden.« Og jeg blev rørt over mine egne Ord, de lød så trøstesløse i den tusmørke Aften, og jeg stak i at græde . . . .

Vinden friskned på, Skyerne jaged rasende fremad på Himlen, og det blev køligere og køligere efterhvert som det mørkned. Jeg gik og græd hele Gaden nedover, følte mer og mer Medynk med mig selv og gentog Gang på Gang et Par Ord, et Udråb, som atter drev Tårerne frem, når de vilde standse: Herregud, jeg har så ondt! Herregud, jeg har så ondt!

Der gik en Times Tid, gik så uendelig langsomt og trægt. Jeg holdt mig en Tidlang i Torvgaden, sad på Trapperne, smutted ind i Portrummene, når nogen kom forbi, stod og stirred tankeløst ind i de oplyste Butiker, hvor Folk vimsed om med Varer og Penge; tilsidst fandt jeg mig en lun Plads bag en Bordstabel mellem Kirken og Basarerne.

Nej, jeg kunde ikke komme ud i Skogen iaften, det fik gå som det vilde, jeg havde ikke Kræfter til det, og Vejen var så endeløst lang. Jeg vilde få Natten til at gå, som den bedst kunde, og blive hvor jeg var; blev det for koldt, kunde jeg spadsere omkring lidt ved Kirken, jeg agted ikke at gøre flere

Omstændigheder med det. Og jeg læned mig bagover og halvsov.

Støjen om kring mig aftog, Butikerne lukkedes, Fodgængernes Skridt lød sjældnere og sjældnere, og det blev omsider mørkt i alle Vinduer . . . .

Jeg slog Øjnene op og blev var en Skikkelse foran mig; de blanke Knapper, som lyste mig imøde, lod mig ane en Konstabel; Mandens Ansigt kunde jeg ikke se.

»Godaften!« sagde han.

»Godaften!« svared jeg og blev bange. Jeg rejste mig forlegen op. Han stod en Stund urørlig.

»Hvor bor De henne?« spurgte han.

Jeg nævnte af gammel Vane og uden at tænke over det min gamle Adresse, det lille Kvistrum, som jeg havde forladt.

Han stod igen en Stund.

»Har jeg gjort noget galt?« spurgte jeg angst.

»Nej, langtifra!« svared han. »Men De burde vel gå hjem nu, det er koldt at ligge her.«

»Ja, det er sandt, det er lidt køligt, kender jeg.«

Og jeg sagde Godnat og tog instinktsmæssig Vejen ud til mit gamle Sted. Blot jeg fôr varsomt frem, kunde jeg nok nå op, uden at blive hørt; der var alt i alt otte Trapper, og blot de to øverste knaged i Trinnene.

Jeg tog Skoene af nede i Porten og gik op. Det var stille overalt; i anden Etage hørte jeg en Klokkes langsomme Tik Tak og et Barn, som græd lidt; siden hørte jeg intet. Jeg fandt min Dør, løfted den lidt på Hængslerne og åbned den uden Nøgle, som jeg var vant til, gik ind i Værelset og trak Døren lydløst igen.

Alting var som jeg havde forladt det, Gardinerne var slået tilside for Vinduerne og Sengen stod tom;

henne på Bordet skimted jeg et Papir, det var kanske min Billet til Værtinden; hun havde altså ikke engang været heroppe, siden jeg gik min Vej. Jeg famled med Hånden over den hvide Plet og følte til min Forundring, at det var et Brev. Et Brev? Jeg tager det med hen til Vinduet, studerer, så godt det lader sig gøre i Mørket, disse dårligt skrevne Bogstaver og finder endelig ud mit eget Navn. Aha! tænkte jeg, Svar fra Værtinden, et Forbud mod at betræde Værelset mer, om jeg skulde ville ty tilbage!

Og langsomt, ganske langsomt går jeg ud af Værelset igen, bærer Skoene i den ene Hånd, Brevet i den anden og Tæppet under Armen. Jeg letter mig op og bider Tænderne sammen på de knirkende Trin, kommer lykkeligt og vel nedad alle disse Trapper og står atter nede i Porten.

Jeg tager igen Skoene på, giver mig god Tid med Remmerne, sidder endog et Øjeblik stille, efterat jeg er færdig, stirrer tankeløst hen for mig og holder Brevet i Hånden.

Så rejser jeg mig og går.

Et blaffende Skin af en Gaslygte blinker oppe i Gaden, jeg går lige hen under Lyset, rejser min Pakke op mod Lygtepælen og åbner Brevet, altsammen yderst langsomt.

Der farer som en Strøm af Lys gennem mit Bryst, og jeg hører, at jeg giver et lidet Råb, en meningsløs Lyd af Glæde: Brevet var fra Redaktøren, min Føljeton var antagen, var gået lige i Sætteriet, med én Gang! »Nogle små For-andringer . . . . rettet et Par Fejlskrivninger talentfuldt gjort . . . . trykkes imorgen . . . . ti Kroner.«

Jeg lo og græd, tog tilsprangs og løb henad

Gaden, standsed op og slog mig i Knæet, svor højt og dyrt hen i Vejret ad ingen Ting. Og Tiden gik.

Hele Natten, lige til den lyse Morgen, jodled jeg om i Gaderne, dum af Glæde, og gentog: Talentfuldt gjort, altså et lidet Mesterværk, en Genistreg. Og ti Kroner!

ANDET STYKKE

Et Par Uger senere befandt jeg mig ude en Aften. Jeg havde igen siddet på en af Kirkegårdene og skrevet på en Artikel for et af Bladene; mens jeg var i Færd hermed, blev Klokken ti, Mørket faldt ind og Porten skulde lukkes. Jeg var sulten, meget sulten; de ti Kroner vared desværre så altfor kort; nu var det to, næsten tre Døgn, siden jeg havde spist noget, og jeg følte mig noget mat, lidt anstrængt af at føre Blyanten. Jeg havde en halv Pennekniv og et Nøgleknippe i Lommen, men ikke en Øre.

Da Kirkegårdsporten lukkedes, skulde jeg jo have gået lige hjem; men af en instinktsmæssig Sky for mit Værelse, hvor alt var mørkt og tomt, et forladt Blikkenslagerværksted, som jeg endelig havde fået Lov til at holde til i sålænge, sjangled jeg videre, drev på Må og Få forbi Rådstuen, helt ned til Sjøen og hen til en Bænk på Jærnbanebryggen hvor jeg satte mig.

Der faldt mig i Øjeblikket ikke en trist Tanke ind, jeg glemte min Nød og følte mig beroliget ved Synet af Havnen, der lå fredelig og skøn i Halvmørket. Af gammel Vane vilde jeg glæde mig selv med at gennemlæse det Stykke, jeg netop havde skrevet, og som forekom min lidende Hjærne det bedste, jeg havde gjort. Jeg tog mit Manuskript op af Lommen,

60

holdt det tæt ind til Øjnene, forat se, og gennemløb den ene Side efter den anden. Tilsidst blev jeg træt og stak Papirerne i Lommen. Alting var stille; Sjøen lå som et blåt Perlemor henover, og Småfuglene fløj tause forbi mig fra Sted til Sted. En Politikonstabel patroullerer et Stykke henne, ellers ses ikke et Menneske, og hele Havnen ligger tyst.

Jeg tæller igen mine Penge: en halv Pennekniv, et Nøgleknippe; men ikke en Øre. Pludselig griber jeg ned i min Lomme og trækker atter Papirerne op. Det var en mekanisk Akt, en ubevidst Nervetrækning. Jeg udsøger mig et hvidt, ubeskrevet Blad, og — Gud ved, hvor jeg fik Idéen fra — jeg laved et Kræmmerhus, lukked det varligt til, så det så ud som fuldt, og kasted det langt henad Brostenene ; af Vinden førtes det endnu lidt længer, så blev det liggende.

Nu havde Sulten begyndt at angribe mig. Jeg sad og så på dette hvide Kræmmerhus, der ligesom svulmed af blanke Sølvpenge, og hidsed mig selv til at tro, at det virkelig indeholdt noget. Ganske højt sad jeg og lokked mig til at gætte Summen — hvis jeg gætted rigtigt, var den min! Jeg forestilled mig de små, nydelige Tiøringer i Bunden og de fede, riflede Kroner ovenpå — et helt Kræmmerhus fuldt af Penge! Jeg sad og så på det med opspilede Øjne og hæled mig selv til at gå og stjæle det

Så hører jeg Konstablen hoste — og hvordan kunde jeg dog falde på at gøre netop det samme? Jeg rejser mig op fra Bænken og hoster, og jeg gentager det tre Gange, forat han skal høre det. Hvor vilde han ikke kaste sig over Kræmmerhuset, når han kom! Jeg sad og glæded mig over dette Puds, gned mig henrykt i Hænderne og bandte storslagent hen i

Hyt og Vejr. Om han ikke skulde få en lang Næse, den Hund! Om han ikke vilde synke ned i Helvedes hedeste Pøl og Pine for den Kæltringstreg! Jeg var bleven drukken af Sult, min Hunger havde beruset mig.

Et Par Minutter efter kommer Konstablen, klappende med sine Jærnhæle i Brostenene, spejdende til alle Sider. Han giver sig god Tid, han har hele Natten for sig; han ser ikke Kræmmerhuset — ikke førend han er det ganske nær. Da standser han og betragter det. Det ser så hvidt og værdifuldt ud der det ligger, måske en liden Sum, hvad? en liden Sum Sølvpenge? . . . . Og han tager det op. Hm! det er let, det er meget let. Måske en kostelig Fjær, Hattepynt . . . . Og han åbner det varsomt med sine store Hænder og kiger ind. Jeg lo, lo og banked mig i Knæet, lo som en rasende Mand. Og ikke en Lyd kom mig fra Struben; min Latter var tyst og hektisk, havde en Gråds Inderlighed . . . .

Så klapper det igen i Brostenene, og Konstablen gør et Slag henover Bryggen. Jeg sad der med Tårer i Øjnene og hikked efter Ånde, helt fra mig selv af febersk Lystighed. Jeg begyndte at tale højt, fortalte mig selv om Kræmmerhuset, eftergjorde den stakkels Konstabels Bevægelser, kiged ind i min hule Hånd og gentog atter og atter for mig selv: Han hosted, da han kasted det! Han hosted, da han kasted det! Til disse Ord føjed jeg nye, gav dem pirrende Tillæg, omsatte hele Sætningen og spidsed den til: Han hosted én Gang — khøhø!

Jeg udtømte mig i Variationer af disse Ord, og det led langt hen på Aftenen, inden min Lystighed hørte op. En døsig Ro overkom mig så, en behagelig Mathed, som jeg ikke gjorde Modstand mod. Mørket var bleven lidt tykkere, en liden Bris fured i Sjøens Perlemor; Skibene, hvis Master jeg så mod Himlen, så ud med sine sorte Skrog som lydløse Uhyrer, der rejste Børster og lå og vented på mig. Jeg havde ingen Smærte, min Sult havde stumpet den af; i dens Sted følte jeg mig behageligt tom, uberørt af alting omkring mig og glad over at være uset af alle. Jeg lagde Benene op på Bænken og læned mig bagover, således kunde jeg bedst føle Afsondrethedens hele Velvære. Der var ikke en Sky i mit Sind, ikke en Fornemmelse af Ubehag, og jeg havde ikke en Lyst eller Attrå uopfyldt, så vide min Tanke kunde gå. Jeg lå med åbne Øjne i en Tilstand af Fraværenhed fra mig selv, jeg følte mig dejligt borte.

Fremdeles var der ikke en Lyd, som forstyrred mig; det milde Mørke havde skjult Alverden for mine Øjne og begravet mig der i idel Ro — blot Stilhedens øde Lyddulm tier mig monotont i Ørene. Og de dunkle Uhyrer derude vilde suge mig til sig, når Natten kom, og de vilde bringe mig langt over Hav og gennem fremmede Land, hvor ikke Mennesker bo. Og de vilde bringe mig til Prinsesse Ylajalis Slot, der en uanet Herlighed venter mig, større end nogen Menneskers er. Og hun selv vilde sidde i en strålende Sal, hvor alt er af Amatyst, i en Trone af gule Roser, og række Hånden ud mod mig, når jeg stiger ind, hilse og råbe Velkommen, når jeg nærmer mig og knæler: Velkommen, Ridder, til mig og mit Land! Jeg har ventet dig i tyve Somre og kaldt dig i alle lyse Nætter, og når du sørged, har jeg grædt herinde, og når du sov, har jeg åndet dig dejlige Drømme ind! .... Og den skønne tager min Hånd og følger mig, leder mig frem gennem lange Gange, hvor store Menneskeskarer råber Hurra, gennem lyse Haver, hvor tre hundrede unge Piger leger og ler, ind i en anden Sal, hvor alt er af lysende Smaragd. Solen skinner herinde, i Gallerier og Gange går hendragende Kor af Musik, Strømme af Duft slår mig imøde. Jeg holder hendes Hånd i min, og jeg føler i mit Blod Forhekselsens vilde Dejlighed fare; jeg lægger min Arm om hende, og hun hvisker: Ikke her, kom længer endnu! Og vi stiger ind i den røde Sal, hvor alt er Rubin, en frådende Herlighed, hvori jeg synker om. Da føler jeg hendes Arme om mig, hun ånder henover mit Ansigt, hvisker: Velkommen, Elskede! Kys mig! Mer . . . . mer . . . .

Jeg ser fra min Bænk Stjærner for mine Øjne, og min Tanke stryger ind i en Orkan af Lys . . . .

Jeg var falden i Søvn, der jeg lå, og blev vækket af Konstablen. Der sad jeg, ubarmhjærtigen kaldt tilbage til Livet og Elendigheden. Min første Følelse var en stupid Forbauselse over at finde mig selv ude under åben Himmel, men snart afløstes denne af et bittert Mismod; jeg var lige ved at græde af Sorg over endnu at være ilive. Det havde regnet, mens jeg sov, mine Kiæder var ganske gennemvåde, og jeg følte en rå Kulde i mine Lemmer. Mørket var bleven end tættere, det var med Nød jeg kunde skimte Konstablens Ansigtstræk foran mig.

»Såh,« sagde han, »stå nu op!«

Jeg rejste mig straks; om han havde befalet mig at lægge mig ned igen, havde jeg også adlydt. Jeg var meget nedstemt og ganske uden Kraft, dertil kom, at jeg næsten øjeblikkelig begyndte at føle Sulten igen.

»Vent lidt!« råbte Konstablen efter mig, »Di går jo fra Demses Hat, Tosken! Såh, gå nu!«

»Jeg syntes nok også, der var noget, jeg ligesom — ligesom havde glemt,« stammed jeg fraværende.

»Tak. Godnat.«

Og jeg sjangled afsted.

Den, som nu havde sig lidt Brød at tage til! Et sådant dejligt lidet Rugbrød, som man kunde bide over, mens man gik i Gaderne! Og jeg gik og tænkte mig netop den særlige Sort Rugbrød, som det skulde være så usigeligt godt at få gnave. Jeg sulted bitterlig, ønsked mig død og borte, blev sentimental og græd. Det blev aldrig Ende på min Elendighed! Så med en Gang standsed jeg op på Gaden, stamped i Brostenene og bandte hojt. Hvad var det, han havde kaldt mig? Tosken? Jeg skal vise den Konstabel, hvad det vil sige at kalde mig Tosken! Dermed vendte jeg om og løb tilbage. Jeg følte mig blussende hed af Vrede. Nede i Gaden snubled jeg og faldt, men jeg ændsed det ikke, sprang op igen og løb. Nede ved Jærnbanetorvet var jeg imidlertid ble ven så træt, at jeg følte mig ikke istand til at fortsætte helt ned til Bryggen; min Vrede havde desuden taget af under Løbet. Endelig standsed jeg og trak Vejret. Kunde det ikke også være ganske ligegyldigt, hvad en sådan Konstabel havde sagt? — Ja, men jeg tålte ikke alt! — Rigtignok! afbrød jeg mig selv; men han vidste ikke bedre! — Og denne Undskyldning fandt jeg tilfredsstillende; jeg gentog to Gange for mig selv: Han vidste ikke bedre! Dermed vendte jeg atter om.

Gud, hvad du kan finde på! tænkte jeg harmfuldt; løbe om som en gal i slige dyvåde Gader mørke Natten! Sulten gnaved mig ulideligen og lod mig ikke i Ro. Atter og atter svælged jeg Spyt, for på den Måde at mætte mig lidt, og jeg syntes, det hjalp. Det havde været for småt med Mad for mig i mangfoldige Uger, før dette kom på, og Kræfterne

havde taget betydeligt af i det sidste. Når jeg havde
været heldig at fået en Femkrone opdrevet ved en
eller anden Manøvre, vilde ikke gærne disse Penge
vare så længe, at jeg blev helt restitueret, før en ny
Sultetid brød ind over mig og slog mig i Knæ. Det
havde faret værst med min Ryg og mine Skuldre;
den Smule Gnaven i Brystet kunde jeg også standse
et Øjeblik, når jeg hosted rigtig hårdt, eller når jeg
gik dygtigt foroverbøjet; men Ryggen og Skuldrene
havde jeg ingen Råd for. Hvordan kunde det dog
være, at det slet ikke vilde lysne for mig? Var jeg
måske ikke lige så berettiget til at leve som
hvemsomhelst anden, som Antikvarboghandler
Pascha og Dampskibsekspeditør Hennechen? Om
jeg kanske ikke havde Skuldre som en Rise og to
svære Arme at arbejde med, og om jeg måske ikke
havde søgt endog en Vedhuggerplads i Møllergaden,
forat tjene mit daglige Brød? Var jeg lad? Havde jeg
ikke søgt Pladse og hørt Forelæsninger og skrevet
Avisartikler og læst og arbejdet Nat og Dag, som en
gal Mand? Og havde jeg ikke levet som en Gnier,
spist Brød og Melk, når jeg havde meget, Brød, når
jeg havde lidet, og sultet, når jeg ingenting havde?
Boed jeg på Hotel, havde jeg en Suite Værelser i
første Etage? På et Udloft boed jeg, i et
Blikkenslagerværksted, som Gud og Hvermand
havde rømt ud af sidste Vinter, fordi det sneed
derind. Så jeg kunde aldeles ikke begribe mig på det
hele!

Alt dette gik jeg og tænkte på, og der var ikke så
meget som en Gnist af Ondskab eller Misundelig-
hed eller Bitterhed i min Tanke.

Ved en Farvehandel standsed jeg og så indad
Vinduet; jeg forsøgte at læse Vignetterne på et Par

hermetiske Dåser, men det var altfor mørkt. Ærgerlig på mig selv for dette ny Påfund, og heftig, næsten vred over ikke at kunne finde ud, hvad disse Dåser indeholdt, banked jeg én Gang i Vinduet og gik videre. Oppe i Gaden så jeg en Politibetjent, jeg forstærked min Gang, gik tæt hen til ham og sagde, uden ringeste Foranledning:

»Klokken er ti.«

»Nej, den er to,« svared han forundret.

»Nej, den er ti,« sagde jeg, »Klokken er ti.« Og stønnende af Vrede trådte jeg endnu et Par Skridt frem, knytted min Hånd og sagde: »Hør, ved De hvad — Klokken er ti!«

Han stod og overvejed en liden Stund, anskued min Person, stirred forbløffet på mig. Endelig sagde han ganske stille:

»I hvert Fald er det jo på Tiden, at Dere går hjem. Vil Di, atte jej ska' følle Dere?«

Ved denne Venlighed blev jeg afvæbnet; jeg følte, at jeg fik Tårer i Øjnene, og jeg skyndte mig at svare:

»Nej, Tak! — Jeg har bare været lidt forsent ude . . . . på en Kafé . . . . Jeg takker Dem så meget.«

Han lagde Hånden på Hjælmen, da jeg gik. Hans Venlighed havde ganske overvældet mig, og jeg græd, fordi jeg ikke ejed fem Kroner at give ham. Jeg standsed og så efter ham, idet han langsomt vandred sin Vej, slog mig for Panden og græd heftigere, efterhvert som han fjærned sig. Jeg skældte mig ud for min Fattigdom, kaldte mig ved Øgenavne, opfandt desperate Benævnelser, kostelige rå Fund af Skældsord, som jeg overdynged mig selv med. Dette fortsatte jeg med, indtil jeg var næsten helt hjemme. Da jeg kom til Porten opdaged jeg, at jeg havde tabt mine Nøgler.

Ja, naturligvis! sagde jeg bittert til mig selv, hvorfor skulde jeg ikke tabe mine Nøgler? Her bor jeg i en Gård, hvor der er en Stald nedenunder og et Blikkenslagerværksted ovenpå; Porten er stængt om Natten, og ingen, ingen kan lukke den op — hvorfor skulde jeg så ikke tabe mine Nøgler? Jeg er våd som en Hund, lidt sulten, ganske bitte lidt sulten, og lidt latterligt træt i Knæerne — hvorfor skulde jeg så ikke tabe dem? Hvorfor kunde ikke egentlig hele Huset være flyttet ud i Aker, når jeg kom og skulde ind? . . . . Og jeg lo ved mig selv, forhærdet af Sult og Forkommenhed.

Jeg hørte Hestene stampe inde i Stalden, og jeg kunde se mit Vindu ovenpå; men Porten kunde jeg ikke åbne, og jeg kunde ikke slippe ind. Træt og bitter i Sind bestemte jeg mig derfor til at gå tilbage til Bryggen og lede efter mine Nøgler.

Det var igen begyndt at regne, og jeg følte allerede Vandet trække igennem på mine Skuldre. Ved Rådstuen fik jeg med en Gang en lys Idé: jeg vilde anmode Politiet om at åbne Porten. Jeg henvendte mig straks til en Konstabel og bad ham indstændigt om at følge med og lukke mig ind, hvis han kunde.

Hja, hvis han kunde, ja! Men han kunde ikke, han havde ingen Nøgle. Politiets Nøgler var ikke her, de var i Detektivafdelingen.

Hvad skulde jeg da gøre.?

Hja, jeg fik gå til et Hotel og lægge mig.

Men jeg kunde virkelig ikke gå til et Hotel og lægge mig; jeg havde ingen Penge. Jeg havde været ude . . . . på en Kafé . . . . han forstod jo nok . . . .

Vi stod der en liden Stund på Rådstuens Trappe. Han overvejed og betænkte sig og anskued min

Person. Regnen strømmed ned udenfor os.

»Så får Di gå ind til Vagthavende og mælle Dere som husvild,« sagde han.

Som husvild? Det havde jeg ikke tænkt på. Ja, Død og Plage, det var en god Idé! Og jeg takked Konstablen på Stedet for dette fortrinlige Påfund. Om jeg bare simpelthen kunde gå ind og sige, at jeg var husvild?

Simpelthen! . . . .

»Navn?« spurgte Vagthavende.

»Tangen — Andreas Tangen.«

Jeg ved ikke, hvorfor jeg løj. Min Tanke flagred opløst om og gav mig flere Indfald, end jeg skøtted om; jeg hitted dette fjærntliggende Navn i Øjeblikket og slynged det ud, uden nogen Beregning. Jeg løj uden Nødvendighed.

»Bestilling?«

Dette var at sætte mig Stolen for Døren. Hm. Bestilling! Hvad var min Bestilling? Jeg tænkte først at gøre mig til Blikkenslager, men voved det ikke; jeg havde givet mig et Navn, som ikke enhver Blikkenslager har, desuden bar jeg Briller på Næsen. Da faldt det mig i Sinde at være dumdristig, jeg trådte et Skridt frem og sagde fast og højtideligt:

»Journalist.«

Vagthavende gjorde et Ryk på sig, før han skrev, og stor som en husvild Statsråd stod jeg foran Skranken. Det vakte ingen Mistanke; Vagthavende kunde nok så godt forstå, at jeg nøled med mit Svar. Hvad ligned det, en Journalist på Rådstuen, uden Tag over Hovedet!

»Ved hvilket Blad — Hr. Tangen?«

»Ved »Morgenbladet«,« sagde jeg. »Desværre har jeg været lidt forsent ude iaften . . .«

»Ja, det taler vi ikke om!« afbrød han, og han lagde til med et Smil: »Når Ungdommen er ude . . . . vi forstår . . . .« Henvendt til en Konstabel sagde han, idet han rejste sig og bukked høfligt for mig: »Vis den Herre op i den reserverede Afdeling. Godnat!«

Jeg følte mig kold nedad Ryggen over min egen Dristighed, og jeg knytted Hænderne, der jeg gik, for at stive mig op. Havde jeg endda ikke blandet »Morgenbladet« ind! Jeg vidste, at Friele kunde skære Tænder, og da Nøglen gnissed i Låsen, mindedes jeg ved Lyden derom.

»Gassen brænder i ti Minutter,« sagde Konstablen endnu i Døren.

»Og så slukkes den?«

»Så slukkes den.«

Jeg satte mig på Sengen og horte, hvor Nøglen blev vreden om. Den lyse Celle så venlig ud; jeg følte mig godt og vel i Hus og lytted med Velbehag til Regnen udenfor. Jeg skulde ikke ønske mig noget bedre end en sådan koselig Celle! Min Tilfredshed steg; siddende på Sengen med Hatten i Hånden og med Øjnene heftet på Gasflammen henne i Væggen, gav jeg mig til at eftertænke Momenterne i min første Befatning med Politiet. Dette var den første, og hvor havde jeg ikke narret det! Journalist Tangen, hvadbehager? Og så »Morgenbladet«! Hvor havde jeg ikke rammet Manden lige i Hjærtet med »Morgenbladet«! Det taler vi ikke om, hvad? Siddet i Stiftsgården i Galla til Klokken to, glemt Portnøglen og en Lommebog på nogle tusind Kroner hjemme! Vis den Herre op i den reserverede Afdeling . . . .

Så slukner pludseligt Gassen, så forunderlig pludseligt, uden at tage af, uden at svinde ind; jeg sidder i dybt Mørke, jeg kan ikke se min Hånd, ikke de hvide Vægge omkring mig, intet. Der var ikke noget andet at gøre end at gå tilsengs. Og jeg klædte mig af.

Men jeg var ikke søvntræt og kunde ikke sove. Jeg blev liggende en Tid at se ind i Mørket, dette tykke Massemørke, som ingen Bund havde, og som jeg ikke kunde begribe. Min Tanke kunde ikke fatte det. Det var mig uden al Måde mørkt, og jeg følte dets Nærvær trykke mig. Jeg lukked Øjnene, gav mig til at synge halvhøjt og kasted mig frem og tilbage på Briksen, forat adsprede mig; men uden Nytte. Mørket havde besat min Tanke og lod mig ikke et Øjeblik i Fred. Hvad om jeg selv var bleven opløst til Mørke, gjort til ét med det? Jeg rejser mig op i Sengen og slår ud med Armene.

Min nervøse Tilstand havde ganske taget Overhånd, og det hjalp ikke, hvormeget jeg forsøgte at modarbejde den. Der sad jeg, et Bytte for de særeste Fantasier, tyssende på mig selv, nynnende Vuggesange, svedende af Anstrængelse for at bringe mig i Ro. Jeg stirred ud i Mørket, og jeg havde aldrig i mine Levedage set et sådant Mørke. Der var ingen Tvivl om, at jeg her befandt mig foran en egen Sort af Mørke, et desperat Element, som ingen tidligere havde været opmærksom på. De latterligste Tanker sysselsatte mig, og hver Ting gjorde mig bange. Det lille Hul i Væggen ved min Seng beskæftiger mig meget, et Spigerhul, jeg finder, et Mærke i Muren. Jeg føler på det, blæser i det og søger at gætte mig dets Dybde. Det var ikke noget uskyldigt Hul, slet ikke; det var et rigtig intrikat og hemmelighedsfuldt Hul, som jeg måtte vogte mig for. Og besat af Tanken på dette Hul, helt fra mig selv af

71

Nysgærrighed og Frygt, måtte jeg tilsidst stå op af Sengen og finde fat på min halve Pennekniv, forat måle dets Dybde og forvisse mig om, at det ikke førte helt ind til Sidecellen.

Jeg lagde mig tilbage, forat forsøge at falde i Søvn, men i Virkeligheden for atter at kæmpe med Mørket. Regnen havde ophørt udenfor, og jeg hørte ikke en Lyd. En Tidlang vedblev jeg at lytte efter Fodtrin på Gaden, og jeg gav mig ikke Fred, førend jeg havde hørt en Fodgænger gå forbi, efter Lyden at dømme en Konstabel. Pludselig knipser jeg i Fingrene flere Gange og ler. Det var da som bare Fan! Ha! — Jeg indbildte mig at have fundet et nyt Ord. Jeg rejser mig op i Sengen og siger: Det findes ikke i Sproget, jeg har opfundet det, Kuboå. Det har Bogstaver som et Ord, ved sødeste Gud, Mand, du har opfundet et Ord . . . . Kuboå . . . . af stor grammatikalsk Betydning . . . .

Jeg sidder med åbne Øjne, forbauset over mit Fund, og ler af Glæde. Så begynder jeg at hviske; man kunde belure mig, og jeg agted at holde min Opfindelse hemmelig. Jeg var kommet ind i Sultens glade Vanvid; jeg var tom og smærtefri, og min Tanke var uden Tøjler. Jeg overlægger i Stilhed med mig selv. Med de mest forunderlige Spring i min Tankegang søger jeg at udgranske Betydningen af mit ny Ord. Det behøved ikke at betyde hverken Gud eller Tivoli, og hvem havde sagt, at det skulde betyde Dyrskue? Jeg knytter Hånden heftigt og gentager en Gang til: Hvem har sagt, at det skal betyde Dyrskue? Når jeg betænkte mig ret, var det ikke engang absolut nødvendigt, at det betød Hængelås eller Solopgang. Et sådant Ord, som dette, var det ikke vanskeligt at finde Mening til. Jeg vilde vente og se Tiden an. Imidlertid kunde jeg sove på det.

Jeg ligger der på Briksen og småler, men siger ingenting, udtaler mig ikke hverken fra eller til. Der går nogle Minutter, og jeg blir nervøs, det ny Ord plager mig uden Ophør, vender altid tilbage, bemægtiger sig tilsidst al min Tanke og gør mig alvorlig. Jeg havde opgjort mig en Mening om, hvad det ikke skulde betyde, men ikke fattet nogen Bestemmelse om, hvad det skulde betyde. Det er et Bispørgsmål! sagde jeg højt til mig selv, og jeg griber mig i Armen og gentager, at det var et Bispørgsmål. Ordet var Gudskelov fundet, og det var Hoved- sagen. Men Tanken plager mig endeløst og hindrer mig fra at falde i Søvn; intet var mig godt nok for dette ualmindeligt sjældne Ord. Endelig rejser jeg mig atter op i Sengen, griber mig med begge Hænder om Hovedet og siger: Nej, det er jo det, som netop er umuligt, at lade det betyde Emigration eller Tobaksfabrik! Havde det kunnet betyde noget sådant som dette, vilde jeg for længe siden have bestemt mig herfor og taget Følgerne. Nej, egentlig var Ordet egnet til at betyde noget sjæleligt, en Følelse, en Tilstand — om jeg ikke kunde forstå det? Og jeg husker mig om, forat finde noget sjæleligt. Da forekommer det mig, at nogen taler, blander sig ind i min Passiar, og jeg svarer vredt: Hvadbehager? Nej, din idiotiske Mage findes ikke! Strikkegarn? Å, rejs til Helvede! Nu måtte jeg rigtig le! Om jeg måtte spørge: Hvorfor skulde jeg være forpligtet til at lade det betyde Strikkegarn, når jeg specielt havde imod, at det betød Strikkegarn? Jeg havde selv opfundet Ordet, og jeg var i min gode Ret til at lade det betyde hvadsomhelst for den Skyld. Såvidt jeg

73

vidste, havde jeg ikke endnu udtalt mig . . . .

Men mer og mer kom min Hjærne i Vildrede. Tilsidst sprang jeg ud af Sengen, forat finde Vandledningen. Jeg var ikke tørst, men mit Hoved stod i Feber, og jeg følte en instinktsmæssig Trang til Vand. Da jeg havde drukket, gik jeg igen tilsengs og bestemte mig til med Vold og Magt at ville sove. Jeg lukked Øjnene og tvang mig til at være rolig. Så lå jeg i flere Minutter, uden at gøre en Bevægelse, jeg blev sved, og jeg følte Blodet støde heftigt gennem Årene. Nej, det var dog altfor kosteligt, at han kunde lede efter Penge i det Kræmmerhus! Han hosted også blot én Gang. Mon han går dernede endnu? Sidder på min Bænk? . . . . Det blå Perlemor . . . . Skibene . . . .

Jeg åbned Øjnene. Hvor kunde jeg også holde dem lukket, når jeg ikke kunde sove? Og det samme Mørke ruged omkring mig, samme uudgrundelige sorte Evighed, som min Tanke stejled imod og ikke kunde fatte. Hvad kunde jeg dog ligne det med? Jeg gjorde de mest fortvivlede Anstrængelser, forat finde et Ord, der var sort nok til at betegne mig dette Mørke, et Ord så grusomt sort, at det kunde sværte min Mund, når jeg nævnte det. Herregud, hvor det var mørkt! Og jeg bringes igen til at tænke på Havnen, på Skibene, de sorte Uhyrer, der lå og vented på mig. De vilde suge mig til sig og holde mig fast og sejle med mig over Land og Hav, gennem mørke Riger, som ingen Mennesker har set. Jeg føler mig ombord, trukket tilvands, svævende i Skyerne, dalende, dalende . . . . Jeg giver et hæst Skrig af Angst og hugger mig fast i Sengen; jeg havde gjort sådan farlig Rejse, suset ned gennem Luften som en Byldt. Hvor følte jeg mig ikke frelst, da jeg slog Hånden mod den hårde Briks! Således er det at dø, sagde jeg til mig selv, nu skal du dø! Og jeg lå en liden Stund og tænkte over dette, at nu skulde jeg dø. Da rejser jeg mig op i Sengen og spørger strængt: Hvem sagde, at jeg skulde dø? Har jeg selv fundet Ordet, så er jeg i min gode Ret til selv at bestemme, hvad det skal betyde . . . . Jeg hørte selv, at jeg fantasered, hørte det endnu mens jeg talte. Min Galskab var et Delirium af Svaghed og Udmattelse, men jeg var ikke sandsesløs. Og den Tanke fôr mig med ét gennem Hjærnen, at jeg var bleven vanvittig. Greben af Rædsel farer jeg ud af Sengen. Jeg raver hen til Døren, som jeg prøver at åbne, kaster mig et Par Gange mod den, forat sprænge den, støder mit Hoved mod Væggen, jamrer højt, bider mig i Fingrene, græder og bander . . . .

Alting var roligt; kun min egen Stemme kastedes tilbage fra Murene. Jeg var falden om på Gulvet, ude af Stand til længer at tumle om i Cellen. Da skimter jeg højt oppe, midt for mine Øjne, en grålig Kvadrat i Væggen, en Tone af hvidt, en Anelse — det var Dagslyset. Jeg følte, at det var Dagslyset, følte det med hver Pore i mit Legeme. Å, hvor åndet jeg ikke dejligt ud! Jeg kasted mig flad på Gulvet og græd af Glæde over dette velsignede Skimt af Lys, hulked af Taknemmelighed, kyssed mod Vinduet og bar mig ad som en gal. Og jeg var mig også i dette Øjeblik bevidst, hvad jeg gjorde. Alt Mismod var med engang borte, al Fortvivlelse og Smærte ophørt, og jeg havde i denne Stund ikke et Ønske uopfyldt, så vide min Tanke kunde gå. Jeg satte mig overende på Gulvet, folded Hænderne og vented tålmodig på Dagens Frembrud.

Hvilken Nat havde ikke dette været! At man dog ikke har hørt nogen Larm, tænkte jeg forundret. Men jeg var jo også i den reserverede Afdeling, højt over alle Fanger. En husvild Statsråd, om jeg så måtte sige. Stadigt i den bedste Stemning, med Øjnene vendt mod den lysere og lysere Rude i Muren, mored jeg mig selv med at agere Statsråd, kaldte mig von Tangen og lagde min Tale i Departementsstil. Mine Fantasier havde ikke hørt op, kun var jeg langt mindre nervøs. Om jeg ikke havde begået den beklagelige Tankeløshed at lægge min Lommebog hjemme! Om jeg ikke måtte have den Ære at bringe Hr. Statsråden tilsengs? Og i yderste Alvor, med mange Ceremonier gik jeg hen til Briksen og lagde mig.

Det var nu bleven så lyst, at jeg kunde nogenlunde skimte Cellens Omrids, og lidt efter kunde jeg se det svære Håndtag i Døren. Dette adspreded mig; det ensformige Mørke, så irriterende tykt, at det hindred mig fra at se mig selv, var brudt; mit Blod blev roligere, og snart følte jeg mine Øjne lukkes.

* * *

Jeg vækkedes af et Par Slag i min Dør. I al Hast sprang jeg op og klædte mig skyndsomt på; mine Klæder var endnu gennemvåde fra igåraftes.

»Di vil mælle Dere nede hos Jourhavende,« sagde Konstablen.

Var der altså igen Formaliteter at gennemgå! tænkte jeg bange.

Jeg kom ind i et stort Rum nedenunder, hvor tredive eller firti Mennesker sad, alle husvilde. Og en

for en blev de råbt op af Protokollen, en for en fik
de en Billet til Mad. Jourhavende sagde stadig væk til
Konstablen ved sin Side:

»Fik han en Billet? Ja, glem ikke at give dem
Billetter. De ser ud til at trænge et Måltid.«

Og jeg stod og så på disse Billetter og ønsked mig
en.

»Andreas Tangen, Journalist!«

Jeg trådte frem og bukked.

»Kære, hvordan kan De være kommen her?«

Jeg forklared den hele Sammenhæng, gav den
samme Historie som igåraftes, løj med åbne Øjne og
uden at blinke, løj med Oprigtighed: Været lidt
forsent ude, desværre . . . . på en Kafé . . . . mistet
Portnøglen . . . .

»Ja,« sagde han og smilte, »således er det! Har de
sovet godt da?«

»Som en Statsråd!« svaredjeg. »Som en Statsråd!«

»Det glæder mig!« sagde han og rejste sig.
»Godmorgen!«

Og jeg gik.

En Billet, en Billet også til mig! Jeg har ikke spist
på over tre lange Dage og Nætter. Et Brød! Men der
var ingen, som bød mig en Billet, og jeg turde ikke
begære en. Det vilde øjeblikkelig vakt Mistanke. Man
vilde begynde at grave i mine private Forhold og
finde ud, hvem jeg virkelig var; man vilde arrestere
mig for falske Foregivender. — Med løftet Hoved,
med millionær Holdning og Hænderne heftet i mit
Frakkefald skrider jeg ud af Rådstuen.

Solen skinned allerede varmt, Klokken var ti, og
Trafiken på Youngstorvet var i fuld Bevægelse. Hvor
skulde jeg tage Vejen? Jeg klapper på Lommen og
føler efter mit Manuskript; når Klokken blev elleve,

vilde jeg forsøge at træffe Redaktøren. Jeg står en Stund på Ballustraden og iagttager Livet nedenunder mig; imens var det begyndt at dampe af mine Klæder. Hungeren indfandt sig igen, gnaved mig i Brystet, rykked, gav mig små fine Stik, som smærted mig. Havde jeg virkelig ikke en Ven, en Bekendt, jeg kunde henvende mig til? Jeg leder i min Hukommelse, forat finde en Mand på ti Øre, og finder ham ikke. Det var dog en dejlig Dag; der var megen Sol og meget Lys omkring mig; Himlen strømmed som et fint Hav henover Lier-fjældene . . . .

Jeg var uden at vide det på Vejen hjem.

Jeg sulted svare, og jeg fandt mig på Gaden en Træspån at tygge på. Det hjalp. At jeg dog ikke havde tænkt på det før!

Porten var åben, Staldkarlen hilste som sædvanligt Godmorgen.

»Fint Vejr!« sagde han.

»Ja« svared jeg. Det var alt, jeg fandt at sige. Kunde jeg bede ham om at låne mig en Krone? Han gjorde det vist så gærne, hvis han kunde. Jeg havde desuden engang skrevet et Brev for ham.

Han stod og smagte på noget, han vilde sige.

»Fint Vejr, ja. Hm. Jeg skulde betale Værtinden min idag, Di kunde vel ikke være så snil at låne mig fem Kroner, vel? Bare på no 'en Da'er. Di har gjort mig en Tjeneste før, Di.«

»Nej, det kan jeg virkelig ikke, Jens Olaj,« svared jeg. »Ikke nu. Måske senerehen, måske i Efter-middag.« Og jeg sjangled opad Trappen til mit Værelse.

Her kasted jeg mig på min Seng og lo. Hvor svineheldigt var det ikke, at han var kommet mig i

Forkøbet! Min Ære var reddet. Fem Kroner — Gud bevare dig, Mand! Du kunde lige så gærne spurgt mig om fem Aktier i Dampkøkkenet eller en Herregård ude i Aker.

Og Tanken på disse fem Kroner fik mig til at le højere og højere. Var jeg dog ikke en Pokkers Karl, hvad? Fem Kroner! Jo, her var rette Manden! Min Lystighed steg, og jeg gav mig hen i den: Fy, Fan, for Madlugt her er! Rigtig fersk Karbonadelugt, siden Middagen, fyh! Og jeg støder Vinduet op, forat lufte ud den afskyelige Lugt. Opvarter, en halv Bif! Henvendt til Bordet, dette skrøbelige Bord, som jeg måtte støtte med Knæerne, når jeg skrev, bukked jeg dybt og spurgte: Tør jeg spørge, vil De drikke et Glas Vin? Ikke? Jeg er Tangen, Statsråd Tangen. Desværre har jeg været lidt forsent ude . . . . Portnøglen . . . .

Og uden Tøjler løb min Tanke igen ud på vildsomme Veje. Jeg var mig stadigt bevidst, at jeg talte usammenhængende, og jeg sagde ikke et Ord, uden at jeg hørte og forstod det. Jeg sagde til mig selv: Nu taler du usammenhængende igen! Og jeg kunde dog ikke hjælpe for det. Det var som at ligge vågen og tale i Søvne. Mit Hoved var let, uden Smærte og uden et Tryk, og mit Sind var uden Skyer. Jeg sejled afsted, og jeg gjorde ingen Modstand.

Kom ind! Jo, kom bare ind! Som de ser, alt af Rubin. Ylajali, Ylajali! Den røde, skummende Silkedivan! Hvor heftigt hun ånder! Kys mig, Elskede! mer! mer! Dine Arme er som hvidt Rav, din Mund blusser . . . . Opvarter, jeg bad om en Bif . . . .

Solen skinned indad mit Vindu, nedenunder hørte jeg Hestene tygge Havre. Jeg sad og gumled på min Træspån, oprømt, glad i Sind som et Barn.

Stadig væk havde jeg følt efter Manuskriptet; jeg havde det ikke én Gang i Tanken, men Instinktet sagde mig, at det var til, mit Blod minded mig om det. Og jeg trak det frem.

Det var bleven vådt, og jeg bredte det ud og lagde det hen i Sollyset. Derpå gav jeg mig til at vandre frem og tilbage i mit Værelse. Hvor alt så nedslående ud! Omkring på Gulvet små nedtrampede Levninger af Blikplader; men ikke en Stol at sidde på, ikke engang en Spiger i de nøgne Vægge. Alt var bragt til »Onkels« Kælder og fortæret. Et Par Ark Papir på Bordet, belagt med tykt Støv, var al min Ejendom; det gamle, grønne Tæppe på Sengen havde Hans Pauli lånt mig for nogle Måneder siden . . . . Hans Pauli! Jeg knipser i Fingrene. Hans Pauli Pettersen skal hjælpe mig! Og jeg husker mig om efter hans Adresse. Hvor kunde jeg dog glemme Hans Pauli! Han vilde sikkert blive meget vred, fordi jeg ikke havde henvendt mig til ham straks. Hurtigt tager jeg min Hat på, samler Manuskriptet op, stikker det i Lommen og haster nedad Trappen.

»Hør, Jens Olaj,« råbte jeg ind i Stalden, »jeg tror ganske sikkert, jeg kan hjælpe dig i Eftermiddag!«

Kommen til Rådstuen ser jeg, at Klokken er over elleve, og jeg bestemmer mig til at gå indom Redaktionen med det samme. Udenfor Kontordøren standsed jeg, forat undersøge om mine Papirer lå efter Pagina; jeg glatted dem omhyggeligt ud, stak dem igjen i Lommen og banked på. Mit Hjærte klapped hørligt, da jeg trådte ind.

Saksen er som sædvanlig tilstede. Jeg spørger frygtsomt efter Redaktøren. Intet Svar. Manden sidder og borer efter Smånyt i Provinsaviserne.

Jeg gentager mit Spørgsmål og stiger længer frem.

Redaktøren var ikke kommet, sagde endelig Saksen, uden at se op.

Om hvornår han kom?

Kunde ikke sige det, kunde aldeles ikke sige det, Di.

Hvorlænge var Kontoret åbent?

Herpå fik jeg intet Svar, og jeg måtte gå. Saksen havde ikke kastet et Blik på mig under det hele; han havde hørt min Stemme og genkendt mig på den. Så ilde set er du her, tænkte jeg, man gider ikke engang svare dig. Mon det er Ordre fra Redaktøren? Jeg havde rigtignok også, lige siden min berømte Føljeton til ti Kroner blev antagen, oversvømmet ham med Arbejder, rændt på hans Døre næsten hver Dag med ubrugbare Ting, som han havde måttet læse igennem og give mig tilbage. Han vilde kanske have en Ende på det, tage sine Forholdsregler . . . . Jeg begav mig på Vejen ud i Homandsbyen.

Hans Pauli Pettersen var en Bondestudent på Kvisten i en fem Etages Gård, altså var Hans Pauli Pettersen en fattig Mand. Men havde han en Krone, så vilde han ikke spare den. Jeg vilde få den lige så sikkert, som jeg havde den i Hånden. Og jeg gik og glæded mig til denne Krone den hele Vej og følte mig vis på at få den. Da jeg kom til Gadedøren, var den stængt, og jeg måtte ringe på.

»Jeg ønsker at tale med Student Pettersen,« sagde jeg og vilde ind; »jeg ved hans Værelse.«

»Student Pettersen?« gentager Pigen. Om det var ham, som boed på Kvisten? Han var flyttet. Ja, hun vidste ikke hvorhen; men han havde bedt om at få sine Breve sendt ned til Hermansen i Toldbodgaden, og Pigen nævnte Numret.

Jeg går fuld af Tro og Håb helt ned i Toldbodgaden, forat spørge om Hans Paulis Adresse. Dette var min sidste Udvej, og jeg måtte udnytte den. Undervejs kom jeg forbi et nys opført Hus, hvor et Par Snedkere stod og høvled udenfor. Jeg tog i Dyngen et Par blanke Spåner, stak den ene i Munden og gæmte den anden i Lommen til senere. Og jeg fortsatte min Vej. Jeg stønned af Hunger. Ved en Bagerbutik havde jeg set et forunderlig stort ti Øres Brød i Vinduet, det største Brød, som kunde fåes for den Pris . . . .

»Jeg kommer, forat få vide Student Pettersens Adresse.«

»Bernt Ankers Gade Numer 10. Kvisten.« — Om jeg skulde derud? Nå, så vilde jeg måske være så snil at medtage et Par Breve, som var kommet?

Jeg går atter op i Byen, den samme Vej, jeg var kommet, passerer igen Snedkerne, som nu sad med sine Blikspand mellem Knæerne og spiste sin gode, varme Dampkøkkenmiddag, kommer forbi Bagerbutiken, hvor Brødet endnu ligger på sin Plads, og når endelig Bernt Ankers Gade, halvdød af Udmattelse. Døren var åben, og jeg begiver mig opad de mange tunge Trapper til Kvisten. Jeg tager Brevene op fra Lommen, for med ét Slag at sætte Hans Pauli i Humør, når jeg kom ind. Han vilde vist ikke nægte mig denne Håndsrækning, når jeg forklared ham Omstændighederne, aldeles ikke. Hans Pauli havde så stort Hjærte, det havde jeg al tid sagt om ham . . . .

På Døren fandt jeg hans Kort: »H. P. Pettersen, stud. theol. — rejst hjem«.

Jeg satte mig ned på Stedet, satte mig på det bare Gulv, dump træt, slagen af Forkommenhed. Jeg gentager mekanisk et Par Gange: Rejst hjem! Rejst hjem! Så tier jeg ganske stille. Der var ikke en Tåre i mine Øjne, jeg havde ikke en Tanke og ikke en Følelse. Med opspærrede Øjne sad jeg og stirred på Brevene, uden at foretage mig noget. Der gik ti Minutter, måske tyve, eller mer, jeg sad der stadig på samme Plet og rørte ikke en Finger. Denne dumpe Døs var næsten som en Blund. Så hører jeg nogen komme i Trappen, jeg rejser mig og siger:

»Det var Student Pettersen — jeg har to Breve til ham«.

»Han er hjemrejst«, svarer Konen. »Men han kommer tilbage efter Ferierne. Brevene kunde jo jeg tage, om De vilde.«

»Ja, Tak, det var rigtigt godt«, sagde jeg, »så får han dem, når han kommer. Der kunde være vigtige Ting i dem. Godmorgen!«

Da jeg var kommet udenfor, standsed jeg og sagde højt midt på åben Gade, idet jeg knytted Hænderne: Jeg skal sige dig et, min kære Herre Gud: du er en Noksagt! Og jeg nikker rasende, med sammenbidte Tænder op mod Skyerne: Du er Fan ta mig en Noksagt!

Jeg gik så nogle Skridt og standsed igen. Idet jeg pludselig skifter Holdning, folder jeg Hænderne, lægger mit Hoved påskakke og spørger med sød, fromladen Stemme: Har du også henvendt dig til ham, mit Barn?

Det lød ikke rigtigt.

Med stor H, siger jeg, med H som en Domkirke! Op igen: Har du også anråbt Ham, mit Barn? Og jeg sænker Hovedet og gør min Stemme begrædelig og svarer: Nej!

Det lød heller ikke rigtigt.

Du kan jo ikke hykle, din Nar! Ja, skal du sige, ja, jeg har anråbt min Gud Fader! og du skal få til den ynkeligste Melodi på dine Ord, som du nogensinde har hørt. Så, op igjen! Ja, det var bedre. Men du må sukke, sukke som en krampesyg Hest. Så!

Der går jeg og underviser mig selv i Hykleri, stamper utålmodig i Gaden, når jeg ikke får det til, og skælder mig ud for et Træhoved, mens de forbausede forbigående vender sig om og betragter mig.

Jeg tygged uafbrudt på min Høvlspån og sjangled så hurtigt, jeg kunde, nedad Gaderne. Førend jeg selv vidste af det, var jeg helt nede ved Jærnbanetorvet. Klokken viste halv to på Vor Frelsers. Jeg stod en Stund og overvejed. En mat Sved trængte frem i mit Ansigt og sived ned i mine Øjne. Følg med en Tur på Bryggen! sagde jeg til mig selv. Det vil sige, hvis du har Tid? Og jeg bukked for mig selv og gik ned til Jærnbanebryggen.

Skibene lå derude, Sjøen vugged i Solskinnet. Der var travl Bevægelse overalt, pibende Dampfløjter, Dragere med Kasser på Skuldrene, muntre Hejsesange fra Prammene. En Kagekone sidder i Nærheden af mig og luder med sin brune Næse over sine Varer; det lille Bord foran hende er syndigt fuldt af Lækkerier, og jeg vender mig bort i Uvilje. Hun fylder hele Kajen med sin Madlugt; fyh, op med Vinduerne! Jeg henvender mig til en Herre, der sidder ved min Side og forestiller ham indtrængende dette Misforhold med Kagekoner her og Kagekoner der . . . . Ikke? Ja, men han måtte dog vel indrømme, at . . . . Men den gode Mand aned Uråd og lod mig ikke engang tale tilende, før han rejste sig og gik. Jeg rejste mig ligeledes og fulgte ham, fast bestemt på at overbevise Manden om hans Fejltagelse.

»Endog af Hensyn til de sanitære Forholde«, sagde jeg og klapped ham på Skuldren . . . .

»Undskyld, jeg er fremmed her og kender ikke noget til de sanitære Forholde,« sagde han og stirred på mig i Rædsel.

Nå, det forandred Sagen, når han var fremmed . . . . Om jeg ikke kunde gjøre ham nogen Tjeneste? Vise ham omkring? Ikke? For det skulde være mig en Fornøjelse, og det skulde jo ikke koste ham noget . . . .

Men Manden vilde absolut blive af med mig og skråed hurtigt over Gaden til det andet Fortoug.

Jeg gik atter tilbage til min Bænk og satte mig. Jeg var meget urolig, og den store Lire, som havde begyndt at spille lidt længer henne, gjorde mig end være. En fast, metallisk Musik, en Stump af Weber, hvortil en liden Pige synger en sørgelig Vise. Det fløjteagtige, lidelsesfulde i Liren risler mig gennem Blodet, mine Nerver begynder at dirre, som gav de Genklang, og et Øjeblik efter falder jeg tilbage på Bænken, klynkende, nynnende med. Hvad finder ikke éns Tanker på, når man sulter! Jeg føler mig optagen i disse Toner, opløst til Tone, jeg strømmer ud, og jeg fornemmer så tydeligt, hvorledes jeg strømmer, svævende højt over Bjærge, dansende ind over lyse Zoner . . . .

»En Øre!« siger den lille Lirepige og rækker sin Bliktalærken frem, »bare en Øre!«

»Ja,« svarer jeg ubevidst, og jeg sprang op og ransaged mine Lommer. Men Barnet tror, at jeg blot vil holde Løjer med hende og fjærner sig straks, uden at sige et Ord. Denne stumme Tålsomhed var mig for stor; havde hun skældt mig ud, vilde det kommet belejligere; Smærten greb mig, og jeg råbte hende tilbage. Jeg ejer ikke en Øre, sagde jeg, men jeg skal huske dig siden, måske imorgen. Hvad hedder du? Ja, det var et pent Navn, jeg skulde ikke glemme det. Altså imorgen . . . .

Men jeg forstod godt, at hun ikke troed mig, uagtet hun ikke sagde et Ord, og jeg græd af Fortvivlelse over, at denne lille Gadetøs ikke vilde tro mig. Endnu engang råbte jeg hende tilbage, rev hurtigt min Frakke op og vilde give hende min Vest. Jeg skal holde dig skadesløs, sagde jeg, vent blot et Øjeblik . . . .

Og jeg havde ingen Vest.

Hvor kunde jeg også lede efter den! Der var gået Uger, siden den var i mit Eje. Hvad gik der også af mig? Den forbausede Pige ventede ikke længer, men trak sig skyndsomt tilbage. Og jeg måtte lade hende gå. Folk stimled sammen om mig og lo højt, en Politibetjent trænger sig hen til mig og vil vide, hvad der er påfærde.

»Ingen Ting,« svarer jeg, »slet ingen Ting! Jeg vilde blot give den lille Pige derhenne min Vest . . . . til hendes Fader . . . . Det behøver De ikke at stå og le ad. Jeg kunde bare gå hjem og tage en anden på.«

»Ingen Opstyr på Gaden!« siger Konstablen. »Såh, marsch!« Og han puffer mig afsted. »Er dette Demses Papirer?« råbte han efter mig.

Ja, Død og Pine, min Avisartikel, mange vigtige Skrifter! Hvor kunde jeg også være så uforsigtig . . . .

Jeg får fat i mit Manuskript, forvisser mig om, at det ligger i Orden og går, uden at standse et Øjeblik eller se mig omkring, op til Redaktionskontoret. Klokken var nu fire på Vor Frelsers Ur.

Kontoret er stængt. Jeg lister mig lydløst nedad

Trapperne, bange som en Tyv, og standser rådvild udenfor Porten. Hvad skulde jeg nu gøre? Jeg læner mig ind til Muren, stirrer ned i Stenene og tænker efter. En Knappenål ligger og skinner foran mine Fødder, og jeg bøjer mig ned og tager den op. Hvad om jeg tog Knapperne udaf min Frakke, hvad vilde jeg få for dem? Det vilde måske ikke nytte mig, Knapper var nu Knapper; men jeg tog og undersøgte dem til alle Kanter og fandt dem så godt som nye. Det var en heldig Idé alligevel, jeg kunde skære dem ud med min Penkniv og bringe dem hen i Kælderen. Håbet om, at jeg kunde sælge disse fem Knapper, oplived mig straks, og jeg sagde: Se, se, det retter sig! Min Glæde tog Overhånd med mig, og jeg gav mig straks til at tage Knapperne ud, en efter en. Herunder holdt jeg følgende tyste Passiar:

Ja, ser De, man er bleven lidt fattig, en øjeblikkelig Forlegenhed . . . . Udslidte, siger De? De må ikke forsnakke Dem. Jeg vil se på den, som slider mindre Knapper, end jeg. Går altid med Frakken åben, skal jeg sige Dem; det er bleven en Vane hos mig, en Egenhed . . . . Nej, nej, når De ikke vil, så! Men jeg skal have mine ti Øre for dem, mindst . . . . Nej, Herregud, hvem har sagt, at de skal gøre det? De kan holde Deres Mund og lade mig være i Fred . . . . Ja, ja, så kan De jo hente Politiet, vel. Jeg skal vente her, mens De er ude efter Konstablen. Og jeg skal ikke stjæle noget fra Dem . . . . Nå, Goddag, Goddag! Mit Navn er altså Tangen, jeg har været lidt forsent ude . . . .

Så kommer der nogen i Trappen. Jeg er øjeblikkelig tilbage i Virkeligheden, genkender Saksen og stikker Knapperne skyndsomt i Lommen. Han vil forbi, besvarer ikke engang min Hilsen, får

det pludselig så travlt med at se på sine Negle. Jeg
standser ham og spørger efter Redaktøren.

»Ikke tilstede, Di.«

»De lyver!« sagde jeg. Og med en Frækhed, som
forundred mig selv, fortsatte jeg: »Jeg må tale med
ham; det er et nødvendigt Ærinde — Meddelelser
fra Stiftsgården.«

»Ja, kan Di ikke sige det til mig, da?«

»Til Dem?« sagde jeg og målte Saksen lidt med
Øjnene.

Det hjalp. Han fulgte straks med og åbned
Døren. Nu sad mit Hjærte mig i Halsen. Jeg bed
Tænderne heftigt sammen, forat give mig Mod,
banked på, og trådte ind i Redaktørens Privatkontor.

»Goddag! Er det Dem?« sagde han venligt. »Sid
ned.«

Havde han vist mig Døren, vilde det været
kærkomnere; jeg følte Gråden og sagde:

»Jeg beder Dem undskylde . . . .«

»Sæt Dem ned,« gentog han.

Og jeg satte mig og forklared, at jeg igen havde
en Artikel, som det var mig magtpåliggende at få ind
i hans Blad. Jeg havde gjort mig sådan Flid med den,
den havde kostet mig så megen Anstrængelse.

»Jeg skal læse den,« sagde han og tog den.
»Anstrængelse koster det Dem vist alt, De skriver;
men De er så altfor heftig. Når De bare kunde være
lidt besindigere! Der er formegen Feber. Imidlertid
skal jeg læse den.« Og han vendte sig igjen ind til
Bordet.

Der sad jeg. Turde jeg bede om en Krone?
Forklare ham, hvorfor der altid var Feber? Så vilde
han ganske sikkert hjælpe mig; det var ikke første
Gang.

Jeg rejste mig op. Hm! Men sidst, jeg var hos ham, havde han klaget sig for Penge, endog sendt Regningsbudet ud, forat skrabe sammen til mig. Det vilde måske blive samme Tilfældet nu. Nej, det skulde ikke ske! Så jeg slet ikke, at han sad i Arbejde?

»Var det ellers noget?« spurgte han.

»Nej!« sagde jeg og gjorde min Stemme fast. »Hvornår må jeg få høre ind igen?«

»Å, nårsomhelst De går forbi,« svared han, »om et Par Dage eller så.«

Jeg kunde ikke få min Begæring over Læberne. . Denne Mands Venlighed syntes mig uden Grændser, og jeg skulde vide at påskønne den. Heller sulte tildøde. Og jeg gik.

Ikke engang, da jeg stod udenfor og igen følte Hungerens Anfald, angred jeg at have forladt Kontoret uden at bede om denne Krone. Jeg tog den anden Høvlspån op af Lommen og stak den i Munden. Det hjalp igen. Hvorfor havde jeg ikke gjort det før? Du måtte skamme dig! sagde jeg højt; kunde det virkelig falde dig ind at bede den Mand om en Krone og sætte ham i Forlegenhed igen? Og jeg blev rigtig grov mod mig selv for den Uforskammethed, som havde faldt mig ind. Det er ved Gud det sjofleste, jeg endnu har hørt! sagde jeg; rænde på en Mand og næsten klore Øjnene ud på ham, bare fordi du trænger en Krone, din elendige Hund! Så, marsch! Hurtigere! Hurtigere, din Tamp! Jeg skal lære dig!

Jeg begyndte at løbe, forat straffe mig selv, tilbagelagde i Sprang den ene Gade efter den anden, drev mig fremad ved indædte Tilråb og skreg taust og rasende til mig selv, når jeg vilde standse. Herunder var jeg kommet højt op i Pilestrædet. Da jeg endelig stod stille, næsten grædefærdig af Vrede over ikke at kunne løbe længer, dirred jeg over mit hele Legeme, og jeg slængte mig ned på en Trappe. Nej, stop! sagde jeg. Og for rigtigt at plage mig selv, rejste jeg mig atter op og tvang mig til at blive stående, og jeg lo ad mig selv og gotted mig over min egen Forkommenhed. Endelig efter flere Minutters Forløb gav jeg mig ved et Nik Tilladelse til at sætte mig; endog da valgte jeg den ubekvemmeste Plads på Trappen.

Herregud, det var dejligt at hvile! Jeg tørred Sveden af mit Ansigt og drak store, friske Åndedrag ind. Hvor havde jeg ikke løbet! Men jeg angred det ikke, det var vel fortjent. Hvorfor havde jeg også villet begære den Krone? Nu så jeg Følgerne! Og jeg begyndte at tale mildt til mig selv, holde Formaninger, som en Moder kunde gjort. Jeg blev mer og mer rørende, og træt og kraftløs begyndte jeg at græde. En stille og inderlig Gråd, en indvendig Hulken uden en Tåre.

Et Kvarters Tid eller mer sad jeg på samme Sted. Folk kom og gik, og ingen forulemped mig. Småbørn legte her og der omkring, en liden Fugl sang i et Træ på den anden Side af Gaden.

En Politikonstabel kommer henimod mig.

»Hvorfor sitter Di her?« sagde han.

»Hvorfor jeg sidder her?« spurgte jeg. »Af Lyst.«

»Jeg har lagt Mærke til Dere den sidste Hal'time,« sagde han. »Di har sitti her en hal' Time?«

»Så omtrent,« svared jeg. »Var det ellers noget?« Jeg rejse mig vredt og gik.

Kommen til Torvet, standsed jeg og så ned i Gaden. Af Lyst! Var nu også det et Svar? Af Træthed! skulde du sagt, og du skulde gjort din

Stemme begrædelig — du er et Fæ, du lærer aldrig at hykle! — af Udmattelse! og du skulde sukket som en Hest.

Da jeg kom til Brandvagten, standsed jeg igen, greben af et nyt Indfald. Jeg knipsed i Fingrene, slog i en høj Latter, som forbaused de forbigående, og sagde: Nej, nu skal du virkelig gå ud til Præsten Levion. Det skal du bitterdød gøre. Jo, bare forat forsøge. Hvad har du at forsømme med det? Det er også sådant dejligt Vejr.

Jeg gik ind i Paschas Boglade, fandt i Adressekalenderen Pastor Levions Bopæl og begav mig derud. Nu gælder det! sagde jeg, far nu ikke med Streger! Samvittighed, siger du? Ikke noget Sludder; du er for fattig til at holde Samvittighed. Du er sulten, er du, kommen i et vigtigt Anliggende, det første fornødne. Men du skal lægge Hovedet på Skuldren og sætte Melodi på dine Ord. Det vil du ikke, hvad? Så går jeg ikke et Skridt videre, så meget du ved det. Så: du er i en såre anfægtet Tilstand, kæmper med Mørkets Magter og store, lydløse Uhyrer om Nætterne, så det er en Gru, hungrer og tørster efter Vin og Mælk og får det ikke. Så langt er det kommet med dig. Nu står du her og har ikke så godt som Spyt i Lampen. Men du tror på Nåden, Gudskelov, du har ikke tabt Troen endda! Og da skal du slå Hænderne sammen og se ud som en ren Satan til at tro på Nåden. Med Hensyn til Mammon, så hader du Mammon under alle dens Skikkelser; en anden Sag er det med en Salmebog, en Erindring til et Par Kroner . . . . Ved Præstens Dør standsed jeg og læste:»Kontortid fra 12 til 4.«

Fremdeles ikke noget Sludder! sagde jeg; nu gør vi Alvor af det! Så, ned med Hovedet, lidt til . . . . og jeg ringte på til Familjelejligheden.

»Jeg søger Pastoren,« sagde jeg til Pigen; men det var mig ikke muligt at få Guds Navn med.

»Han er gået ud,« svared hun.

Gået ud! Gået ud! Det ødelagde hele min Plan, forrykked fuldstændigt alt, jeg havde tænkt at sige. Hvad Nytte havde jeg så af denne lange Tur? Nu stod jeg der.

»Var det noget især?« spurgte Pigen.

»Aldeles ikke!« svared jeg, »slet ikke! Det var bare sådant dejligt Guds Vejr, og så vilde jeg gå herud og hilse på ham.«

Der stod jeg og der stod hun. Jeg satte med Vilje Brystet frem, forat gøre hende opmærksom på Knappenålen, der holdt min Frakke sammen; jeg bad hende med Øjnene om at se, hvad jeg var kommet for; men Staklen forstod ingen Ting.

Et dejligt Guds Vejr, ja. Om ikke Fruen var hjemme heller?

Jo, men hun havde Gigt, lå på en Sofa, uden at kunne røre sig . . . . Vilde jeg måske lægge ned et Bud eller noget?

Nej, slet ikke. Jeg bare tog slige Ture nu og da, fik lidt Motion. Det var så bra efter Middagen. —

Jeg begav mig på Vejen tilbage. Hvad vilde det føre til at passiare længer? Desuden var jeg begyndt at føle Svimmelhed; det fejled ikke, jeg var i Færd med at knække sammen for Alvor. Kontortid fra 12 til 4; jeg havde banket på en Time forsent, Nådens Tid var omme!

På Stortorvet satte jeg mig på en af Bænkene ved Kirken. Herregud, hvor det begyndte at se sort ud for mig nu! Jeg græd ikke, jeg var for træt; udpint til det yderste sad jeg der uden at foretage mig nogen

Ting, sad urørlig og sulted. Brystet var mest betændt, det sved aldeles besynderlig slemt derinde. Det vilde heller ikke hjælpe længer at tygge Spån; mine Kæver var trætte af det frugtesløse Arbejde, og jeg lod dem hvile. Jeg gav mig over. Ovenikøbet havde en brun Appelsinskal, som jeg fandt på Gaden, og som jeg straks gav mig til at gnave af, givet mig Kvalme. Jeg var syg; Pulsåren svulmed blå på mine Håndled.

Hvad havde jeg også egentlig nølet efter? Løbet om den hele Dag efter en Krone, som kunde holde Liv i mig i nogle Timer længer. Var det i Grunden ikke ligegyldigt, om det uundgåelige skete en Dag før eller en Dag senere? Havde jeg opført mig som et ordentligt Menneske, var jeg gået hjem og lagt mig til Ro for længe siden, overgivet mig. Min Tanke var i Øjeblikket klar. Nu skulde jeg dø; det var i Høstens Tid, og alt var lagt i Dvale. Jeg havde forsøgt hvert Middel, udnyttet hver Hjælpekilde, som jeg vidste om. Jeg kæled sentimentalt med denne Tanke, og hver Gang, jeg endnu håbed på en mulig Redning, hvisked jeg afvisende: Din Nar, du er jo allerede begyndt at dø! Jeg burde skrive et Par Breve, have alt færdigt, gøre mig parat. Jeg vilde vaske mig omhyggeligt og ordne smukt op i min Seng; mit Hoved vilde jeg lægge på det Par Ark hvidt Skrivepapir, den reneste Ting jeg havde igen, og det grønne Tæppe kunde jeg . . . .

Det grønne Tæppe! Jeg blev med én Gang lys vågen, Blodet steg mig til Hovedet, og jeg fik stærk Hjærteklap. Jeg rejser mig op fra Bænken og begynder at gå, Livet rører sig påny i alle mine Fibrer, og jeg gentager Gang på Gang de løsrevne Ord: Det grønne Tæppe! Det grønne Tæppe! Jeg går hurtigere og hurtigere, som om det galdt at indhente noget, og står om en kort Stund atter hjemme i mit Blikkenslagerværksted.

Uden at standse et Øjeblik eller vakle i min Beslutning, går jeg bort til Sengen og ruller Hans Paulis Tæppe sammen. Det skulde være underligt, om ikke mit gode Indfald kunde redde mig! De dumme Betænkeligheder, som opstod hos mig, halve indre Råb om et vist Brandmærke, det første sorte Tegn i min Hæderlighed, hæved jeg mig uendeligt over; jeg gav det hele en god Dag. Jeg var ingen Helgen, ingen Dydsidiot, jeg havde min Forstand i Behold . . . .

Og jeg tog Tæppet under Armen og gik ned i Stenersgaden Numer 5.

Jeg banked på og trådte ind i den store fremmede Sal, for første Gang; Bjælden på Døren slog en hel Masse desperate Slag over mit Hoved. En Mand kommer ind fra et Sideværelse, tyggende, med Munden fuld af Mad, og stiller sig foran Disken.

»Å, lån mig en halv Krones Penge på mine Briller!« sagde jeg; »jeg skal løse dem ind om et Par Dage, sikkert.«

»Hvad? Nej, det er jo Stålbriller?«

»Ja.«

»Nej, det kan jeg ikke.«

»Å, nej. De kan vel ikke det. Det var i Grunden bare Spøg også. Nej, jeg har et Tæppe med, som jeg egentlig ikke har noget Brug for længer, og det faldt mig ind, at De kunde ville skille mig af med det.«

»Jeg har desværre et helt Lager af Sengeklæder,« svared han, og da jeg havde fået det oprullet, kasted han et eneste Blik på det og råbte:

»Nej, undskyld, det har heller ikke jeg noget Brug

94

for!«

»Jeg vilde vise Dem den dårligste Side først,« sagde jeg; »det er meget bedre på den anden Side.«

»Ja, ja, det hjælper ikke, jeg vil ikke eje det, og De får ikke ti Øre for det noget Sted.«

»Nej, det er grejt, at det ikke er værd noget,« sagde jeg; »men jeg tænkte, at det kunde gå under ét med et andet gammelt Tæppe på Auktionen.«

»Ja, nej, det nytter ikke.«

»Fem og tyve Øre?« sagde jeg.

»Nej, jeg vil slet ikke have det, Mand, jeg vil ikke have det i Huset.«

Så tog jeg atter Tæppet under Armen og gik hjem.

Jeg lod som intet var hændt, bredte igen Tæppet over Sengen, glatted det godt ud, som jeg plejed, og forsøgte at udslette ethvert Spor af min sidste Handling. Jeg kunde umuligt have været ved min fulde Forstand i det Øjeblik, da jeg fatted Beslutningen om at begå denne Kæltringstreg; jo mer jeg tænkte herpå, des urimeligere forekom det mig. Det måtte være et Anfald af Svaghed, en eller anden Slappelse i mit Indre, som havde overrumplet mig. Jeg var heller ikke falden i denne Snare, det aned mig, at det begyndte at bære galt afsted, og jeg havde udtrykkelig forsøgt med Brillerne først. Og jeg glæded mig meget over, at jeg ikke havde fået Anledning til at fuldbyrde denne Brøde, som vilde have flækket til de sidste Timer, jeg leved.

Og atter vandred jeg ud i Byen.

Jeg slog mig påny ned på en Bænk ved Vor Frelsers Kirke, dused sammen, med Hovedet på Brystet, slap efter den sidste Ophidselse, syg og forkommen af Sult. Og Tiden gik.

Jeg fik sidde også denne Time ud; det var lidt lysere ude end inde i Hus; det forekom mig desuden, at det arbejded ikke fuldt så galt i Brystet ude i fri Luft; jeg kom jo også tidsnok hjem.

Og jeg dused og tænkte og led ganske hårdt. Jeg havde fundet mig en liden Sten, som jeg pudsed af på mit Frakkeærme og stak i Munden, forat have noget at gumle på; ellers rørte jeg mig ikke og flytted ikke engang Øjnene. Mennesker kom og gik, Vognrammel, Hovtramp og Passiar fyldte Luften.

Men jeg kunde jo forsøge med Knapperne? Det nytted naturligvis ikke, og desuden var jeg så temmelig syg. Men når jeg ret betænkte mig, så skulde jeg jo egentlig i Retning af »Onkel« — min egentlige »Onkel« — når jeg gik hjem?

Endelig rejste jeg mig og drog mig sent og tuslet henefter Gaderne. Det begyndte at brænde over mine Øjenbryn, det trak op til Feber, og jeg skyndte mig alt, jeg kunde. Atter kom jeg forbi Bagerbutiken, hvor Brødet lå. Så, nu standser vi ikke her! sagde jeg med tilgjort Bestemthed. Men om jeg nu gik ind og bad om en Bid Brød? Det var en Strejftanke, et Glimt; det faldt mig virkelig ind. Fy! hvisked jeg og rysted på Hovedet. Og jeg gik videre.

I Rebslagergangen stod der et Par elskende og hvisked inde i en Port; lidt længer henne stak en Pige Hovedet ud af Vinduet. Jeg gik så sagte og betænksomt, jeg så ud til at grunde på noget af hvert — og Pigen kom ud på Gaden.

»Hvordan er det med dig da, Gammeln? Hvad for noget, er du syg? Nej, Gud hjælpe mig for et Ansigt!« Og Pigen trak sig skyndsomt tilbage.

Jeg standsed med en Gang. Hvad var der ivejen med mit Ansigt? Var jeg virkelig begyndt at dø? Jeg følte med Hånden opad Kinderne: mager, naturligvis var jeg mager; Kinderne stod som to Skåler med Bunden ind; men Herregud . . . . og jeg rusled atter ivej.

Men jeg standsed igen. Jeg måtte være ganske ubegribelig mager. Og Øjnene var på Vej ind gennem Hovedet. Hvordan så jeg egentlig ud? Det var nu som hede Fan også, at man måtte lade sig levende vanskabe af bare Sult! Jeg følte Raseriet endnu engang, dets sidste Opblussen, en Senetrækning. Hjælpe os for et Ansigt, hvad? Her gik jeg med et Hoved, som der ikke fandtes Mage til i Landet, med et Par Næver, som Gud forsyne mig kunde male Bybud til Sigtemel, og sulted mig vanskabt midt i Kristiania By! Var der nogen Orden og Måde i det? Jeg havde ligget i Sælen og slidt Nætter og Dage, som en Mær, der slæber en Præst; jeg havde læst mig Øjnene ud af Skolten og sultet mig Forstanden ud af Hjærnen — hvad Fan havde jeg igen for det? Endog Gadetæverne bad Gud fri sig for Synet af mig. Men nu skulde det være stop — forstår du det! — stop skulde det Djævelen besætte mig være! . . . . Med stadigt tiltagende Raseri, skærende Tænder under Følelsen af min Mathed, under Gråd og Eder, vedblev jeg at buldre løs, uden at ændse Folk, der gik forbi. Jeg begyndte igen at martre mig selv, løb med Vilje min Pande mod Lygtepælene, satte Neglene dybt ind i mine Håndbage, bed i Afsindighed i min Tunge, når den ikke talte tydeligt, og jeg lo rasende hver Gang det gjorde meget ondt.

Ja, men hvad skal jeg gøre? svared jeg tilsidst mig selv. Og jeg stamper i Gaden flere Gange og gentager: Hvad skal jeg gører — En Herre går just forbi og bemærker smilende:

»De bør gå og begære Dem anholdt.«

Jeg så efter ham. Det var en af vore bekendte Damelæger, »Hertugen« kaldet. Ikke engang han forstod sig på min Tilstand, en Mand, jeg kendte, og hvis Hånd jeg havde trykket. Jeg blev stille. Anholdt? Ja, jeg var gal; han havde Ret. Jeg følte Vanviddet i mit Blod, følte dets Jag gennem Hjærnen. Så dér skulde det ende med mig! Ja, ja! Og jeg begyndte igen min langsomme, sørgelige Gang. Dér skulde jeg altså havne!

Med ét står jeg atter stille. Men ikke anholdt! siger jeg; ikke det! Og jeg var næsten hæs af Angst. Jeg bad for mig, trygled hen i Hyt og Vejr om ikke at blive anholdt. Så vilde jeg komme på Rådstuen igen, blive indestængt i en mørk Celle, hvori der ikke fandtes en Gnist af Lys. Ikke det! Der var andre Udveje åbne endnu, som jeg ikke havde forsøgt. Og jeg vilde forsøge dem; jeg vilde være så inderlig flittig, tage mig god Tid til det og gå ufortrødent omkring fra Hus til Hus. Der var nu for Eksempel Musikhandler Cisler, ham havde jeg slet ikke været hos. Der blev nok en Råd .... Således gik jeg og talte, indtil jeg næsten fik mig selv til at gæde af Rørelse. Bare ikke blive anholdt!

Cisler? Var det måske et højere Fingerpeg? Hans Navn havde faldt mig ind uden Grund, og han boed så langt borte; men jeg vilde dog opsøge ham, gå sagte og hvile iblandt. Jeg kendte Stedet, jeg havde været der ofte, købt så mange Noder i de gode Dage. Skulde jeg bede om en halv Krone? Det vilde måske genere ham; jeg fik spørge om en hel.

Jeg kom ind i Butiken og spurgte efter Chefen; man viste mig ind i hans Kontor. Der sad Manden, smuk, klædt efter Moden, og gennemså Regninger.

Jeg stammed en Undskyldning og frembar mit Ærinde. Tvungen af Trang til at henvende mig til ham . . . . Skulde ikke vare ret længe, før jeg skulde betale det tilbage . . . . Når jeg fik Honoraret for min Avisartikel . . . . Han vilde gøre mig så stor en Velgærning . . . .

Endnu mens jeg talte, vendte han sig til Pulten og fortsatte sit Arbejde. Da jeg var færdig, så han påskrå henimod mig, rysted sit smukke Hoved og sagde: »Nej!« Bare Nej. Ingen Forklaring. Ikke et Ord.

Mine Knæ skalv voldsomt, og jeg støtted mig mod den lille polerede Skranke. Jeg fik forsøge en Gang til. Hvorfor skulde netop hans Navn falde mig ind, da jeg stod langt nede i Vaterland? Det sled nogle Gange i min venstre Side, og jeg begyndte at svede. Hm! Jeg var virkelig højst forkommen, sagde jeg, temmelig syg, desværre; det vilde sikkert ikke gå mer end et Par Dage, før jeg kunde betale det tilbage. Om han vilde være så snil?

»Kære Mand, hvorfor kommer De til mig?« sagde han. »De er mig et fuldstændigt X, løben ind fra Gaden. Gå til Bladet, hvor man kender Dem.«

»Men blot for iaften!« sagde jeg. »Redaktionen er allerede stængt, og jeg er meget sulten nu.«

Han rysted vedholdende på Hovedet, vedblev at ryste det endog efterat jeg havde grebet fat i Låsen.

»Farvel!« sagde jeg.

Det var ikke noget højere Fingerpeg, tænkte jeg og smilte bittert; så højt kunde også jeg pege, når det kom an på det. Jeg sled mig frem det ene Kvartal efter det andet, nu og da hvilte jeg et Øjeblik på en Trappe. Når jeg bare ikke blev anholdt! Rædselen for

Cellen forfulgte mig hele Tiden, lod mig slet ikke i Fred; hver Gang jeg så en Konstabel i min Vej, tusled jeg ind i en Sidegade, forat undgå at møde ham. Nu tæller vi et hundrede Skridt, sagde jeg, og forsøger vor Lykke igen! Engang blir der vel en Råd . . . .

Det var en mindre Garnhandel, et Sted, jeg aldrig tidligere havde betrådt. En enkelt Mand indenfor Disken, Kontor indenfor med Porcellæns Skildt på Døren, pakkede Hylder og Borde i lang Række. Jeg vented til den sidste Kunde havde forladt Butiken, en ung Dame med Smilehuller. Hvor hun så lykkelig ud! Jeg nænned ikke at prøve at gøre Indtryk med min Knappenål i Frakken; jeg vendte mig bort, og mit Bryst hulked.

»Ønsker De noget?« spurgte Betjenten.

»Er Chefen tilstede?« sagde jeg.

»Han er på Fjældtur i Jotunhejmen,« svared han. »Var det noget særligt, hvad?«

»Det galdt nogle Øre til Mad,« sagde jeg og forsøgte at smile; »jeg er bleven sulten, og jeg har ikke en Øre.«

»Så er De lige så rig, som jeg«, sagde han og gav sig til at ordne Garnpakker.

»Å, vis mig ikke bort — ikke nu!« sagde jeg, på en Gang kold over hele Legemet. »Jeg er virkelig næsten død af Sult, det er mange Dage, siden jeg nød noget.«

I yderste Alvor, uden at sige noget, gav han sig til at vrænge sine Lommer, en efter en. Om jeg ikke vilde tro ham på hans Ord, hvad?

»Bare fem Øre?« sagde jeg. »Så skal De få ti igen om et Par Dage.«

»Kære Mand, vil De have mig til at stjæle af

Skuffen?« spurgte han utålmodig.

»Ja,« sagde jeg, »ja, tag fem Øre af Skuffen.«

»Det blir ikke mig, som gør det,« slutted han, og han lagde til: »Og lad mig sige Dem nu med det samme, at nu kan det være nok af dette.«

Jeg drog mig ud, syg af Sult og hed af Skam. Jeg havde gjort mig til Hund for det usleste Ben og ikke fået det. Nej, nu fik der blive en Ende på det! Det var virkelig kommet altfor langt med mig. Jeg havde holdt mig oppe i så mange År, stået rank i så hårde Stunder, og nu var jeg på en Gang sunken ned til brutalt Betleri. Denne ene Dag havde forrået min hele Tanke, overstænket mit Sind med Ubluhed. Jeg havde ikke undset mig for at gøre mig bevægelig og stå og græde til de mindste Kræmmere. Og hvad havde det nyttet? Stod jeg måske ikke fremdeles uden en Brødbid at stikke i Munden. Jeg havde opnået at få mig til at væmmes ved mig selv. Ja, ja, nu måtte det komme til en Ende! Retnu stængte man Porten hjemme, og jeg fik skynde mig, hvis jeg ikke vilde ligge på Rådstuen inat igen . . . .

Dette gav mig Kræfter; ligge på Rådstuen vilde jeg ikke. Med foroverbøjet Krop, med Hånden stemt mod venstre Ribben, forat dulme Stingene lidt, kaved jeg fremad, holdt Øjnene fæstet i Fortouget, for ikke at tvinge mulige Bekendte til at hilse, og hasted hen til Brandvagten. Gudskelov, Klokken var blot syv på Vor Frelsers, jeg havde tre Timer endnu, før Porten stængtes. Hvor jeg havde været bange!

Så var der altså ikke en Ting uforsøgt, jeg havde gjort alt, jeg kunde. At det virkelig ikke vilde lykkes én Gang på en hel Dag! tænkte jeg. Om jeg fortalte det til nogen, så var der ingen, som ville tro det, og om jeg skrev det ned, så vilde man sige, at det var

lavet. Ikke på et eneste Sted! Ja, ja, der var ingen Råd
med det; fremfor alt ikke gå og være rørende mer.
Fy, det var ækelt, forsikkrer dig på, det gør mig
vammel af dig! Når alt Håb var ude, så var det ude.
Kunde jeg ikke forresten stjæle mig en Håndfuld
Havre inde i Stalden? En Stribe af Lys, et Strejf —
jeg vidste, at Stalden var lukket.

Jeg tog det mageligt og krøb i sen Sneglegang
hjemover. Jeg følte Tørst, glædeligvis for første
Gang den hele Dag, og jeg gik og så mig om efter et
Sted, hvor jeg kunde drikke. Jeg var kommet for
langt bort fra Basarerne, og ind i et Privathus vilde
jeg ikke gå; jeg kunde måske også vente til jeg kom
hjem; det vilde tage et Kvarters Tid. Det var slet ikke
sagt, at jeg kunde få beholde en Slurk Vand heller;
min Mave tålte ikke længer nogen Ting, jeg følte mig
endog kvalm af det Spyt, jeg gik og svælged ned.

Men Knapperne? Jeg havde slet ikke forsøgt med
Knapperne endda? Da stod jeg plat stille og gav mig
til at smile. Kanske blev der alligevel en Råd! Jeg var
ikke helt fordømt! Jeg vilde ganske sikkert få ti Øre
for dem, imorgen fik jeg så andre ti et eller andet
Sted, og Torsdag vilde jeg få Betaling for min
Avisartikel. Jeg skulde bare se, det retted sig! At jeg
virkelig kunde glemme Knapperne! Jeg tog dem op
af Lommen og betragted dem, mens jeg atter gik;
mine Øjne blev dunkle af Glæde, jeg så ikke hele
Gaden, jeg gik på.

Hvor kendte jeg ikke nøje den store Kælder, min
Tilflugt i de mørke Aftener, min blodsugende Ven!
En for en var mine Ejendele forsvundne hernede,
mine Småting hjemmefra, min sidste Bog. På
Auktionsdagen gik jeg gærne derned, forat se til, og
jeg glæded mig hvergang mine Bøger syntes at

komme i gode Hænder. Skuespiller Magelsen havde mit Ur, og det var jeg næsten stolt af; en Årskalender, hvori jeg havde mit første lille poetiske Forsøg, havde en Bekendt købt, og min Yderfrakke havned hos en Fotograf til Udlån i Atelieret. Så der var intet at sige på nogen Ting.

Jeg holdt mine Knapper færdige i Hånden og trådte ind. »Onkel« sidder ved sin Pult og skriver.

»Jeg har ingen Hast,« siger jeg, bange forat forstyrre ham og gøre ham utålmodig med min Henvendelse. Min Stemme lød så forunderlig hul, jeg kendte den næsten ikke selv igen, og mit Hjærte slog som en Hammer.

Han kom mig smilende imøde, som han plejed, lagde begge sine Hænder flade på Disken og så mig ind i Ansigtet, uden at sige noget.

Ja, jeg havde noget med, som jeg vilde spørge, om han ikke kunde have Brug for . . . . noget, som blot lå mig ivejen hjemme, forsikkrer Dem på, ganske til Plage . . . . nogle Knapper.

Nå, hvad var det så, hvad var det så med de Knapper? Og han lægger sine Øjne helt ned til min Hånd.

Om han ikke kunde give mig nogle Øre for dem? . . . . Så mange, som han selv syntes . . . . Ganske efter hans eget Skøn . . . .

For de Knapper? Og »Onkel« stirrer forundret på mig. For disse Knapper?

Bare til en Cigar, eller hvad han selv vilde. Jeg gik netop forbi, og så vilde jeg høre ind.

Da lo den gamle Pantelåner og vendte tilbage til sin Pult, uden at sige et Ord. Der stod jeg. Jeg havde egentlig ikke håbet så meget, og alligevel havde jeg tænkt mig det muligt at blive hjulpen. Denne Latter var min Dødsdom. Det kunde vel ikke nytte med Brillerne nu heller?

Jeg vilde naturligvis lade mine Briller gå med, det er en Selvfølge, sagde jeg så og tog dem af. Bare ti Øre, eller, om han vilde, fem Øre?

»De ved jo, at jeg ikke kan låne på Deres Briller,« sagde »Onkel«; »jeg har sagt Dem det før.«

»Men jeg trænger et Frimærke,« sagde jeg dump; jeg kunde ikke engang få afsendt de Breve, som jeg skulde skrive. »Et ti eller fem Øres Frimærke, ganske som De selv synes.«

»Gud velsigne Dem og gå Deres Vej!« svared han og kaved imod mig med Hånden.

Ja, ja, så får det være! sagde jeg til mig selv. Mekanisk satte jeg Brillerne igen på, tog Knapperne i Hånden og gik; jeg sagde Godnat og lukked Døren efter mig som sædvanlig. Se så, der var ikke mer at gøre! Udenfor Trappegabet standsed jeg og så endnu engang på Knapperne. At han slet ikke vilde have dem! sagde jeg; det er dog næsten nye Knapper; jeg kan ikke forstå det!

Mens jeg stod der i disse Betragtninger, kom en Mand forbi og gik ned i Kælderen. Han havde i Farten givet mig et lidet Stød; vi gjorde begge Undskyldning, og jeg vendte mig om og så efter ham.

»Nej, er det dig?« sagde han pludselig nede i Trappen. Han kom op, og jeg genkendte ham. »Gud bevare os, så du ser ud!« sagde han. »Hvad har du gjort hernede?«

»Å — havt Affærer. Du skal herned, ser jeg?«

»Ja. Hvad har du været der med?«

Mine Knæ skalv, jeg støtted mig mod Væggen og rakte ud min Hånd med Knapperne.

»Hvad Fan?« råbte han. »Nej, nu går det for vidt!«
»Godnat!« sagde jeg og vilde gå; jeg følte Gråden
i Brystet.

»Nej, vent et Øjeblik!« sagde han.

Hvad skulde jeg vente efter? Han var jo selv på
Vej til »Onkel«, bragte måske sin Forlovelsesring,
havde sultet i flere Dage, skyldte sin Værtinde.

»Ja,« svared jeg, »når du vil være snar . . . .«

»Naturligvis,« sagde han og tog Tag i min Arm;
»men jeg skal sige dig, jeg tror dig ikke, du er en
Idiot; det er bedst, du følger med derned.«

Jeg forstod, hvad han vilde, følte pludselig igen
en liden Gnist af Ære og svared:

»Kan ikke! Jeg har lovet at være i Bernt Ankers
Gade Klokken halv otte, og . . . .«

»Halv otte, rigtigt ja! Men nu er Klokken otte.
Her står jeg med Uret i Hånden, det er det, jeg skal
herned med. Så, ind med dig, sultne Synder! Jeg får
mindst fem Kroner til Dig.«

Og han puffed mig ind.

TREDJE STYKKE

En Uges Tid gik i Herlighed og Glæde. Jeg var over det værste også denne Gang, jeg havde Mad hver Dag, mit Mod steg, og jeg stak det ene Jærn efter det andet i Ilden. Jeg havde tre eller fire Afhandlinger under Arbejde, der plyndred min fattige Hjærne for hver Gnist, hver Tanke, som opstod i den, og jeg syntes, at det gik bedre end før. Den sidste Artikel, som jeg havde havt så meget Rænd for og sat så meget Håb til, var allerede bleven mig tilbageféveret af Redaktøren, og jeg havde tilintetgjort den straks, vred, fornærmet, uden at læse den igennem påny. For Eftertiden vilde jeg forsøge med et andet Blad, forat åbne mig flere Udveje. I værste Fald, hvis heller ikke det hjalp, havde jeg Skibene at tage til; »Nonnen« lå sejlklar nede ved Bryggen, og jeg kunde måske få arbejde mig over på den til Archangel, eller hvor det nu var, den skulde hen. Så der mangled mig ikke Udsigter på mange Kanter.

Den sidste Krise havde faret noget ilde med mig; jeg begyndte at miste Hår i stor Mængde, Hovedpinen var også meget plagsom, især om Morgenen, og Nervøsiteten vilde ikke give sig. Jeg sad om Dagen og skrev med Hænderne bundet ind i Kluder, blot fordi jeg ikke tålte mit eget Åndedrag imod dem. Når Jens Olaj slog Stalddøren hårdt i nedenunder mig, eller en Hund kom ind i Baggården og begyndte at gø, gik det mig gennem Marv og Ben som kolde Stik, der traf mig allevegne. Jeg var temmelig forkommen.

Dag efter Dag stræved jeg med mit Arbejde, undte mig knapt Tid til at sluge min Mad, førend jeg atter satte mig til at skrive. I den Tid var både Sengen og mit lille vaklende Skrivebord oversvømmet med Notiser og beskrevne Blade, som jeg vekselvis arbejded på, føjed til nye Ting, som kunde falde mig ind i Løbet af Dagen, strøg over, frisked op de døde Punkter med et farvefuldt Ord hist og her, sled mig fremad Sætning for Sætning med den værste Møje. En Eftermiddag var endelig den ene af mine Artikler færdig, og jeg stak den lykkelig og glad i Lommen og begav mig op til »Kommandøren«. Det var på høj Tid, at jeg gjorde Anstalter til lidt Penge igen, jeg havde ikke mange Øre tilbage.

»Kommandøren« bad mig om at sidde et Øjeblik, så skulde han straks . . . . og han skrev videre.

Jeg så mig om i det lille Kontor: Buster, Litografier, Udklip, en umådelig Papirkurv, der så ud til at kunne sluge en Mand med Hud og Hår. Jeg følte mig trist tilmode ved Synet af dette uhyre Gab, denne Dragekæft, der altid stod åben, altid var færdig til at modtage nye kasserede Arbejder — nye knuste Håb.

»Hvad Dato har vi?« siger pludselig »Kommandøren« borte ved Bordet.

»28de,« svarer jeg, glad over at kunne være ham til Tjeneste.

»28de.« Og han skriver fremdeles. Endelig

konvolutterer han et Par Breve, sender nogle Papirer hen i Kurven og lægger Pennen ned. Så svinger han sig omkring på Stolen og ser på mig. Da han mærker, at jeg endnu står ved Døren, gør han et halvt alvorligt, halvt spøgefuldt Vink med Hånden og peger på en Stol.

Jeg vender mig bort, forat han ikke skal se, at jeg ingen Vest har på, når jeg åbner Frakken og tager Manuskriptet op af Lommen.

»Det er bare en liden Karakteristik af Correggio,« siger jeg, »men den er vel ikke skrevet slig, desværre, at . . . .«

Han tager Papirerne ud af min Hånd og begynder at blade i dem. Han vender sit Ansigt mod mig.

Således så han da ud på nært Hold denne Mand, hvis Navn jeg hørte allerede i min tidligste Ungdom, og hvis Blad havde havt den største Indflydelse på mig op gennem Årene. Hans Hår er krøllet og de smukke brune Øjne en Smule urolige; han har for Vane at støde lidt i Næsen nu og da. En skotsk Præst kunde ikke se mildere ud end denne farlige Skribent, hvis Ord altid havde slået blodige Striber, hvor de faldt ned. En ejendommelig Følelse af Frygt og Beundring betager mig overfor dette Menneske, jeg er lige ved at få Tårer i Øjnene, og jeg rykker uvilkårlig et Skridt frem, forat sige ham, hvor inderlig jeg holdt af ham for alt, han havde lært mig, og bede ham om ikke at gøre mig Fortræd; jeg var blot en fattig Stymper, som havde det slemt nok alligevel . . . .

Han så op og lagde mit Manuskript langsomt sammen, mens han sad og tænkte efter. Forat lette ham i at give mig et afslående Svar, rækker jeg

Hånden lidt frem og siger:

»Å, nej, det er naturligvis ikke brugbart?« Og jeg smiler, forat give Indtryk af at tage det let.

»Det må være så populært alt, som vi kan bruge,« svarer han; »De ved, hvad Slags Publikum vi har. Men kan De ikke tage og gøre det lidt enklere? Eller finde på noget andet, som Folk forstår bedre?«

Hans Hensynsfuldhed forundrer mig. Jeg forstår, at min Artikel er kasseret, og dog kunde jeg ikke fået et vakkrere Afslag. For ikke at optage ham længer, svarer jeg:

»Jo, da, det kan jeg nok.«

Jeg går til Døren. Hm. Han måtte undskylde, at jeg havde heftet ham bort med dette . . . . Jeg bukker og tager i Dørvrideren.

»Hvis De trænger det,« siger han, »så kan De heller få lidt i Forskud. De kan jo skrive for det.«

Nu havde han jo set, at jeg ikke dued til at skrive, hans Tilbud ydmyged mig derfor lidt, og jeg svared:

»Nej, Tak, jeg klarer mig endda en Stund. Takker ellers så meget. Farvel!«

»Farvel!« svarer »Kommandøren« og vender sig i det samme ind til sit Skrivebord.

Han havde nu alligevel behandlet mig ufortjent velvilligt, og jeg var ham taknemmelig herfor; jeg skulde også vide at påskønne det. Jeg foresatte mig ikke at gå til ham igen, førend jeg kunde tage med et Arbejde, som jeg var helt tilfreds med, som kunde forbause »Kommandøren« en Smule og få ham til at anvise mig ti Kroner uden et Øjebliks Betænkning. Og jeg gik hjem igen og tog fat på min Skrivning påny.

I de følgende Aftener, når Klokken blev omkring otte og Gassen allerede var tændt, hændte der mig regelmæssig følgende:

Idet jeg kommer ud af mit Portrum, for efter Dagens Møje og Besværligheder at begive mig ud på en Spadsertur omkring i Gaderne, står der en sortklædt Dame ved Gaslygten lige udenfor Porten og vender Ansigtet mod mig, følger mig med Øjnene, når jeg passerer hende. Jeg lægger Mærke til, at hun stadig har den samme Dragt på, det samme tætte Slør, der skjuler hendes Ansigt og falder nedad hendes Bryst, og i Hånden en liden Paraply med Elfenbens Ring i Håndtaget.

Det var allerede tredje Aften, jeg havde set hende der, al tid på selvsamme Sted; såsnart jeg var kommet hende forbi, vender hun sig langsomt om og går nedad Gaden, bort fra mig.

Min nervøse Hjærne skød Følehorn ud, og jeg fik straks den urimelige Anelse, at det var mig, hendes Besøg galdt. Jeg var tilsidst næsten i Begreb med at tiltale hende, spørge hende, om hun søgte efter nogen, om hun trængte min Hjælp til noget, om jeg måtte følge hende hjem, så dårligt antrukken som jeg desværre var, beskytte hende i de mørke Gader; men jeg havde en ubestemt Frygt for, at det kanske vilde komme til at koste noget, et Glas Vin, en Køretur, og jeg havde slet ingen Penge mer; mine trøstesløst tomme Lommer virked altfor nedslående på mig, og jeg havde ikke engang Mod til at se lidt skarpt på hende, når jeg gik hende forbi. Sulten var igen begyndt at hussere med mig, jeg havde ikke havt Mad, siden igåraftes; det var ikke nogen lang Tid, jeg havde ofte kunnet holde ud i flere Dage; men jeg var begyndt at tage betænkeligt af, jeg kunde slet ikke sulte så godt som før, en eneste Dag kunde nu næsten gøre mig fortumlet, og jeg led af idelige

Opkastelser, såsnart jeg drak Vand. Dertil kom, at jeg lå og frøs om Nætterne, lå i fulde Klæder, som jeg stod og gik om Dagen, og blåfrøs, ised ned hver Aften under Kuldegysninger og stivned til under Søvnen. Det gamle Tæppe kunde ikke holde Trækvinden ude, og jeg vågned om Morgenen af, at jeg var bleven tæt i Næsen af den ramme Rimluft, der trængte ind til mig udenfra.

Jeg går henad Gaderne og tænker på, hvorledes jeg skulde bære mig ad med at holde mig oppe, til jeg fik min næste Artikel færdig. Havde jeg blot et Lys, vilde jeg forsøge at kile på udover Natten; det vilde tage et Par Timer, hvis jeg først kom rigtig i Ånde; imorgen kunde jeg så atter henvende mig til »Kommandøren«.

Jeg går uden videre ind i Oplandske og søger efter min unge Bekendt fra Banken, forat skaffe mig ti Øre til et Lys. Man lod mig uhindret passere alle Værelser; jeg gik forbi et Dusin Borde, hvor passiarende Gæster sad og spiste og drak, jeg trængte lige ind i Bunden af Kaféen, ind i Röda Rummet, uden at finde min Mand. Flau og vred drog jeg mig igen ud på Gaden og gav mig til at gå i Retning af Slottet.

Var det nu ikke også som hede, levende, evige Fan, at det aldrig vilde tage nogen Ende med mine Genvordigheder! Med lange, rasende Skridt, med Frakkekraven brutalt brættet op i Nakken og med Hænderne knyttet i Bukselommerne, gik jeg og skældte ud min ulykkelige Stjærne hele Vejen. Ikke en rigtig sorgfri Stund på syv, otte Måneder, ikke Mad til Nødtørft en kort Uge tilende, førend Nøden påny brød mig i Knæ. Her havde jeg ovenikøbet gået og været ærlig midt i Elendigheden, he-he, ærlig i

Bund og Grund! Gud bevare mig, hvor jeg havde været naragtig! Og jeg begyndte at fortælle mig selv om, hvorledes jeg endog havde gået og havt ond Samvittighed, fordi jeg engang havde bragt Hans Paulis Tæppe til Pantelåneren. Jeg lo hånligt ad min ømme Retskaffenhed, spytted foragteligt i Gaden og fandt slet ikke Ord stærke nok til at gøre Nar ad mig for min Dumhed. Det skulde bare været nu! Fandt jeg i denne Stund en Skolepiges Spareskillinger på Gaden, en fattig Enkes eneste Øre, jeg skulde plukke den op og stikke den i Lommen, stjæle den med velberåd Hu og sove roligt som en Sten hele Natten bagefter. Jeg havde dog ikke for intet lidt så usigelig meget, min Tålmodighed var forbi, jeg var beredt til hvad det skulde være.

Jeg gik rundt Slottet tre, fire Gange, tog derpå den Bestemmelse at vende hjem, gjorde endnu en liden Afstikker ind i Parken og gik endelig tilbage nedad Karl Johan.

Klokken var omkring elleve. Gaden var temmelig mørk, og der vandred Mennesker omkring overalt, stille Par og larmende Klynger om hinanden. Den store Stund var indtrådt, Parringstiden, når den hemmelige Færdsel foregår og de glade Æventyr begynder. Raslende Pigeskørter, en og anden kort, sandselig Latter, bølgende Bryster, heftige, pæsende Åndedrag; langt nede ved Grand en Stemme, som råber: »Emma!« Hele Gaden var en Sump, hvorfra hede Dunster steg op.

Jeg forfarer uvilkårlig mine Lommer efter to Kroner. Den Lidenskab, der dirrer i hver af de forbigående Bevægelser, selve Gaslygternes dunkle Lys, den stille, svangre Nat, altsammen har begyndt at angribe mig, denne Luft, der er fyldt af Hvisken,

Omfavnelser, skælvende Tilståelser, halvt udtalte Ord, små Hvin; endel Katte elsker med høje Skrig inde i Blomqvists Port. Og jeg havde ikke to Kroner. Det var en Jammer, en Elendighed uden Lige at være så udarmet! Hvilken Ydmygelse, hvilken Vanære! Og jeg kom atter til at tænke på en fattig Enkes sidste Skærv, som jeg vilde have stjålet, en Skoleguts Kasket eller Lommetørklæde, en Betlers Madpose, som jeg uden Omstændighed vilde have bragt til Kludehandleren og sviret op. Forat trøste mig selv og holde mig skadesløs begyndte jeg at finde op alle mulige Fejl ved disse glade Mennesker, som gled mig forbi; jeg trak vredt på Skuldrene og så ringeagtende på dem, efterhvert som de passered, Par for Par. Disse nøjsomme, sukkertøjspisende Studenter, som mente at skeje europæisk ud, når de fik klappe en Sypige på Maven! Disse Ungherrer, Bankmænd, Grosserere, Boulevardløver, som ikke engang slog Vrag på Sjømandskoner, tykke Kutorvets Marihøner, der kunde falde ned i det første det bedste Portrum for en Sejdel Øl! Hvilke Sirener! Pladsen ved deres Side var endnu varm efter en Brandkonstabel eller en Staldkarl fra sidste Nat; Tronen var altid lige ledig, lige vidåben, værsågod, stig op! . . . . Jeg spytted langt hen ad Fortouget, uden at bekymre mig om, at det kunde træffe nogen, var vred, opfyldt af Foragt for disse Mennesker, der gned sig opad hinanden og parred sig sammen midt for mine Øjne. Jeg løfted mit Hoved og følte med mig selv Velsignelsen af at kunne bevare min Sti ren.

Ved Stortingsplads mødte jeg en Pige, som stirred meget stivt på mig, idet jeg kom på Siden af hende.

»Godaften!« sagde jeg.

»Godaften!« Hun standsed.

Hm. Om hun var ude og gik så sent? Var det nu ikke lidt resikabelt for en ung Dame at gå på Karl Johan på denne Tid af Døgnet? Ikke? Ja, men blev hun da aldrig tiltalt, forulempet, jeg mener rent ud sagt bedt om at gå med hjem?

Hun stirred forundret på mig, undersøgte mit Ansigt, hvad jeg vel kunde mene med dette. Så stak hun pludselig Hånden ind under min Arm og sagde:

»Så gik vi da!«

Jeg fulgte med. Da vi havde gået nogle Skridt forbi Droscherne, standsed jeg op, gjorde min Arm fri og sagde:

»Hør, min Ven, jeg ejer ikke en Øre.« Og jeg belaved mig på at gå min Vej.

I Førstningen vilde hun ikke tro mig; men da hun havde fået føle efter i alle mine Lommer og intet fandt, blev hun ærgerlig, kasted på Hovedet og kaldte mig en Tørfisk.

»Godnat!« sagde jeg.

»Vent lidt!« råbte hun. »Er det Guldbriller, De har?«

»Nej.«

»Ja, så gå Pokker ivold med Dem!«

Og jeg gik.

Lidt efter kom hun løbende efter mig og råbte på mig påny.

»De kan være med mig alligevel,« sagde hun.

Jeg følte mig ydmyget af dette Tilbud fra en stakkels Gadetøs, og jeg sagde Nej. Det var desuden sent på Nat, og jeg skulde et Sted hen; hun havde heller ikke Råd til slige Opofrelser.

»Jo, nu vil jeg have Dem med.«

»Men jeg går ikke med på den Måde.«

114

»De skal naturligvis til en anden,« sagde hun.

»Nej,« svared jeg.

Men jeg havde Følelsen af, at jeg stod i en ynkelig Stilling overfor denne aparte Tøs, og jeg beslutted mig til at redde Skinnet.

»Hvad hedder De?« spurgte jeg. »Marie? Nå! Hør nu her, Marie!« Og jeg gav mig til at forklare min Opførsel. Pigen blev mer og mer forundret efterhvert. Om hun altså havde troet, at også jeg var en af dem, som gik på Gaden om Aftenerne og kapred Småpiger? Om hun virkelig troed noget så slet om mig? Havde jeg måske sagt noget uartigt til hende fra Begyndelsen af? Bar man sig slig ad, som jeg, når man havde noget ondt fore? Kort og godt, jeg havde tiltalt hende og fulgt hende de Par Skridt, forat se, hvor vidt hun vilde drive det. Forresten var mit Navn det og det. Pastor den og den. Godnat! Gå hen og synd ikke mer!

Dermed gik jeg.

Jeg gned mig henrykt i Hænderne over mit gode Påfund og talte højt med mig selv. Hvor det var en Glæde at gå omkring og gøre gode Gærninger! Jeg havde måske givet denne faldne Skabning et Skub til Oprejsning for hele Livet! Frelst hende engang for alle fra Fordærvelsen! Og hun vilde påskønne det, når hun fik summet sig på det, endog huske mig i sin Dødsstund med Hjærtet fuldt af Tak. Å, det lønte sig at være ærlig alligevel, ærlig og retskaffen!

Mit Humør var aldeles strålende, jeg følte mig frisk og modig nok til hvad det skulde være. Om jeg blot havde havt et Lys, så kunde jeg kanske fået min Artikel færdig! Jeg gik og dingled med min nye Portnøgle i Hånden, nynned, plystred og spekulered på en Udvej til Lys. Der blev ingen anden Råd, jeg fik tage mine Skrivesager ned, ud på Gaden, ind under Gaslygten. Og jeg åbned Porten og gik op efter mine Papirer.

Da jeg kom ned igen, lukked jeg Porten ilås udenifra og stilled mig hen i Lygteskinnet. Det var stille overalt, jeg hørte blot de tunge, klirrende Fodtrin af en Konstabel nede i Tværgaden, og langt borte, i Retning af St. Hanshaugen, en Hund, som gøed. Der var intet, som forstyrred mig, jeg trak Frakkekraven op for Ørene og gav mig til at tænke af alle Kræfter. Det vilde hjælpe mig så storartet, om jeg var så heldig at få istand Slutningen af denne lille Afhandling. Jeg stod just på et lidt vanskeligt Punkt, der skulde komme en ganske umærkelig Overgang til noget nyt, derpå en dæmpet, glidende Finale, en lang Knurren, der tilsidst skulde ende i en Klimaks så stejl, så oprørende som et Skud, eller som Lyden af et Bjærg, der brast. Punktum.

Men Ordene vilde ikke falde mig ind. Jeg læste hele Stykket igennem fra Begyndelsen af, læste højt hver Sætning, og jeg kunde slet ikke samle mine Tanker til denne spragende Klimaks. Mens jeg stod og arbejded med dette, kom ovenikøbet Konstablen gående og stilled sig op midt i Gaden et lidet Stykke borte fra mig og spolered hele min Stemning. Hvad kom det nu ham ved, om jeg i dette Øjeblik stod og skrev på en udmærket Klimaks til en Artikel for »Kommandøren«? Herregud, hvor det var plat umuligt for mig at holde mig oven Vande, hvad jeg end prøved med! Jeg stod der en Times Tid, Konstablen gik sin Vej, Kulden begyndte at blive for stærk til at stå stille i. Modløs og forsagt over det ny spildte Forsøg, åbned jeg endelig atter Porten og gik op på mit Rum.

Det var koldt deroppe, og jeg kunde knapt se mit Vindu i det tykke Mørke. Jeg følte mig frem til Sengen, trak Skoene af og satte mig til at varme mine Fødder mellem Hænderne. Så lagde jeg mig ned, således, som jeg havde gjort i lang Tid, rund som jeg gik, i fulde Klæder.

* * *

Morgenen efter rejste jeg mig overende i Sengen, såsnart det blev lyst, og tog fat på min Artikel igen. Jeg sad i denne Stilling til Middags, da jeg havde fået istand en ti, tyve Linjer. Og jeg var endda ikke kommet til Finalen.

Jeg stod op, tog Støvlerne på og gav mig til at drive frem og tilbage på Gulvet, forat blive varm. Der lå Rim på Vinduerne; jeg så ud, det sneed, nede i Baggården lå et tykt Lag af Sne over Brolægningen og Vandposten.

Jeg pusled omkring i mit Værelse, gjorde viljeløse Ture frem og tilbage, skrabed med Neglene i Væggene, lagde min Pande forsigtigt ind mod Døren, banked med Pegefingeren i Gulvet og lytted opmærksomt, altsammen uden nogen Hensigt, men stille og eftertænksomt, som om det var en Sag af Vigtighed, jeg havde fore. Og imens sagde jeg højt Gang på Gang, så jeg hørte det selv: Men du gode Gud, dette er jo Vanvid! Og jeg drev på lige galt. Efter en lang Stunds Forløb, kanske et Par Timer, tog jeg mig stærkt sammen, bed mig i Læben og strammed mig op det bedste, jeg kunde. Der måtte blive en Ende på dette! Jeg fandt mig en Flis at tygge på og satte mig resolut til at skrive igen.

Et Par korte Sætninger kom istand med stort

Besvær, et Snes fattige Ord, som jeg pinte frem med Vold og Magt, for dog at bevæge mig fremad. Da standsed jeg, mit Hoved var tomt, jeg årked ikke mer. Og da jeg slet ikke kunde komme længer, satte jeg mig til at stirre med vidåbne Øjne på disse sidste Ord, dette ufuldførte Ark, glante på disse underlige, skælvende Bogstaver, der stritted op fra Papiret som små hårede Dyr, og jeg forstod tilsidst ikke noget af det hele, jeg tænkte på ingen Ting.

Tiden gik. Jeg hørte Færdselen på Gaden, Larmen af Vogne og Hovtramp; Jens Olajs Stemme steg op til mig fra Stalden, når han råbte til Hestene. Jeg var aldeles sløv, jeg sad og smatted lidt med Munden, men foretog mig ellers intet. Mit Bryst var i en sørgelig Forfatning.

Det begyndte at skumre, jeg faldt mer og mer sammen, blev træt og lagde mig tilbage på Sengen. Forat varme mine Hænder lidt, strøg jeg Fingrene gennem mit Hår, frem og tilbage, på kryds og tvers; der fulgte små Dotter med, løsnede Tjavser, som lagde sig mellem Fingrene og fløed udover Hovedpuden. Jeg tænkte ikke noget over det just da, det var som det ikke kom mig ved, jeg havde også nok af Hår tilbage. Jeg forsøgte atter at ryste mig op af denne forunderlige Døs, der gled mig gennem alle Lemmer som en Tåge; jeg rejste mig overende, banked mig med flad Hånd over Knæerne, hosted så hårdt, som mit Bryst tillod, — og jeg faldt tilbage påny. Intet hjalp; jeg døde hjælpeløst hen med åbne Øjne, stirrende ret op i Taget. Tilsidst stak jeg Pegefingeren i Munden og gav mig til at patte på den. Der begyndte at røre sig noget i min Hjærne, en Tanke, der roded sig frem derinde, et splittergalt Påfund: Hvad om jeg bed til? Og uden et Øjebliks

Betænkning kneb jeg Øjnene i og slog Tænderne sammen.

Jeg sprang op. Endelig var jeg bleven vågen. Der pibled lidt Blod ud af Fingeren, og jeg slikked det af efterhvert. Det gjorde ikke meget ondt, Såret var heller ikke stort; men jeg var med en Gang bragt til mig selv; jeg rysted på Hovedet og gik hen til Vinduet, hvor jeg fandt mig en Klud, som jeg vikled om Såret. Mens jeg stod og pusled hermed, blev njine Øjne fulde af Vand, jeg græd sagte for mig selv. Denne magre, itubidte Finger så så sørgelig ud. Gud i Himlen, hvor langt det nu var kommet med mig!

Mørket blev tættere. Det var kanske ikke umuligt, at jeg kunde skrive min Finale ud over Aftenen, hvis jeg bare havde et Lys. Mit Hoved var atter blevet klart. Tanker kom og gik som sædvanligt, og jeg led ikke synderligt; jeg følte ikke engang Sulten så slemt, som for nogle Timer siden, jeg kunde nok holde ud til næste Dag. Måske kunde jeg få et Lys på Kredit sålænge, når jeg henvendte mig i Husholdnings- handelen og forklared min Stilling, Jeg var så godt kendt dernede; i de gode Dage, mens jeg endnu havde Råd til det, havde jeg købt mangt et Brød i den Butik. Der var ingen Tvivl om, at jeg vilde få et Lys på mit ærlige Navn. Og for første Gang i lang Tid tog jeg mig til at børste mine Klæder en Smule, fjærned endog de løse Hår på min Frakkekrave, såvidt det lod sig gøre i Mørket; så famled jeg mig nedad Trapperne.

Da jeg kom ud på Gaden, faldt det mig ind, at jeg kanske heller burde begære et Brød. Jeg blev tvivlrådig, standsed op og tænkte efter. På ingen Måde! svared jeg endelig mig selv. Jeg var desvære ikke i den Tilstand, at jeg tålte Mad nu; de samme Historier vilde da gentage sig med Syner og Fornemmelser og vanvittige Indfald, min Artikel vilde aldrig blive færdig, og det galdt at komme til »Kommandøren«, inden han glemte mig igen. På ingen mulig Måde! Og jeg bestemte mig for et Lys. Dermed gik jeg ind i Butiken.

En Kone står ved Disken og gør Indkøb; der ligger flere små Pakker i forskellige Sorter Papir ved Siden af hende. Betjenten, der kender mig og ved, hvad jeg sædvanligvis køber, forlader Konen og pakker uden videre et Brød ind i en Avis og lægger frem til mig.

»Nej — det var egentlig et Lys iaften,« siger jeg. Jeg siger det meget stille og ydmygt, for ikke at gøre ham ærgerlig og forspilde min Udsigt til at få Lyset.

Mit Svar forvilder ham, han løber ganske Sur i mine uventede Ord; det var første Gang, jeg havde forlangt noget andet end Brød af ham.

»Ja, så får De vente lidt da«, siger han endelig og giver sig atter i Færd med Konen.

Hun får sine Ting, betaler, leverer en Femkrone, som hun får tilbage på, og går.

Nu er Betjenten og jeg alene.

Han siger:

»Ja, så var det altså et Lys.« Og han river op en Pakke Lys og tager ud et til mig.

Han ser på mig, og jeg ser på ham, jeg kan ikke få min Begæring over Læberne.

»Nå ja, det var sandt, De betalte jo,« siger han pludselig. Han siger simpelthen, at jeg havde betalt; jeg hørte hvert Ord. Og han begynder at tælle Sølvpenge op fra Skuffen, Krone efter Krone, blanke, fede Penge, — han giver atter tilbage på fem

Kroner.

»Værsågod!« siger han.

Nu står jeg og ser på disse Penge et Sekund, jeg fornemmer, at det er galt fat med noget, jeg overvejer ikke, tænker slet ikke på nogen Ting, falder blot i Staver over al denne Rigdom, som ligger og lyser foran mine Øjne. Og jeg samler mekanisk Pengene op.

Jeg står der udenfor Disken, dum af Forundring, slagen, tilintetgjort; jeg gør et Skridt hen mod Døren og standser igen. Jeg retter mit Blik mod et vist Punkt på Væggen; der hænger en liden Bjælde i et Læderhalsbånd, og nedenunder den en Bundt Snøre. Og jeg står og stirrer på disse Sager.

Betjenten, som mener, at jeg vil slå af en Passiar, eftersom jeg giver mig så god Tid, siger, idet han ordner endel Indpakningspapir, som flyder om på Disken:

»Det ser ud til, at vi skal få Vinter nu.«

»Hm. Ja,« svarer jeg, »det ser ud til at vi skal få Vinter nu. Det ser ud til det.« Og lidt efter lægger jeg til: »Å, ja, det er ikke fortidligt.«

Jeg hørte mig selv tale, men opfatted hvert Ord, jeg sagde, som om de kom fra en anden Person; jeg talte ganske ubevidst, ufrivilligt, uden at føle det selv.

»Ja, synes De egentlig det?« siger Betjenten.

Jeg stak Hånden med Pengene i Lommen, tog i Låsen og gik; jeg hørte, at jeg sagde Godnat, og at Betjenten svared.

Jeg var kommet et Par Skridt bort fra Trappen, da Butiksdøren blev revet op og Betjenten råbte efter mig. Jeg vendte mig om, uden Forundring, uden Spor af Angst; jeg samled blot Pengene sammen i Hånden og beredte mig på at give dem tilbage.

»Værsågod, De har glemt Deres Lys,« siger Betjenten.

»Å, Tak!« svarer jeg roligt. »Tak! Tak!«

Og jeg vandred atter nedad Gaden, bærende Lyset i Hånden.

Min første fornuftige Tanke galdt Pengene. Jeg gik hen til en Lygte og talte dem over påny, vejed dem i Hånden og smilte. Så var jeg alligevel herligt hjulpen, storslagent, vidunderligt hjulpen for lang, lang Tid! Og jeg stak atter Hånden med Pengene i Lommen og gik.

Udenfor en Madkælder i Storgaden standsed jeg og overvejed koldt og roligt, om jeg skulde driste mig til at nyde en liden Lunch allerede straks. Jeg horte Klirren af Talærkener og Knive indenfor, og Lyden af Kød, som bankedes; dette blev mig en altfor stærk Fristelse, jeg trådte ind.

»En Bif!« siger jeg.

»En Bif!« råber Jomfruen ud gennem en Luge.

Jeg slog mig ned ved et lidet Bord for mig selv lige indenfor Døren og gav mig til at vente. Det var lidt mørkt der, hvor jeg sad, jeg følte mig nokså godt skjult og satte mig til at tænke. Nu og da så Jomfruen hen på mig med lidt nysgærrige Øjne.

Min første egentlige Uærlighed var begået, mit første Tyveri, mod hvilket alle mine tidligere Streger var for intet at regne; mit første store Fald . . . . Godt og vel! Der var intet at gøre ved det. Forresten stod det mig frit for, jeg kunde ordne det med Kræmmeren siden, senerehen, når jeg fik bedre Anledning til det. Det behøved ikke at komme videre med mig; desuden havde jeg ikke påtaget mig at leve mere ærligt end alle andre Mennesker, det var ingen Aftale . . . .

»Kommer Bifen snart, tror De?«

»Ja, ganske snart.« Jomfruen åbner Lugen og ser ind i Køkkenet.

Men hvis nu Sagen kom for en Dag? Hvis Betjenten kom til at fatte Mistanke, begyndte at tænke over Hændelsen med Brødet, de fem Kroner, som Konen fik tilbage på? Det var ikke umuligt, at han vilde komme på det en Dag, måske næste Gang, når jeg gik derind. Nå ja, Herregud! .... Jeg trak i Smug på Skuldrene.

»Værsågod!« siger Jomfruen venligt og sætter Bifen på Bordet. »Men vil De ikke heller gå ind i et andet Rum? Her er så mørkt.«

»Nej, Tak, lad mig bare være her,« svarer jeg. Hendes Venlighed gør mig med en Gang bevæget, jeg betaler Bifen straks, giver hende på Slump, hvad jeg får fat i nede i Lommen, og lukker hendes Hånd til. Hun smiler, og jeg siger for Spøg, med Tårer i Øjnene: »Resten skal De have at købe Dem en Gård for .... Å, velbekomme!« ....

Jeg begyndte at spise, blev mer og mer grådig efterhvert, slugte store Stykker, uden at tygge dem, gassed mig dyrisk ved hver Mundfuld. Jeg rev i Kødet som en Menneskeæder.

Jomfruen kom igen hen til mig.

»Vil De ikke have noget at drikke?« siger hun. Og hun luder sig lidt ned mod mig.

Jeg så på hende; hun talte meget lavt, næsten undseligt; hun slog Øjnene ned.

»Jeg mener en halv Øl, eller hvad De vil .... af mig .... atpå .... dersom De vil ....«

»Nej, mange Tak!« svared jeg. »Ikke nu. Jeg skal komme igen en anden Gang.«

Hun trak sig tilbage og satte sig indenfor Disken;

jeg så blot hendes Hoved. Hvilket underligt Menneske!

Da jeg blev færdig, gik jeg med en Gang til Døren, jeg følte allerede Kvalme. Jomfruen rejste sig. Jeg var bange for at komme hen i Lyset, frygted for at vise mig formeget frem for den unge Pige, som ikke aned min Elendighed, og jeg sagde derfor hurtigt Godnat, bukked og gik.

Maden begyndte at virke, jeg led meget af den og fik ikke beholde den længe. Jeg gik og tømte min Mund ud i hver mørk Krog, som jeg kom forbi, stred med at dæmpe denne Kvalme, som udhuled mig påny, knytted Hænderne og gjorde mig hårdfør, stamped i Gaden og svælged rasende ned igen hvad der vilde op — forgæves! Jeg sprang tilsidst ind i et Portrum, foroverbøjet, med Hovedet foran, blind af Vand, som sprængtes ud i mine Øjne, og tømte mig igen.

Jeg blev forbittret, gik henad Gaden og græd, bandte de grusomme Magter, hvem de end var, som forfulgte mig så, svor dem ned i Helvedes Fordømmelse og evige Kval for deres Usselhed. Der var liden Ridderlighed hos Skæbnen, virkelig nokså liden Ridderlighed, måtte man sige! . . . . Jeg gik hen til en Mand, som stod og glante indad et Butiksvindu, og spurgte ham i største Hast, hvad man efter hans Mening skulde byde en Mand, som havde sultet i lang Tid. Det galdt Livet, sagde jeg, han tålte ikke Bif.

»Jeg har hørt sige, at Mælk skal være bra, kogt Mælk,« svarer Manden yderst forundret. »Hvem er det forresten. De spørger for?«

»Tak! Tak!« siger jeg. »Det kan hænde, at det er nokså bra det, kogt Mælk . . . .«

Og jeg går.

Ved den første Kafé, jeg traf på, gik jeg ind og bad om kogt Mælk. Jeg fik Mælken, drak den ned så hed, som den var, slugte glubsk hver Dråbe, betalte og gik atter. Jeg tog Vejen hjem.

Nu hændte der noget forunderligt. Udenfor min Port, lænet op til Gaslygten og midt i Lyset fra denne, står et Menneske, som jeg skimter allerede på lang Afstand, — det er den sortklædte Dame igen. Den samme sortklædte Dame fra de tidligere Aftener. Det var ikke til at tage fejl af, hun havde mødt op på selvsamme Sted for fjerde Gang. Hun står aldeles urørlig.

Jeg finder dette så besynderligt, at jeg uvilkårlig sagtner mine Skridt; i dette Øjeblik er mine Tanker i god Orden, men jeg er meget ophidset, mine Nerver er optirrede af det sidste Måltid. Jeg går som sædvanligt lige forbi hende, kommer næsten til Porten og er i Færd med at træde indenfor. Da standser jeg. Jeg får med ét en Indskydelse. Uden at gøre mig nogen Rede for det, vender jeg mig om og går lige hen til Damen, jeg ser hende ind i Ansigtet og hilser:

»Godaften, Frøken!«

»Godaften!« svarer hun.

Undskyld, søgte hun efter nogen? Jeg havde lagt Mærke til hende før; om jeg kunde være hende behjælpelig på nogen Måde? Beder så meget om Undskyldning forresten.

Ja, hun vidste ikke rigtig . . . .

Der boed ingen ind ad denne Port, foruden en tre, fire Hester og mig; det var forøvrigt en Stald og et Blikkenslagerværksted . . . . Hun var ganske vist på Vildspor, desværre, når hun ledte efter nogen her.

Da vender hun Ansigtet bort og siger:

»Jeg leder ikke efter nogen, jeg bare står her, det faldt mig ind . . . .«

Hun holdt inde.

Jaså, hun stod der bare, stod der sådan Aften efter Aften, bare af at Indfald. Det var lidt rart; jeg tænkte over det og kom mer og mer i Vildrede med Damen. Så besluttet jeg mig til at være dristig. Jeg ringled en Smule med mine Penge i Lommen og bød hende uden videre med på et Glas Vin et eller andet Sted . . . . i Betragtning af, at Vinteren var kommet, he-he . . . . Det behøved ikke at tage lang Tid . . . . Men det vilde hun vel ikke?

Å, nej, Tak, det gik vel ikke an. Nej, det kunde hun ikke gøre. Men vilde jeg være så snil at følge hende et Stykke, så . . . . Det var nokså mørkt hjemover, og det genered hende at gå alene opad Karl Johan, efterat det var bleven så sent.

Vi satte os i Bevægelse; hun gik på min højre Side. En ejendommelig, skøn Følelse greb mig, Bevidstheden om at være i en ung Piges Nærhed. Jeg gik og så på hende hele Vejen. Parfumen i hendes Hår, Varmen, der stod ud fra hendes Legeme, denne Duft af Kvinde, der fulgte hende, det søde Åndedrag hver Gang, hun vendte Ansigtet mod mig, — altsammen strømmed ind på mig, trængte mig uregerligt ind i alle mine Sandser. Jeg kunde såvidt skimte et fyldigt, lidt blegt Ansigt bag Sløret og et højt Bryst, der strutted ud mod Kåben. Tanken på al denne skjulte Herlighed, som jeg aned var tilstede indenfor Kåben og Sløret, forvirred mig, gjorde mig idiotisk lykkelig, uden nogen rimelig Grund; jeg holdt det ikke længer ud, jeg berørte hende med min Hånd, fingred ved hendes Skulder og smilte fjollet.

Jeg hørte mit Hjærte slå.

»Hvor De er rar!« sagde jeg.

Ja, hvordan det, egentlig?

Jo, for det første havde hun ligefrem den Vane at stå stille udenfor en Staldport Aften efter Aften, uden nogensomhelst Hensigt, bare fordi det faldt hende ind . . . .

Nå, hun kunde jo have sine Grunde herfor; hun holdt desuden af at være oppe til langt på Nat, det havde hun altid syntes så godt om. Om jeg brød mig om at lægge mig før tolv?

Jeg? Var det nogen Ting i Verden jeg haded, så var det at lægge mig før Klokken tolv om Natten.

Ja, ser De der! Så tog hun altså denne Tur sådan om Aftenerne, når hun ikke havde noget at forsømme med det; hun boed oppe på St. Olafs Plads . . . .

»Ylajali!« råbte jeg.

»Hvadbehager?«

»Jeg sagde bare Ylajali . . . . Godt og vel, fortsæt!«

Hun boed oppe på St. Olafs Plads, nokså ensomt, sammen med sin Mama, som det ikke gik an at tale med, fordi hun var så døv. Var der da noget rart i, at hun gærne vilde være lidt ude?

Nej, slet ikke! svared jeg.

Nå ja, hvad så? Jeg kunde høre på hendes Stemme, at hun smilte.

Havde hun ikke en Søster?

Jo, en ældre Søster — hvordan vidste jeg forresten det? — Men hun var rejst til Hamborg.

Nylig?

Ja, for fem Uger siden. Hvor havde jeg det fra, at hun havde en Søster?

Jeg havde det slet ikke, jeg bare spurgte.

Vi taug. En Mand går forbi os med et Par Sko under Armen, ellers er Gaden tom så langt, vi kan se. Borte ved Tivoli lyser en lang Række af kulørte Lamper. Det sneed ikke mer, Himlen var klar.

»Gud, fryser De ikke uden Yderfrakke?« siger pludselig Damen og ser på mig.

Skulde jeg fortælle hende, hvorfor jeg ikke havde Yderfrakke? åbenbare min Stilling straks og skræmme hende bort lige så godt først som sidst? Det var dog dejligt at gå her ved hendes Side og holde hende i Uvidenhed endnu en liden Stund; jeg løj, jeg svared:

»Nej, aldeles ikke.« Og forat komme ind på noget andet, spurgte jeg: »Har De set Menageriet på Tivoli?«

»Nej,« svared hun. »Er det noget at se?«

Hvis hun nu fandt på at ville gå derhen? Ind i alt det Lys, sammen med så mange Mennesker! Hun vilde blive altfor flau, jeg vilde jage hende på Dør med mine dårlige Klæder, mit magre Ansigt, som jeg ikke engang havde vasket i to Dage; hun vilde kanske endog opdage, at jeg ingen Vest havde . . . .

»Å, nej,« svared jeg derfor, »det er vist ikke noget at se.« Og der faldt mig ind endel lykkelige Ting, som jeg straks gjorde Brug af, et Par tarvelige Ord, Rester inde fra min udsugede Hjærne: Hvad kunde man vel vente af et sådant lidet Menageri? Overhovedet interessered det ikke mig at se Dyr i Bur. Disse Dyr ved, at man står og ser på dem; de føler de hundrede nysgærrige Blikke og påvirkes af dem. Nej, måtte jeg bede om Dyr, som ikke vidste, at man beskued dem, de sky Væsener, der pusler i sit Hi, ligger med dorske, grønne Øjne, slikker sine Klør og tænker. Hvad?

Ja, det havde jeg vist Ret i.

Det var Dyret i al sin sære Forfærdelighed og sære Vildhed, som der var noget ved. De lydløse, listende Skridt i Nattens Mulm og Mørke, Skogens forvittrede Uhygge, Skrigene fra en forbifarende Fugl, Vinden, Blodlugten, Bulderet oppe i Rummet, kortsagt Vilddyrrigets Ånd over Vilddyret . . . . Det ubevidstes Poesi . . . .

Men jeg var bange for, at dette trætted hende, og Følelsen af min store Armod greb mig påny og knuged mig sammen. Om jeg nu blot havde været så nogenlunde godt antrukken, kunde jeg have glædet hende med den Tur i Tivoli! Jeg begreb ikke dette Menneske, som kunde finde nogen Fornøjelse i at lade sig ledsage opad hele Karl Johan af en halvt nøgen Stodder. Hvad i Guds Navn tænkte hun på? Og hvorfor gik jeg her og skabte mig til og smilte idiotisk ad ingen Ting? Havde jeg også nogen rimelig Årsag til at lade mig plage ud af denne fine Silkefugl til så lang en Tur? Kosted det mig kanske ikke Anstrængelse? Følte jeg ikke Dødens Isnen lige ind i mit Hjærte, bare ved det sagteste Vindstød, der blæste mod os? Og støjed ikke allerede Vanviddet i min Hjærne, bare af Mangel på Mad i mange Måneder i Træk? Hun hindred mig endog fra at gå hjem og få mig lidt Mælk på Tungen, en ny Skefuld Mælk, som jeg kanske kunde få beholde. Hvorfor vendte hun mig ikke Ryggen og lod mig gå Pokker ivold? . . . .

Jeg blev fortvivlet; min Håbløshed bragte mig til det yderste, og jeg sagde:

»De burde i Grunden ikke gå sammen med mig. Frøken; jeg prostituerer Dem midt for alle Folks Øjne bare ved min Dragt. Ja, det er virkelig sandt;

jeg mener det.«

Hun studser. Hun ser hurtigt op på mig og tier. Derpå siger hun:

»Herregud dog!« Mer siger hun ikke.

»Hvad mener De med det.« spurgte jeg.

»Uf, nej, De gør mig skamfuld . . . . Nu har vi ikke så langt igen.« Og hun gik lidt hurtigere til.

Vi drejed op Universitetsgaden og så allerede Lygterne på St. Olafs Plads. Da gik hun langsommere igen.

»Jeg vil ikke være indiskret« siger jeg, »men vil De ikke sige mig deres Navn, før vi skilles? Og vil De ikke bare for et Øjeblik tage Sløret bort, så jeg får se Dem? Jeg skulde være så taknemmelig.«

Pause. Jeg gik og vented.

»De har set mig før,« svarer hun.

»Ylajali!« siger jeg igen.

»Hvadbehager? De har forfulgt mig en halv Dag, lige hjem. Var De fuld dengang?« Jeg hørte igen, at hun smilte.

»Ja,« sagde jeg, »ja, desværre, jeg var fuld dengang.«

»Det var stygt af Dem!«

Og jeg indrømmed sønderknust, at det var stygt af mig.

Vi var kommet til Fontænen, vi standser og ser opad de mange oplyste Vinduer i Numer 2.

»Nu må De ikke følge med længer,« siger hun; »Tak for iaften!«

Jeg bøjed Hovedet, jeg turde ikke sige nogen Ting. Jeg tog af min Hat og stod barhovedet. Mon hun vilde række mig Hånden?

»Hvorfor beder De mig ikke om at gå med tilbage et Stykke?« siger hun lavt, og hun ser ned på sin Skosnude.

»Herregud,« svarer jeg ude af mig selv, »Herregud, om De vilde gøre det!«

»Ja, men bare et lidet Stykke.«

Og vi vendte om.

Jeg var yderst forvirret, jeg vidste slet ikke, hvordan jeg skulde gå eller stå; dette Menneske vendte fuldstændig op og ned på hele min Tankegang. Jeg var henrykt, vidunderlig glad; jeg syntes, jeg gik dejligt tilgrunde af Lykke. Hun havde udtrykkelig villet gå med tilbage, det var ikke mit Påfund, det var hendes eget Ønske. Jeg går og ser på hende og blir mer og mer modig, hun opmuntrer mig, trækker mig til sig ved hvert Ord. Jeg glemmer for et Øjeblik min Armod, min Ringhed, hele min jammerlige Tilværelse, jeg føler Blodet jage mig varmt gennem Kroppen, som i gamle Dage, før jeg faldt sammen, og jeg besluttet at føle mig frem med et lidet Kneb.

»Forresten var det ikke Dem, jeg forfulgte dengang,« sagde jeg; »det var Deres Søster.«

»Var det min Søster?« siger hun i højeste Grad forbauset. Hun standser, ser på mig, venter virkelig Svar. Hun spurgte for ramme Alvor.

»Ja,« svared jeg. »Hm. Det vil sige, det var altså den yngste af de to Damer, som gik foran mig.«

»Den yngste, ja? Ja? Åhå!« Hun lo med en Gang, højt, inderligt som et Barn. »Nej, hvor De er slu! Det sagde De bare, forat få mig til at tage Sløret af. Ikke? Ja, jeg forstod det. Men det skal De være blå for . . . . til Straf.«

Vi begyndte at le og spase, vi talte ustandseligt hele Tiden, jeg vidste ikke, hvad jeg sagde, jeg var så glad. Hun fortalte, at hun havde set mig engang før, for længe siden, i Teatret. Jeg havde tre Kammerater med, og jeg havde båret mig ad som en gal; jeg havde bestemt været fuld da også, desværre!

Hvorfor troed hun det?

Jo, jeg havde leet så.

Jaså. Å, ja, jeg lo meget dengang.

Men ikke nu længer?

Å, jo, nu også. Det var herligt at være til!

Vi kom ned mod Karl Johan. Hun sagde: »Nu går vi ikke længer!« Og vi gik atter opad Universitetsgaden. Da vi igen kom op til Fontænen, sagtned jeg lidt mine Skridt, jeg vidste, at jeg ikke fik følge med længer.

»Ja, nu må De altså vende om,« sagde hun og standsed.

»Ja, jeg må vel det,« svared jeg.

Men lidt efter mente hun, at jeg nok kunde være med til Porten. Herregud, der var da ikke noget galt i det. Vel?

»Nej,« sagde jeg.

Men da vi stod ved Porten, trængte al min Elendighed igen ind på mig. Hvor kunde man også holde Modet oppe, når man var så knækket sammen? Her stod jeg foran en ung Dame, smudsig, forreven, vansiret af Sult, uvasket, blot halvt påklædt, — det var til at synke i Jorden af. Jeg gjorde mig liden, dukked mig uvilkårlig ned og sagde:

»Må jeg nu ikke træffe Dem mer?«

Jeg havde intet Håb om at få Lov til at møde hende igen; jeg ønsked næsten et skarpt Nej, som kunde stive mig op og gøre mig ligeglad.

»Jo.« sagde hun lavt, næsten uhørligt.

»Hvornår?«

»Jeg ved ikke.«

Pause.

»Vil De ikke være så snil at tage Sløret af bare et eneste Øjeblik,« sagde jeg, »så jeg får se, hvem jeg har talt med. Bare et Øjeblik. For jeg må da se, hvem jeg har talt med.«

Pause.

»De kan møde mig her udenfor Tirsdag Aften,« siger hun. »Vil De det?«

»Ja, kære, får jeg Lov til det!«

»Klokken otte.«

»Godt.«

Jeg strøg med min Hånd nedad hendes Kåbe, børsted Sneen af den, blot forat få et Påskud til at røre ved hende; det var mig en Vellyst at være hende så nær.

»Så får De ikke tro altfor galt om mig da,« sagde hun. Hun smilte igen.

»Nej . . . .«

Pludselig gjorde hun en resolut Bevægelse og trak Sløret op i Panden; vi stod og så på hinanden et Sekund. Ylajali! sagde jeg. Hun hæved sig op, slog Armene om min Hals og kyssed mig midt på Munden. En eneste Gang, hurtigt, forvirrende hurtigt, midt på Munden. Jeg følte, hvor hendes Bryst bølged, hun pusted voldsomt.

Og øjeblikkelig rev hun sig ud af mine Hænder, råbte Godnat, stakåndet, hviskende, vendte sig og løb opad Trappen, uden at sige mer . . . .

Portdøren faldt i.

* * *

Det sneed end mer den næste Dag, en tung, regnblandet Sne, store våde Dotter, som faldt ned og blev til Søle. Vejret var råt og isnende.

Jeg var vågnet noget sent, underlig fortumlet i Hovedet af Aftenens Sindsbevægelser, beruset i Hjærtet af det skønne Møde. I min Henrykkelse havde jeg ligget en Stund vågen og tænkt mig Ylajali ved min Side; jeg bredte Armene ud, omfavned mig selv og kyssed ud i Luften. Så havde jeg endelig stået op og fået mig en ny Kop Mælk og straks derpå en Bif, og jeg var ikke længer sulten; blot mine Nerver var stærkt ophidsede igen.

Jeg begav mig ned til Klædesbasarerne. Det faldt mig ind, at jeg kanske kunde få mig en brugt Vest for en billig Pris, noget at have på under Frakken, lige meget hvad. Jeg gik opad Trappen til Basaren og fik fat på en Vest, som jeg begyndte at undersøge. Mens jeg pusled med dette, kom en Bekendt forbi; han nikked og råbte op til mig, jeg lod Vesten hænge og gik ned til ham. Han var Tekniker og skulde på Kontoret.

»Følg med og tag et Glas Øl,« sagde han. »Men kom fort, jeg har liden Tid . . . . Hvad var det for det for en Dame, De spadsered med igåraftes?«

»Hør nu her,« sagde jeg, skinsyg på hans blotte Tanke, »om det nu var min Kæreste?«

»Død og Pine!« sagde han.

»Ja, det blev afgjort igår.«

Jeg havde slået ham flad, han troed mig ubetinget. Jeg løj ham fuld, forat blive af med ham igen; vi fik Øllet, drak og gik.

»Godmorgen, da! . . . . Hør,« sagde han pludselig, »jeg skylder Dem altså nogle Kroner, og det er Skam, at jeg ikke har betalt dem tilbage for længe siden. Men nu skal De få dem med det første.«

»Ja, Tak,« svared jeg. Men jeg vidste, at han aldrig

vilde betale mig tilbage de Kroner.

Øllet steg mig desværre straks til Hovedet, jeg blev meget hed. Tanken på Aftenens Æventyr overvældet mig, gjorde mig næsten forstyrret. Hvad om hun nu ikke mødte op Tirsdag! Hvad om hun begyndte at tænke over, fatte Mistanke! .... Fatte Mistanke til hvad? .... Min Tanke blev med ét spillevende og begyndte at tumle med Pengene. Jeg blev angst, dødelig forfærdet over mig selv. Tyveriet stormed ind på mig med alle dets Detaljer; jeg så den lille Butik, Disken, min magre Hånd, da jeg greb Pengene, og jeg udmaled mig Politiets Fremgangsmåde, når det kom og skulde tage mig. Jærn om Hænder og Fødder, nej, blot om Hænderne, kanske blot på den ene Hånd; Skranken, Vagthavendes Protokol, Lyden af hans Pen, som skrabed, kanske tog han en ny for Anledningen; hans Blik, hans farlige Blik: Nå, Hr. Tangen? Cellen, det evige Mørke ....

Hm. Jeg knytted Hænderne heftigt sammen, forat give mig Mod, gik hurtigere og hurtigere og kom til Stortorvet. Her satte jeg mig.

Ingen Barnestreger! Hvor i alverden kunde man bevise, at jeg havde stjålet? Desuden turde ikke Høkergutten gøre Allarm, selv om han en Dag kom til at huske, hvordan det hele var gået til; han havde nok sin Plads for kær. Ingen Larm, ingen Scener, om jeg måtte bede!

Men disse Penge tynged alligevel syndigt i min Lomme og gav mig ikke Fred. Jeg satte mig til at prøve mig selv og fandt ud på det klareste, at jeg havde været lykkeligere før, dengang, da jeg gik og led i al Ærlighed. Og Ylajali! Havde jeg ikke også gået og trukket hende ned med mine syndige

Hænder! Herregud! Herre, min Gud! Ylajali!

Jeg følte mig fuld som en Alke, sprang pludselig op og gik lige hen til Kagekonen ved Elefantapoteket. Jeg kunde endnu rejse mig fra Vanæren, det var langtfra forsent, jeg skulde vise hele Verden, at jeg var istand til det! Undervejs fik jeg Pengene i Beredskab, holdt hver Øre i Hånden; jeg bukked mig ned over Konens Bord, som om jeg vilde købe noget, og slog hende uden videre Pengene i Hånden. Jeg sagde ikke et Ord, jeg gik straks.

Hvor det smagte vidunderligt at være ærligt Menneske igen! Mine tomme Lommer tynged ikke mer, det var mig en Nydelse at være blank påny. Når jeg rigtig tænkte efter, havde disse Penge i Grunden kostet mig megen hemmelig Kummer, jeg havde virkelig tænkt på dem med Gysen Gang på Gang; jeg var ingen forstokket Sjæl, min ærlige Natur havde oprørt sig mod den lave Gærning. Gudskelov, jeg havde hævet mig i min egen Bevidsthed. Gør mig det efter! sagde jeg og så udover det myldrende Torv. Gør mig det bare efter! Jeg havde glædet en gammel, fattig Kagekone, så det havde Skik; hun vidste hverken ud eller ind. Iaften skulde ikke hendes Børn gå sultne tilsengs . . . . Jeg gejled mig op med disse Tanker og syntes, at jeg havde båret mig udmærket ad. Gudskelov, Pengene var nu ude af mine Hænder.

Fuld og nervøs gik jeg henad Gaden og aksled mit Skind. Glæden over at kunne gå Ylajali ren og ærlig imøde og se hende ind i Ansigtet, løb ganske af med mig; jeg havde ingen Smærter mer, mit Hoved var klart og tomt, det var som det skulde være et Hoved af idel Lys, som stod og skinned på mine Skuldre. Jeg fik Lyst til at gøre Skøjerstreger, begå forbausende Ting, sætte Byen på Ende og støje. Opad hele Grændsen opførte jeg mig som en vanvittig Mand; det sused let for mine Øren, og i min Hjærne var Rusen i fuld Gang. Begejstret af Dumdristighed fik jeg i Sinde at gå hen og opgive min Alder for et Bybud, som forresten ikke havde talt et Ord, tage ham i Hånden, se ham indtrængende ind i Ansigtet og forlade ham igen, uden nogen Forklaring. Jeg skælned Nuancerne i de forbigåendes Stemmer og Latter, iagttog nogle Småfugle, som hopped foran mig i Gaden, gav mig til at studere Brostenenes Udtryk og fandt allehånde Tegn og underlige Figurer i dem. Under dette var jeg kommet ned til Stortingsplads.

Jeg står pludselig stille og stirrer ned på Droscherne. Kuskene vandrer samtalende omkring, Hestene står og luder forover mod det stygge Vejr. Kom! sagde jeg og puffed til mig selv med Albuen. Jeg gik hurtigt hen til den første Vogn og steg op. Ullevoldsvejen Numer 37! råbte jeg. Og vi rulled afsted.

Undervejs begyndte Kusken at se sig tilbage, lægge sig ned og kige ind i Vognen, hvor jeg sad under Kaleschen. Var han bleven mistænksom? Der var ingen Tvivl om, at min usle Påklædning havde gjort ham opmærksom.

»Det er en Mand, jeg skal træffe!« råbte jeg til ham, forat komme ham i Forkøbet, og jeg forklared ham indstændigt, at jeg absolut måtte træffe denne Mand.

Vi standser udenfor 37, jeg hopper ud, springer opad Trapperne, helt op til tredje Etage, griber en Klokkestræng og rykker til; Bjælden gjorde seks, syv forfærdelige Slag indenfor.

En Pige kommer og lukker op; jeg lægger Mærke til, at hun har Gulddobber i Ørene og sorte Lastingsknapper i det grå Kjoleliv. Hun ser forfærdet på mig.

Jeg spørger efter Kierulf, Joachim Kierulf, om jeg så måtte sige, en Uldhandler, kortsagt, han var ikke til at tage fejl af . . . .

Pigen ryster på Hovedet.

»Bor ingen Kierulf her,« siger hun.

Hun stirrer på mig, tager i Døren, færdig til at trække sig tilbage. Hun gjorde sig ingen Anstrængelse for at finde Manden; hun så virkelig ud til at kende den Person, jeg spurgte efter, når hun bare vilde tænke sig om, den lade Skabning. Jeg blev vred, vendte hende Ryggen og løb nedad Trapperne igen.

»Han var ikke der!« råbte jeg til Kusken.

»Var han ikke der?«

»Nej. Kør til Tomtegaden Numer 11.«

Jeg var i det heftigste Sindsoprør og meddelte Kusken noget deraf; han troed ganske vist, at det galdt Livet, og han kørte uden videre afsted. Han slog stærkt på.

»Hvad hedder Manden?« spurgte han og vendte sig på Bukken.

»Kierulf, Uldhandler Kierulf.«

Og Kusken syntes nok også, at den Mand ikke var til at tage fejl af. Om han ikke plejed at gå med en lys Frakke?

»Hvadfor noget?« råbte jeg, »lys Frakke? Er De gal? Tror De, det er en Tékop, jeg spørger efter?« Denne lyse Frakke kom mig meget ubelejligt, spolered hele Manden for mig, således, som jeg havde tænkt mig ham.

»Hvad var det, De sagde, han hedte? Kierulf?«

»Javist,« svared jeg, »er der noget underligt i det? Navnet skæmmer ingen.«

»Har han ikke rødt Hår?«

Nu kunde det gærne være, at han havde rødt Hår, og da Kusken nævnte den Ting, var jeg med engang sikker på, at han havde Ret. Jeg følte mig taknemmelig mod den stakkels Vognmand og sagde ham, at han havde taget Manden ganske på Spiddet; det forholdt sig virkelig, som han sagde; det vilde være et Særsyn, sagde jeg, at se en sådan Mand uden rødt Hår.

»Det må være ham, som jeg har kørt et Par Gange,« sagde Kusken. »Han havde en Knortekæp?«

Dette gjorde Manden lys levende for mig, og jeg sagde:

»He-he, der har vel endnu ingen set den Mand uden med en Knortekæp i Hånden Forsåvidt så kan De være tryg, ganske tryg.«

Ja, det var klart, at det var samme Mand, som han havde kørt. Han kendte ham igen . . . .

Og vi kørte på, så det gnistred af Hesteskoene.

Midt i denne ophidsede Tilstand havde jeg ikke et eneste Øjeblik tabt Åndsnærværelsen. Vi kommer forbi en Politibetjent, og jeg lægger Mærke til, at han har Numret 69. Dette Tal træffer mig så grusomt nøje, står med en Gang som en Splint i min Hjærne. 69, nøjagtigt 69, jeg skulde ikke glemme det!

Jeg læned mig tilbage i Vognen, et Bytte for de galeste Indfald, krøb sammen derinde under Kaleschen, så ingen skulde se, at jeg rørte Munden, og gav mig til at passiare idiotisk med mig selv. Vanviddet raser mig gennem Hjærnen, og jeg lader det rase, jeg er fuldt bevidst, at jeg ligger under for Indflydelser, som jeg ikke er Herre over. Jeg begyndte at le, tyst og lidenskabeligt, uden Spor af Grund, endnu lystig og fuld af det Par Glas Øl, jeg havde drukket. Lidt efterhvert tager min Ophidselse af, min Ro vender mer og mer tilbage. Jeg følte Kulde i min såre Finger, og jeg stak den ned mellem Halselinningen, forat varme den lidt. Således kom vi ned til Tomtegaden. Kusken holder an.

Jeg stiger ud af Vognen, uden Hast, tankeløst, slapt, tung i Hovedet, Jeg går indad Porten, kommer ind i en Baggård, som jeg går tvers over, støder mod en Dør, som jeg åbner og går indad, og jeg befinder mig i en Gang, et Slags Forværelse med to Vinduer. Der står to Kufferter, den ene ovenpå den anden, i den ene Krog, og på Langvæggen en gammel, umalet Sofabænk, hvori der ligger et Tæppe. Tilhøjre, i næste Værelse, hører jeg Stemmer og Barneskrig, og ovenover mig, i anden Etage, Lyden af en Jærnplade, som der hamres på. Alt dette mærker jeg, såsnart jeg er kommet ind.

Jeg går roligt tvers over Værelset, hen til den modsatte Dør, uden at skynde mig, uden Tanke på Flugt, åbner også den og kommer ud i Vognmandsgaden. Jeg ser opad Huset, som jeg just har passeret igennem: Beværtning & Logi for Rejsende.

Det falder mig ikke ind at søge at komme væk, stjæle mig bort fra Kusken, som venter på mig; jeg går meget sindigt udefter Vognmandsgaden, uden Frygt og uden at være mig noget galt bevidst. Kierulf, denne Uldhandler, som havde spøgt så længe i min Hjærne, dette Menneske, som jeg mente var til, og som jeg nødvendigvis måtte træffe, var bleven borte for min Tanke, visket ud sammen med andre gale Påfund, som kom og gik efter Tur; jeg husked ham ikke mer uden som en Anelse, et Minde.

Jeg blev mer og mer ædru, efterhvert som jeg vandred frem, følte mig tung og mat og slæbte Benene efter mig. Sneen faldt fremdeles ned i store, våde Filler. Tilsidst kom jeg ud på Grønland, lige ud til Kirken, hvor jeg satte mig til at hvile på en Bænk. Alle, som gik forbi, betragted mig meget forundret. Jeg faldt i Tanker.

Du gode Gud, hvor det var dårligt fat med mig nu! Jeg var så inderlig ked og træt af hele mit elendige Liv, at jeg fandt det ikke Møjen værd at kæmpe længer, forat beholde det. Modgangen havde taget Overhånd, den havde været for grov; jeg var så mærkelig ødelagt, ganske som en Skygge af, hvad jeg engang var. Mine Skuldre var sunkne ned, helt til den ene Side, og jeg var kommet i Vane med at lude meget forover, når jeg gik, forat spare mit Bryst det lille, jeg kunde. Jeg havde undersøgt min Krop for et Par Dage siden, en Middagstid oppe på mit Rum, og jeg havde stået og grædt hele Tiden over den. Jeg havde gået i den samme Skjorte i mange Uger, den var ganske stiv af gammel Sved og havde gnavet min Navle itu; der kom lidt blodigt Vand ud af Såret, men det smærted ikke meget, kun var det så sørgeligt at have dette Sår midt på Maven. Jeg havde ingen Råd med det, og det vilde ikke gro igen af sig selv; jeg vasked det, tørred det omhyggeligt af og trak den samme Skjorte atter på. Der var intet at gøre ved det . . . .

Jeg sidder der på Bænken og tænker over alt dette og er temmelig trist. Jeg væmmedes ved mig selv; endog mine Hænder forekommer mig modbydelige. Dette slattede, næsten ublufærdige Udtryk i mine

Håndbage piner mig, volder mig Ubehag; jeg føler mig ved Synet af mine magre Fingre råt påvirket, jeg hader hele mit slunkne Legeme og gyser ved at bære på det, føle det om mig. Herregud, om der bare blev en Ende på det nu! Jeg vilde inderlig gærne dø.

Aldeles overvunden, besudlet og nedværdiget i min egen Bevidsthed, rejste jeg mig mekanisk op og begyndte at gå hjemad. Undervejs kom jeg forbi en Port, hvor der stod følgende at læse: »Ligsvøb hos Jomfru Andersen, tilhøjre i Porten.« — Gamle Minder! sagde jeg, og jeg husked mit forrige Rum på Hammersborg, den lille Gyngestol, Avisbetrækket nede ved Døren, Fyrdirektørens Avertissement og Bager Fabian Olsens nybagte Brød. Å, ja, jeg havde jo havt det meget bedre dengang end nu; en Nat havde jeg skrevet en Føljeton til ti Kroner, nu kunde jeg ikke skrive noget mer, jeg kunde aldeles ikke skrive noget mer, mit Hoved blev straks tomt, såsnart jeg forsøgte. Ja, jeg vilde have en Ende på det nu! Og jeg gik og gik.

Efterhvert som jeg kom nærmere og nærmere Husholdningshandelen, havde jeg halvt ubevidst Følelsen af, at jeg nærmed mig en Fare; men jeg holdt fast ved mit Forsæt, jeg vilde udlevere mig. Jeg gik roligt opad Trappen, jeg møder i Døren en liden Pige, som bærer en Kop i Hånden, og jeg slipper hende forbi og lukker Døren. Betjenten og jeg står for anden Gang overfor hinanden, alene.

»Nå,« siger han, »det er et skrækkeligt Vejr.«

Hvad skulde denne Omvej til? Hvorfor tog han mig ikke med en Gang? Jeg blev rasende og sagde:

»Jeg kommer altså ikke, forat prate om Vejret.«

Denne Heftighed forbløffer ham, hans lille Høkerhjærne slår Klik; det havde slet ikke faldt ham ind, at jeg havde bedraget ham for fem Kroner.

»Ved De da ikke, at jeg har snydt Dem?« siger jeg utålmodig, og jeg puster heftigt, skælver, er færdig til at bruge Magt, hvis han ikke straks kommer til Sagen.

Men den stakkels Mand aner ingen Ting.

Nej, du store Verden, hvilke dumme Mennesker, man var nødt til at leve iblandt! Jeg skælder ham ud, forklarer ham Punkt for Punkt, hvorledes det hele var gået til, viser ham, hvor jeg stod og hvor han stod, da Gærningen skete, hvor Pengene havde ligget, hvorledes jeg havde samlet dem ned i min Hånd og lukket Hånden sammen om dem, — og han forstår altsammen, men gør alligevel intet ved mig. Han vender sig hid og did, lytter efter Fodtrinnene i Sideværelset, tysser på mig, forat få mig til at tale lavere, og siger tilslut:

»Det var nokså sjofelt gjort af Dem!«

»Nej, vent lidt!« råbte jeg i min Trang til at modsige ham, ægge ham op; det var ikke så lavt og nedrigt, som han med sit elendige Husholdningshoved forestilled sig. Jeg beholdt naturligvis ikke Pengene, det kunde aldrig falde mig ind; jeg for min Part vilde ikke drage nogen Nytte af dem, det bød min bundærlige Natur imod . . . .

»Hvor gjorde De af dem da?«

Jeg gav dem bort til en gammel, fattig Kone, hver Øre, måtte han vide; den Slags Person var jeg, jeg glemte ikke de fattige så aldeles . . . .

Han står og tænker en liden Stund på dette, blir åbenbart meget tvivlrådig om, hvorvidt jeg er en ærlig Mand eller ikke. Endelig siger han:

»Burde De ikke heller have leveret Pengene tilbage?«

»Nej, hør her,« svarer jeg, »jeg vilde ikke bringe
Dem i Ulejlighed, jeg vilde spare Dem. Men det er
Takken, man har, forat man er ædelmodig. Nu står
jeg her og forklarer Dem det hele, og De skammer
Dem ikke som en Hund, gør simpelthen ingen
Anstalter til at få Striden udjævnet med mig. Derfor
vasker jeg mine Hænder. Forresten giver jeg Dem
Fan. Farvel!«

Jeg gik og slog Døren hårdt i efter mig.

Men da jeg kom hjem på mit Værelse, ind i dette
bedrøvelige Hul, gennemvåd af den bløde Sne,
skælvende i Knæerne af Dagens Vandringer, tabte
jeg øjeblikkelig min Kæphøjhed og faldt sammen
påny. Jeg angred mit Overfald på den arme
Butiksmand, græd, greb mig i Struben, forat straffe
mig for min usle Streg, og holdt et syndigt Hus. Han
havde naturligvis været i den dødeligste Angst for
sin Post, havde ikke vovet at gøre nogen Kvalm for
disse fem Kroner, som Forretningen havde tabt. Og
jeg havde benyttet mig af hans Frygt, havde pint
ham med min højrøstede Tale, spiddet ham med
hvert Ord, som jeg råbte ud. Og Høkerchefen selv
havde måske siddet indenfor i Værelset ved Siden af
og følt sig på et hængende Hår opfordret til at gå ud
til os og se, hvad det var, som foregik. Nej, der var
ingen Grændse længer for, hvad jeg kunde gøre af
nederdrægtige Ting!

Nå, men hvorfor var jeg ikke bleven sat fast? Så
var det kommet til en Afslutning. Jeg havde jo
sågodtsom rakt Hænderne frem til Jærnene. Jeg vilde
aldeles ikke have gjort nogen Modstand, jeg vilde
tvertimod have hjulpet til. Himlens og Jordens
Herre, en Dag af mit Liv for et lykkeligt Sekund
igen! Mit hele Liv for en Ret Linser! Hør mig bare

denne Gang! . . . .

Jeg lagde mig i de våde Klæder; jeg havde en uklar Tanke om, at jeg kanske vilde dø om Natten, og jeg brugte min sidste Kraft til at ordne op en Smule i min Seng, så det kunde se lidt ordentlig ud omkring mig om Morgenen. Jeg folded Hænderne og valgte min Stilling.

Så med engang husker jeg Ylajali. At jeg havde glemt hende så ganske hele Aftenen udover! Og Lyset trænger ganske svagt ind i mit Sind igen, en liden Stråle Sol, der gør mig så velsignet varm. Og der blir mere Sol, et mildt, fint Silkelys, der strejfer mig så bedøvende dejligt. Og Solen blir stærkere og stærkere, brænder skarpt mod mine Tindinger, koger tung og glødende i min udmagrede Hjærne. Og der flammer tilsidst for mine Øjne et vanvittigt Bål af Stråler, en antændt Himmel og Jord, Mennesker og Dyr af Ild, Bjærge af Ild, Djævle af Ild, en Afgrund, en Ørken, en Alverden i Brand, en rygende yderste Dag.

Og jeg så og hørte intet mer . . . .

* * *

Jeg vågned i Sved den næste Dag, fugtig over hele Legemet, meget fugtig; Feberen havde presset mig ganske voldsomt. I Førstningen havde jeg ingen klar Bevidsthed om, hvad der var foregået med mig, jeg så mig omkring med Forundring, følte mig totalt forbyttet i mit Væsen, kendte mig slet ikke igen. Jeg følte mig efter opad Armene og nedad Benene, faldt i Forbauselse over, at Vinduet stod på den Væg og ikke på den stik modsatte Væg, og jeg hørte Hestenes Trampen nede i Gården, som om den kom ovenfra. Jeg var også temmelig kvalm.

Mit Hår lå vådt og koldt om min Pande; jeg rejste mig på Albuen og så ned på Hovedpuden: vådt Hår lå også igen på den, i små Dotter. Mine Fødder havde hovnet op inde i Skoene i Løbet af Natten, men de smærted ikke, jeg kunde blot ikke røre Tæerne stort, de var blevne for stive.

Da det led ud på Eftermiddagen, og det allerede var begyndt at skumre lidt, stod jeg op af Sengen og begyndte at pusle omkring i Værelset. Jeg prøved mig frem med små, forsigtige Skridt, passed på at holde Ligevægten og spared så meget som muligt mine Fødder. Jeg led ikke meget, og jeg græd ikke; jeg var i det hele taget ikke trist, jeg var tvertimod velsignet tilfreds; det faldt mig ikke ind netop da, at nogen Ting kunde være anderledes end den var.

Så gik jeg ud.

Det eneste, som plaged mig en Smule, var trods min Kvalme for Mad alligevel Sulten. Jeg begyndte at føle en skammelig Appetit igen, en indre glubende Madlyst, som det stadig blev værre og værre med. Det gnaved ubarmhjærtigt i mit Bryst, bedreves et tyst, underligt Arbejde derinde. Det kunde være et Snes bitte små, fine Dyr, som lagde Hovedet på den ene Side og gnaved lidt, lagde derpå Hovedet på den anden Side og gnaved lidt, lå et Øjeblik aldeles stille, begyndte igen, bored sig ind uden Støj og uden Hast og efterlod tomme Strækninger overalt, hvor de for frem . . . .

Jeg var ikke syg, men mat, jeg begyndte at svede. Jeg tænkte mig hen på Stortorvet, forat hvile lidt; men Vejen var lang og besværlig; endelig var jeg dog næsten fremme, jeg stod på Hjørnet af Torvet og Torvegaden. Sveden randt ned i mine Øjne, dugged mine Briller og gjorde mig blind, og jeg var netop standset, forat tørre mig af en Smule. Jeg mærked ikke, hvor jeg stod, jeg tænkte ikke over det; Larmen omkring mig var frygtelig.

Pludselig lyder et Råb, et koldt, skarpt Varsko. Jeg hører dette Råb, hører det meget godt, og jeg rykker nervøst til Siden, gor et Skridt så hurtigt, mine dårlige Ben kan bevæge sig. Et Uhyre af en Brødvogn stryger mig forbi og strejfer min Frakke med Hjulet; havde jeg været lidt hurtigere, vilde jeg gået aldeles fri. Jeg kunde kanske været lidt hurtigere, ganske lidt hurtigere, hvis jeg havde anstrængt mig; der var ingen Råd med det, det gjorde ondt i min ene Fod, et Par Tæer blev maset; jeg følte, at de ligesom krølled sig sammen inde i Skoen.

Brødkøreren holder Hestene an af alle Kræfter; han vender sig om på Vognen og spørger forfærdet, hvordan det gik. Jo, det kunde gået langt værre . . . . det var vel kanske ikke så farligt . . . . jeg troed ikke, at der var nogen Ting knust . . . . Å, jeg be'r . . . .

Jeg drev hen til en Bænk det forteste, jeg kunde; disse mange Mennesker, som standsed op og gloed på mig, havde gjort mig flau. Egentlig var det ikke noget Dødsstød, det var gået forholdsvis heldigt, når Ulykken endelig skulde være ude. Det værste var, at min Sko var trykket istykker, Sålen revet løs på Snuden. Jeg holdt Poden op og så Blod inde i Gabet. Nå, det var ikke med Vilje gjort på nogen af Siderne, det var ikke Mandens Hensigt at gøre det værre for mig end det var; han så meget bedrøvet ud. Kanske hvis jeg havde bedt ham om et lidet Brød fra Vognen, så havde jeg fået det. Han havde vist givet mig det med Glæde. Gud glæde ham til

Gengæld der, han er! . . . .

Jeg sulted hårdt, og jeg vidste ikke, hvor jeg skulde gøre af mig for min ublu Appetit. Jeg vred mig hid og did på Bænken og lagde Brystet helt ned på mine Knæ; jeg var næsten forstyrret. Da det blev mørkt, rusled jeg bort til Rådstuen — Gud ved, hvordan jeg kom did — og satte mig på Kanten af Ballustraden. Jeg rev den ene Lomme ud af min Frakke og gav mig til at tygge på den, forresten uden nogen Hensigt, med mørke Miner, med Øjnene stirrende ret frem, uden at se. Jeg hørte endel Småbørn, som legte omkring mig, og fornam instinktsmæssig, når en eller anden spadserende gik mig forbi; ellers iagttog jeg intet.

Så med én Gang falder det mig ind at gå ned i en af Basarerne nedenunder mig og få et Stykke råt Kød. Jeg rejser mig og går tvers over Ballustraden, hen til den anden Ende af Basartaget, og stiger ned. Da jeg var kommet næsten helt ned til Kødboden, råbte jeg opad Trappeåbningen og hytted tilbage, som om jeg talte til en Hund deroppe, og henvendte mig frækt til den første Slagter, jeg traf.

»Å, vær så snil at give mig et Ben til Hunden min!« sagde jeg. »Bare et Ben; der behøver ikke at være noget på det; den skal bare have noget at bære i Munden.«

Jeg fik et Ben, et prægtigt lidet Ben, hvor der endnu var lidt Kød tilbage, og stak det ind under Frakken. Jeg takked Manden så inderligt, at han så forbauset på mig.

»Ingenting at takke for,« sagde han.

»Jo, sig ikke det,« mumled jeg, »det er snilt gjort af Dem.«

Og jeg gik op. Hjærtet slog stærkt i mig.

Jeg sneg mig ind i Smedgangen, så dybt ind, som jeg kunde komme, og standsed udenfor en forfalden Port til en Baggård. Der var ikke et Lys at se på nogen Kant, det var velsignet mørkt omkring mig; jeg gav mig til at gnave i mig af Benet.

Det smagte ingenting; en ram Lugt af Blod stod op fra Benet, og jeg måtte ganske straks begynde at kaste op. Jeg forsøgte igen; hvis jeg bare fik beholde det, vilde det nok gøre sin Virkning; det galdt at få det til at bero dernede. Men jeg kasted atter op. Jeg blev vred, bed heftigt i Kødet, sled af en liten Smule og svælged det ned med Vold. Og det nytted alligevel ikke; såsnart de små Kødsmuler var blevne varme i Maven, kom de desværre atter op. Jeg knytted vanvittigt Hænderne, stak i at græde af Hjælpeløshed og gnaved som en besat; jeg græd, så Benet blev vådt og skiddent af Tårer, kasted op, banded og gnaved igen, græd som Hjærtet skulde briste og kasted atter op. Og jeg svor med høj Røst alle Verdens Magter ned i Pinen.

Stille. Ikke et Menneske omkring, intet Lys, ingen Støj. Jeg er i det voldsommeste Sindsoprør, jeg puster tungt og højlydt og græder tænderskærende for hver Gang, jeg må levere disse Kødsmuler, som kanske kunde mætte mig lidt. Da det slet ikke hjælper noget, hvormeget jeg end forsøger, slynger jeg Benet mod Porten, fuld af det afmægtigste Had, henrykt af Raseri, råber og truer voldsomt op mod Himlen, skriger Guds Navn hæst og indædt og krummer mine Fingre som Klør . . . . Jeg siger dig, du Himlens hellige Ba'al, du er ikke til, men hvis du var til, så skulde jeg bande dig slig, at din Himmel skulde dirre af Helvedes Ild. Jeg siger dig, jeg har budt dig min Tjeneste, og du har afvist den, jeg siger dig, du har stødt mig bort, og jeg vender dig for evigt Ryggen, fordi du ikke kendte din Besøgelsestid. Jeg siger dig, jeg ved, at jeg skal dø, og jeg håner dig dog, du Himlens Gud og Apis, med Døden lige for Tænderne. Jeg siger dig, jeg vil heller være Lakej i Helvede end Fri i dine Boliger; jeg siger dig, jeg er fuld af livsalig Foragt for din himmelske Usselhed, og jeg vælger mig Afgrunden til evigt Tilhold, hvor Djævelen, Judas og Farao er stødt ned. Jeg siger dig, din Himmel er fuld af alle Jorderigets mest råhovedede Idioter og fattige i Ånden, jeg siger dig, du har fyldt din Himmel med de fede, salige Horer hernedefra, som ynkeligen har bøjet Knæ for dig i sin Dødsstund. Jeg siger dig, du har brugt Magt mod mig, og du ved ikke, du alvidende Nul, at jeg aldrig bøjer mig i Modgang. Jeg siger dig, hele mit Liv, hver Celle i min Krop, hver Evne i min Sjæl gisper efter at håne dig, du nådefulde Afskum i det høje. Jeg siger dig, jeg vilde, om jeg kunde, råbe dette højlydt ind i din Himmel og hen over den hele Jord, jeg vilde, om jeg kunde, ånde det ind i hver ufødt Menneskesjæl, som engang kommer på Jorden, hver Blomst, hvert Blad, hver Dråbe i Havet. Jeg siger dig, jeg vil spotte dig ud på Dommens Dag og bande dig Tændeme ud af min Mund for din Guddoms endeløse Ynkelighed. Jeg siger dig, jeg vil fra denne Stund forsage alle dine Gærninger og alt dit Væsen, jeg vil forbande min Tanke, om den tænker på dig igen, og rive mine Læber af, om de atter nævner dit Navn. Jeg siger dig, hvis du er til, det sidste Ord i Livet og i Døden, jeg siger dig Farvel for evigt og altid, jeg siger dig Farvel med Hjærte og Nyrer, jeg siger dig det sidste uigenkaldelige Farvel, og jeg tier og vender dig Ryggen og går min Vej . . . .

Stille,

Jeg dirrer af Ophidselse og Forkommenhed, står der på samme Sted, endnu hviskende Eder og Skældsord frem, hikkende efter den heftige Gråd, knækket og slap efter det vanvittige Vredesudbrud. Jeg står der måske en Time og hikker og hvisker og holder mig fast til Porten. Så hører jeg Røster, en Samtale mellem to Mænd, som kommer gående indad Smedgangen. Jeg slænger bort fra Porten, drager mig frem efter Husvæggene og kommer atter ud på de lyse Gader. Idet jeg tusler nedad Youngsbakken, begynder min Hjærne pludselig at virke i en højst mærkelig Retning. Det falder mig ind, at de elendige Rønner nede i Kanten af Torvet, Materialboderne og de gamle Buler med brugte Klæder, dog var en Skændsel for Stedet. De ødelagde hele Torvets Udseende og pletted Byen, fy, ned med Skramlet! Og jeg gik og slog over i Tankerne, hvad det vel vilde komme til at koste at flytte Den geografiske Opmåling derned, denne smukke Bygning, som altid havde tiltalt mig så meget hver Gang, jeg havde passeret den. Det vilde kanske ikke lade sig gøre at foretage en Flytning af den Art under sytti a to og sytti tusind Kroner, — en pen Sum, måtte man sige, en nokså net Lommeskilling, he-he, at begynde med, hvad? Og jeg nikked med mit tomme Hoved og indrømmed, at det var en nokså pen Lommeskilling at begynde med. Jeg rysted fremdeles over hele Legemet og hikked nu og da endnu dybt efter Gråden.

Jeg havde Følelsen af, at der ikke var meget Liv igen i mig, at jeg i Grunden sang på det sidste Vers. Det var mig også temmelig ligegyldigt, det beskæftiged mig ikke det mindste; jeg søgte tvertimod nedad Byen, ned til Bryggerne, længer og længer bort fra mit Værelse. Jeg kunde for den Skyld gærne have lagt mig plat ned i Gaden, forat dø. Lidelserne gjorde mig mer og mer ufølsom; det banked stærkt i min såre Fod, jeg havde endog Indtryk af, at Smærten forplanted sig opad hele Læggen, og ikke engang det gjorde synderlig ondt. Jeg havde udstået værre Fornemmelser.

Så kom jeg ned på Jærnbanebryggen. Der var ingen Trafik, ingen Støj, kun hist og her et Menneske at se, en Sjouer eller Sjømand, som drev om med Hænderne i Lommen. Jeg lagde Mærke til en halt Mand, som skeled stivt hen på mig, idet vi passered hinanden. Jeg standsed ham instinktsmæssig, tog til Hatten og spurgte, om han kendte til om »Nonnen« var rejst. Og bagefter kunde jeg ikke lade være at knipse en eneste Gang i Fingrene lige for Mandens Næse og sige: Død og Pine, »Nonnen«, ja! »Nonnen«, som jeg helt havde glemt! Tanken på den havde alligevel ulmet ubevidst i mit Indre, jeg havde båret på den, uden at vide af det selv.

Ja, Kors, »Nonnen« var nok sejlet.

Han kunde ikke sige mig, hvor den var sejlet hen?

Manden tænker sig om, står på det lange Ben og holder det korte ivejret; det korte dingler lidt.

»Nej,« siger han. »Ved De, hvad den lå her og lasted?«

»Nej,« svarer jeg.

Men nu havde jeg allerede glemt »Nonnen«, og jeg spurgte Manden, hvor langt det vel kunde være til Holmestrand, regnet i gode, gamle geografiske Mile.

»Til Holmestrand? Jeg vil antage . . . .«

»Eller til Væblungsnæs?«

»Hvad jeg vilde sige: jeg antager, at til Holmestrand . . . .«

»Å, hør, med det samme jeg husker det,« afbrød jeg ham igen, »De skulde vel ikke ville være så snil at give mig en liden Bid Tobak, bare en bitte liden Smule!«

Jeg fik Tobakken, takked Manden meget varmt og gik bort. Jeg gjorde intet Brug af Tobakken, jeg stak den i Lommen straks. Manden holdt fremdeles Øje med mig, jeg havde kanske vakt hans Mistanke på en eller anden Måde; hvor jeg stod og gik havde jeg dette mistænksomme Blik efter mig, og jeg syntes ikke om at blive forfulgt af dette Menneske. Jeg vender om og drager mig atter hen til ham, ser på ham og siger:

»Nådler.«

Bare dette Ord: Nådler. Ikke mer. Jeg ser meget stivt på ham, idet jeg siger det, jeg følte, at jeg stirred frygteligt på ham; det var, som om jeg så på ham med hele Kroppen, istedetfor bare med Øjnene. Og jeg står en liden Stund, efterat jeg har sagt dette Ord. Så tusler jeg op til Jærnbanetorvet igen. Manden gav ikke en Lyd fra sig, han bare holdt Øje med mig.

Nådler? Jeg stod med en Gang stille. Ja, var det ikke det, jeg havde Fornemmelsen af allerede straks: jeg havde truffet Krøblingen før. Oppe i Grændsen, en lys Morgen; jeg havde pantsat min Vest. Det forekom mig som en Evighed siden den Dag.

Mens jeg står og tænker på dette — jeg står og støtter mig til en Husvæg på Hjørnet af Torvet og Havnegaden — farer jeg pludselig sammen og søger at kravle mig væk. Da dette ikke lykkes mig, stirrer jeg forhærdet ret frem og bider Hovedet af al Skam, der var ingen Råd med det, — jeg står Ansigt til

Ansigt med »Kommandøren«.

Jeg blir skødesløst fræk, jeg tager endog et Skridt frem fra Husvæggen, forat gøre ham opmærksom på mig. Og jeg gør det ikke forat vække Medlidenhed, men forat håne mig selv, stille mig i Gabestokken; jeg kunde væltet mig ned i Gaden og bedt »Kommandøren« gå over mig, træde på mit Ansigt. Jeg siger ikke engang Godaften.

»Kommandøren« aned måske, at der var noget galt fat med mig, han sagtned sine Skridt en Smule, og jeg siger, forat standse ham:

»Jeg skulde været hos Dem med noget, men det er ikke blevet noget af endda.«

»Ja?« svarer han spørgende. »De har det ikke færdigt, da?«

»Nej, jeg har ikke fået det færdigt.«

Men nu står mine Øjne pludselig i Vand ved »Kommandørens« Venlighed, og jeg harker og hoster forbittret, forat gøre mig stærk. »Kommandøren« støder en Gang i Næsen; han står og ser på mig.

»Har De noget at leve af imens, da?« siger han.

»Nej,« svarer jeg, »jeg har ikke det heller. Jeg har ikke spist endda idag, men . . . . . .

»Gud bevare Dem, det går da ikke an, at De går her og sulter ihjæl, Mand!« siger han. Og han tager med en Gang til Lommen.

Nu vågner Skamfølelsen i mig, jeg raver igen bort til Husvæggen og holder mig fast, jeg står og ser på, at »Kommandøren« roder om i sin Pengepung; men jeg siger intet. Og han rækker mig en Tikrone. Han gør ingen flere Omstændigheder med det, han giver mig simpelthen ti Kroner. Med det samme gentager han, at det ikke gik an, at jeg sulted ihjæl.

Jeg stammed en Indvending og tog ikke Sedlen straks: Det var skammeligt af mig dette . . . . det var også altfor meget . . . .

»Skynd Dem nu!« siger han og ser på sit Ur. »Jeg har ventet på Toget; men nu kommer det, hører jeg.«

Jeg tog Pengene, jeg var lam af Glæde og sagde ikke et Ord mer, jeg takked ikke engang.

»Det er ikke værdt at genere sig for det,« siger »Kommandøren« tilsidst; »De kan jo skrive for det, ved jeg.«

Så gik han.

Da han var kommet nogle Skridt bort, husked jeg med en Gang på, at jeg ikke havde takket »Kommandøren« for denne Hjælp. Jeg forsøgte at indhente ham, men kunde ikke komme fort nok afsted, mine Ben slog Klik, og jeg vilde idelig falde på Næsen. Han fjærned sig mer og mer. Jeg opgav Forsøget, tænkte at råbe efter ham, men turde ikke, og da jeg endelig alligevel tog Mod til mig og råbte, en Gang, to Gange, var han allerede forlangt borte, min Stemme var bleven for svag.

Jeg stod tilbage på Fortouget og så efter ham, jeg græd ganske stille. Jeg har aldrig set på Magen! sagde jeg til mig selv; han gav mig ti Kroner! Jeg gik tilbage og stilled mig der, hvor han havde stået, og eftergjorde alle hans Bevægelser. Og jeg holdt Pengesedlen op til mine våde Øjne, beså den på begge Sider og begyndte at bande — bande i vilden Sky på, at det havde sin Rigtighed med det, jeg holdt i Hånden, det var en Tikrone.

En Stund efter — måske en meget lang Stund; ti det var allerede bleven ganske stille overalt — stod jeg besynderligt nok udenfor Tomtegaden Numer 11. Da jeg havde stået og summet mig et Øjeblik og forundret mig herover, gik jeg indad Porten for anden Gang, lige ind i Beværtning & Logi for Rejsende. Her bad jeg om Husly og fik straks en Seng.

* * *

Tirsdag.
Solskin og Stille, en vidunderlig lys Dag. Sneen var borte; allevegne Liv og Lyst og glade Ansigter, Smil og Latter. Fra Fontænerne steg Vandstrålerne op i Buer, gyldne af Solen, blålige af den blålige Himmel . . . . Ved Middagstid gik jeg ud fra mit Logi i Tomtegaden, hvor jeg fremdeles boed og havde det godt, og begav mig ud i Byen. Jeg var i den gladeste Stemning og drev om den ganske Eftermiddag i de mest befærdede Gader og så på Mennesker. Endnu før Klokken blev syv om Aftenen, gjorde jeg mig en Tur op til St. Olafs Plads og kiged i Smug op til Vinduerne i Numer 2. Om en Time skulde jeg se hende! Jeg gik i en let, dejlig Angst hele Tiden. Hvad vilde der ske? Hvad skulde jeg finde på at sige, når hun kom nedad Trappen? Godaften, Frøken? Eller bare smile? Jeg besluttet mig til at lade det bero med at smile. Naturligvis vilde jeg hilse dybt på hende.

Jeg lusked bort, lidt skamfuld over at være så tidligt ude, vandred om i Karl Johan en Stund og holdt Øje med Universitetsuret. Da Klokken blev otte, satte jeg atter opad Universitetsgaden. Under vejs faldt det mig ind, at jeg kanske kunde komme et Par Minutter forsent, og jeg strakte ud alt, jeg årked. Min Fod var meget sår, ellers mangled der mig ingenting.

Jeg tog Post ved Fontænen og pusted ud; jeg stod

der rigtig længe og så op til Vinduerne i Numer 2;
men hun kom ikke. Nå, jeg skulde nok vente, det
havde ingen Hast med mig; hun havde kanske
Forhindringer. Og jeg vented igen. Jeg skulde da vel
aldrig have drømt det hele? Havt det første Møde
med hende i Indbildningen den Nat, jeg lå i Feber?
Jeg begyndte rådvild at tænke efter og følte mig
aldeles ikke sikker i min Sag.

»Hm!« sagde det bag mig.

Jeg hørte denne Harken, jeg hørte også lette
Skridt i Nærheden af mig; men jeg vendte mig ikke
om, jeg stirred blot op til den store Trappe foran
mig.

»Godaften!« siger det så.

Jeg glemmer at smile, jeg tager ikke engang straks
til Hatten, jeg blir så forundret over at se hende
komme denne Vej.

»Har De ventet længe?« siger hun, og hun puster
lidt hurtigt efter Gangen.

»Nej, aldeles ikke, jeg kom for en liden Stund
siden,« svared jeg. »Og desuden, hvad havde det
gjort, om jeg havde ventet længe? Jeg tænkte
forresten, at De skulde komme fra en anden Kant?«

»Jeg har fulgt Mama til en Familie, Mama skal
være ude iaften.«

»Jaså!« sagde jeg.

Nu var vi uvilkårlig begyndt at gå. En Politi-
betjent står på Gadehjørnet og ser på os.

»Men hvor går vi egentlig hen?« siger hun og
standser.

»Did, hvor De vil, bare did, hvor De vil.«

»Uf, ja, men det er så kedeligt at bestemme det
selv.«

Pause.

Så siger jeg, bare for at sige noget:

»Det er mørkt i Deres Vinduer, ser jeg.«

»Ja, da!« svarer hun livligt. »Pigen har også fået fri. Så jeg er ganske alene hjemme.«

Vi står begge to og ser opad Vinduerne i Numer 2, som om ingen af os havde set dem før.

»Kan vi gå op til Dem, da?« siger jeg. »Jeg skal sidde nede ved Døren hele Tiden, dersom De vil . . . .«

Men nu skalv jeg af Bevægelse og angred meget, at jeg havde været for fræk. Hvad om hun blev vred og gik bort fra mig? Hvad om jeg aldrig fik se hende igen? Å, det elendige Antræk, jeg havde på! Jeg vented fortvivlet på Svaret.

»De skal aldeles ikke sidde nede ved Døren,« siger hun. Hun taler ligefrem ømt og siger akkurat disse Ord: De skal aldeles ikke sidde nede ved Døren.

Vi gik op.

Ude på Gangen, hvor det var mørkt, tog hun min Hånd og ledte mig frem. Jeg behøved slet ikke at være så stille, sagde hun, jeg kunde godt tale. Og vi kom ind. Mens hun tændte Lys — det var ikke en Lampe, hun tændte, men et Lys — mens hun tændte dette Lys, sagde hun med en liden Latter:

»Men nu får De ikke se på mig. Uf, jeg er skamfuld! Men jeg skal aldrig gøre det mer.«

»Hvad skal De aldrig gøre mer?«

»Jeg skal aldrig . . . . uf, nej. Gud bevare mig . . . . jeg skal aldrig kysse Dem mer.«

»Skal De ikke det?« sagde jeg, og vi lo begge. Jeg strakte Armene ud efter hende, Og hun gled tilside, smutted væk, over på den anden Side af Bordet. Vi stod og så på hinanden en liden Stund, Lyset stod

158

midt imellem os.

»Forsøg at få fat på mig!« sagde hun.

Og under megen Latter forsøgte jeg at få fat på hende. Mens hun sprang omkring, løste hun Sløret op og tog Hatten af; hendes spillende Øjne hang fremdeles ved mig og vogted på mine Bevægelser. Jeg gjorde et Udfald påny, snubled i Tæppet og faldt; min såre Fod vilde ikke længer holde mig oppe. Jeg rejste mig yderlig flau.

»Gud, hvor rød De blev!« sagde hun. »Ja, det var også græsselig kejtet.«

»Ja, det var det!« svared jeg.

Og vi begyndte påny at springe omkring.

»Jeg synes, De halter?«

»Ja, jeg halter kanske lidt, bare lidt forresten.«

»Sidst havde De en sår Finger, nu har De en sår Fod; det er svært, så mange Plager De har.«

»Å, ja. — Jeg blev lidt overkørt for nogle Dage siden.«

»Overkørt? Fuld da igen? Nej, Gud bevare mig, hvordan De lever, unge Mand!« Hun trued med Pegefingeren og gjorde sig alvorlig. »Så sætter vi os da!« sagde hun. »Nej, ikke der nede ved Døren; De er så altfor tilbageholden; her oppe; De der og jeg her, så ja! . . . . Uf, det er nokså kedeligt med tilbageholdne Mennesker! Så må man sige og gøre alt selv, man får ingen Hjælp til noget. Nu kunde De for Eksempel gærne holde Deres Hånd på min Stolryg, De kunde gærne fundet på så meget af Dem selv, kunde De. For om jeg siger noget sligt, så sætter De op et Par Øjne, som om De ikke rigtig tror det, som blir sagt. Ja, det er virkelig sandt, jeg har set det flere Gange, De gør det nu også. Men De skal bare ikke indbilde mig, at De er så beskeden altid, når De blot

159

tør dy Dem. De var nokså fræk den Dag, da De var
fuld og gik efter mig lige hjem og plaged mig med
Deres Åndrigheder: De mister Deres Bog, Frøken,
De mister ganske bestemt Deres Bog, Frøken! Ha-
ha-ha! Fy, det var virkelig stygt af Dem!«

Jeg sad fortabt og så på hende. Mit Hjærte slog
højt, Blodet spændte mig varmt gennem Årene.
Hvilken vidunderlig Nydelse!

»Hvorfor siger De ingenting?«

»Nej, hvor De er sød!« sagde jeg. »Jeg sidder
simpelthen her og blir inderlig betaget af Dem, her i
denne Stund inderlig betaget . . . . Der er ingen Råd
med det . . . . De er det besynderligste Menneske,
som . . . . Stundom stråler Deres Øjne så, jeg har
aldrig set Magen, de ser ud som Blomster . . . .
Hvad? Nej-nej, kanske ikke som Blomster heller,
men . . . . Jeg er så aldeles forelsket i Dem, og det er
så urimeligt . . . . Herregud, naturligvis, det nytter
mig ikke det Spor . . . . Hvad hedder De? Nu må De
da virkelig sige mig, hvad De hedder . . . .«

»Nej, hvad hedder De? Gud, nu havde jeg nær
glemt det igen! Jeg tænkte på det i hele Går, at jeg
skulde spørge Dem. Ja, det vil sige ikke i hele Går,
men . . . .«

»Ved De, hvad jeg har kaldt Dem? Jeg har kaldt
Dem Ylajali. Hvad synes De om det? En sådan
glidende Lyd . . . .«

»Ylajali?«

»Ja.«

»Er det fremmede Sprog?«

»Hm, Nej, det er ikke det heller.«

»Ja, det er ikke stygt . . . .«

Efter lange Forhandlinger sagde vi hinanden vore
Navne. Hun satte sig lige ved Siden af mig i Sofaen

og skøv Stolen bort med Foden, Og vi begyndte at passiare påny.

»De har barberet Dem også iaften,« sagde hun. »De ser i det hele taget lidt bedre ud end sidst, men bare bitte lidt forresten; indbild Dem nu bare ikke . . . . Nej, sidst var De virkelig sjofel da. De gik ovenikøbet med en fæl Klud om Fingeren. Og i den Tilstand vilde De absolut gå ind et Sted og drikke Vin med mig. Nej, Tak!«

»Det var altså for mit misserable Udseendes Skyld, at De ikke vilde gå med alligevel da?« sagde jeg.

»Nej,« svared hun og så ned. »Nej, det skal Gud vide, det ikke var! Jeg tænkte ikke på det engang.«

»Hør,« sagde jeg, »De sidder vist her i den Overtro, at jeg kan klæde mig og leve akkurat som jeg ønsker. De? Men det kan jeg nok ikke, jeg er meget, meget fattig.«

Hun så på mig.

»Er De det?« sagde hun.

»Ja, jeg er det, desværre.«

Pause.

»Ja, Herregud, det er jeg også, det,« sagde hun med en frejdig Bevægelse med Hovedet.

Hvert af hendes Ord berused mig, traf mig i Hjærtet som Vindråber. Hun henrykte mig med den Vane, hun havde at lægge sit Hoved lidt på Siden og lytte, når jeg sagde noget. Og jeg følte hendes Åndedrag lige op i mit Ansigt.

»Ved De,« sagde jeg, »at . . . . Men nu må De ikke blive sint . . . . Da jeg gik tilsengs igåraftes, lagde jeg denne Arm tilrette for Dem . . . . således . . . . som om De lå i den . . . . og så sovned jeg ind . . . .«

»Jaså? Det var vakkert!« Pause. »Men det måtte nu

også være på Frastand, De kunde gøre sligt noget; for ellers . . . .«

»Tror De ikke, jeg kunde gøre det ellers?«

»Nej, det tror jeg ikke.«

»Jo, af mig kan De vente alt,« sagde jeg. Og jeg lagde Armen om hendes Liv.

»Kan jeg det?« sagde hun bare.

Det ærgred mig, stødte mig næsten, at hun holdt mig for så altfor skikkelig; jeg brysted mig op, skød Hjærtet op i Livet og tog hendes Hånd. Men hun trak den ganske stilfærdigt tilbage og flytted sig lidt bort fra mig. Dette gjorde det atter af med mit Mod, jeg blev skamfuld og så bort mod Vinduet. Jeg var alligevel så altfor ynkelig der, jeg sad, jeg måtte blot ikke prøve at indbilde mig noget. Det havde været en anden Sag, hvis jeg havde truffet hende dengang, da jeg endnu så ud som et Menneske, i mine Velmagtsdage, da jeg havde lidt at redde mig med. Og jeg følte mig meget nedslagen tilmode.

»Der kan De se!« sagde hun, »nu kan De bare se: Man kan vippe Dem blot med en liden Rynke i Panden, gøre Dem så flad, bare ved at flytte sig lidt bort fra Dem . . . .« Hun lo drillende, skøjeragtigt, med aldeles lukkede Øjne, som om heller ikke hun holdt ud at blive set på.

»Nej, men du store min!« bused jeg ud, »nu skal De bare se!« Og jeg slog Armene heftigt om hendes Skuldre. Jeg var næsten krænket. Var Pigen fra Forstanden! Tog hun mig for aldeles uerfaren! He, jeg skulde dog ved den levende . . . . Ingen skulde sige om mig, at jeg stod tilbage i dette Stykke. Det var dog Satan til Menneske! Galdt det bare at gå på, så . . . .

Hun sad ganske rolig, og hun havde Øjnene

fremdeles lukket; ingen af os talte. Jeg trykked
hende hårdt ind til mig, klemte grådigt hendes Krop
ind til mit Bryst, og hun sagde ikke et Ord. Jeg hørte
vore Hjærteslag, både hendes og mine, de lød som
begravede Hovtramp.

Jeg kyssed hende.

Jeg vidste ikke længere af mig selv, jeg sagde
noget Nonsens, som hun lo ad, hvisked Kælenavne
ind i hendes Mund, klapped hende på Kindet,
kyssed hende mange Gange. Jeg åbned en Knap
eller to i hendes Liv, og jeg skimted hendes Bryster
indenfor, hvide, runde Bryster, der titted frem som
to søde Vidundere bag Linnedet.

»Må jeg få se!« siger jeg, og jeg forsøger at åbne
flere Knapper, gøre Hullet større; men min
Bevægelse er for stærk, jeg kommer ingen Vej med
de nederste Knapper, hvor desuden Livet strammer
på. »Må jeg bare få se lidt . . . . lidt . . . .«

Hun slår Armen om min Hals, ganske langsomt,
ømt; hendes Ånde puster mig lige i Ansigtet fra de
røde, dirrende Næsebor; med den anden Hånd
begynder hun selv at åbne Knapperne, en for en.
Hun ler forlegent, ler kort og ser flere Gange op på
mig, om jeg skal mærke, at hun er bange. Hun løser
Båndene op, hægter op Korsettet, er henrykt og
ængstelig. Og jeg fingrer med mine grove Hænder
ved disse Knapper og Bånd . . . .

Forat aflede Opmærksomheden fra, hvad hun
gor, stryger hun mig med sin venstre Hånd over
Skulderen og siger:

»Hvilken Mængde løse Hår der ligger!«

»Ja,« svarer jeg og vil trænge indtil hendes Bryst
med min Mund. Hun ligger i dette Øjeblik med
ganske åbne Klæder. Pludselig er det som om hun

besinder sig, som om hun synes at have gået for vidt; hun dækker sig atter til og rejser sig lidt op. Og forat skjule sin Forlegenhed med de åbne Klæder, giver hun sig atter til at tale om den Mængde affaldne Hår, der lå på mine Skuldre.

»Hvor kan det være, at Håret falder så af Dem?«

»Ved ikke!«

»Å, De drikker naturligvis formeget, og kanske — Fy, jeg vil ikke sige det! De måtte skamme Dem! Nej, det havde jeg ikke troet om Dem! At De, som er så ung, allerede mister Håret! . . . . Nu skal De værsågod fortælle mig, hvorledes De egentlig lever Deres Liv hen. Jeg er sikker på, det er frygteligt! Men bare Sandhed, forstår De, ikke nogen Udflugter! Jeg skal nok forresten se det på Dem, om de vil skjule noget. Så, fortæl nu!«

»Ja, lad mig få kysse Dem på Brystet først, så.«

»Er De gal? Så, begynd nu!«

»Nej, kære, lad mig nu få Lov til det først!«

»Hm. Nej, ikke først . . . . Siden kanske . . . . Jeg vil høre, hvad De er for et Menneske . . . . Å, jeg er sikker på, det er forfærdeligt!«

Det pinte mig også, at hun skulde tro det værste om mig, jeg var bange for at støde hende helt bort, og jeg holdt ikke ud den Mistanke, hun havde om mit Levnet. Jeg vilde rense mig i hendes Øjne, gøre mig værdig til hende, vise hende, at hun sad ved en på det nærmeste engleren Persons Side. Herregud, jeg kunde jo tælle på Fingerne mine Fald til Dato.

Jeg fortalte, jeg fortalte alt, og jeg fortalte bare Sandhed. Jeg gjorde intet værre end det var, det var ikke min Agt at vække hendes Medlidenhed; jeg sagde også, at jeg havde stjålet fem Kroner en Aften.

Hun sad og lytted med gabende Mund, bleg,

164

bange, aldeles forstyrret i de blanke Øjne. Jeg vilde gøre det godt igen, sprede det triste Indtryk, jeg havde gjort, og strammed mig op:

»Det er jo over nu!« sagde jeg; »det kan ikke være Tale om sligt noget længer; nu er jeg bjærget . . . .«

Men hun var meget forsagt. »Gud bevare mig!« sagde hun bare og taug. Hun sagde dette med korte Mellemrum og taug hver Gang igen. »Gud bevare mig!«

Jeg begyndte at spøge, tog hende i Siden, forat kildre hende, løfted hende op til mit Bryst. Hun havde atter knappet Kjolen igen; dette ærgred mig en Smule, såred mig ligefrem. Hvorfor skulde hun knappe Kjolen igen? Var jeg i hendes Øjne mer uværdig nu, end om jeg selv havde forskyldt, at mit Hår faldt af? Vilde hun have syntes bedre om mig, hvis jeg havde gjort mig til en Udhaler? . . . . Ikke noget Sludder. Det galdt bare at gå på! Og hvis det bare galdt at gå på, så ved den levende . . . .

Jeg lagde hende ned, lagde hende simpelthen ned i Sofaen. Hun stred imod, ganske lidt forresten, og så forbauset ud.

»Nej . . . . hvad vil De?« sagde hun.

»Hvad jeg vil?!«

He, hun spurgte, hvad jeg vilde! Gå på, vilde jeg, gå lige på! Det var ikke bare på Frastand, jeg havde det med at gå på; det var ikke min Art og Beskaffenhed af Menneske. Jeg gjorde i at være Karl for min Hat og ikke slåes flad af en Rynke i Panden. Nej-nej, san, jeg havde endnu aldrig gået med uforrettet Sag fra en sådan Affære . . . .

Og jeg gik på.

»Nej . . . . nej, men . . . .?«

Jo, mente jeg, det var Meningen det!

»Nej, hører De!« råbte hun. Og hun lagde til disse sårende Ord: »Jeg kan jo ikke være tryg for, at De ikke er vanvittig.«

Jeg holdt uvilkårlig lidt inde, og jeg sagde:

»Det mener De ikke!«

»Jo, ved Gud, De ser så rar ud! Og den Formiddag, De forfulgte mig, — De var altså ikke fuld dengang?«

»Nej. Men da var jeg jo ikke sulten heller, jeg havde netop spist . . . .«

»Ja, så meget værre var det.«

»Vilde De heller, at jeg skulde været fuld?«

»Ja . . . . Hu, jeg er bange for Dem! Herregud, kan De nu ikke slippe!«

Jeg tænkte mig om. Nej, jeg kunde ikke slippe. Ikke noget forbandet Pærevæv en silde Aftenstund på en Sofa! Op med Flonellen! He, hvilke Udflugter fandt man ikke på at komme med i et sligt Øjeblik! Som om jeg ikke vidste, at det var bare Undselighed altsammen! Da måtte jeg være grøn! Så stille nu! Ikke noget Tøv! Leve Kongen og Fædrelandet! . . . .

Hun stritted besynderlig stærkt imod, altfor stærkt til bare at stritte imod af Undselighed. Jeg kom som af Vanvare til at støde Lyset overende, så det slukned, hun gjorde fortvivlet Modstand, udstødte endog et lidet Klynk.

»Nej, ikke det, ikke det! Hvis De vil så skal De heller få kysse mig på Brystet. Kære, snille . . . .«

Jeg standsed øjeblikkelig. Hendes Ord lød så forfærdede, hjælpeløse, jeg blev inderlig slagen. Hun mente at byde mig en Erstatning ved at give mig Lov til at kysse hendes Bryst! Hvor det var skønt, skønt og enfoldigt! Jeg kunde faldt ned og knælet for hende.

»Men, kære, vene!« sagde jeg aldeles forvirret, »jeg forstår ikke . . . . jeg begriber virkelig ikke, hvad dette er for en Slags Spil . . . .«

Hun rejste sig og tændte atter Lyset med rystende Hænder; jeg sad tilbage på Sofaen og foretog mig ingenting. Hvad vilde nu ske? Jeg var i Grunden meget ilde tilmode.

Hun kasted Øjnene hen på Væggen, hen til Klokken, og for sammen.

»Uf, nu kommer Pigen snart!« sagde hun. Dette var det første, hun sagde.

Jeg forstod denne Hentydning og rejste mig. Hun tog efter Kåben, som forat klæde den på, men betænkte sig, lod den ligge og gik bort til Kaminen. Hun var bleg og blev mer og mer urolig. Forat det dog ikke skulde se ud, som om hun viste mig Døren, sagde jeg:

»Var han Militær Deres Far?« og samtidig gjorde jeg mig istand til at gå.

Ja, han var Militær. Hvoraf vidste jeg det?

Jeg vidste det ikke, det faldt mig bare ind.

Det var besynderligt!

Å, ja. Det var enkelte Steder, jeg kom, hvor jeg fik det med Anelser. He-he, det hørte med til mit Vanvid, det . . . .

Hun så hurtig op, men svared ikke. Jeg følte, at jeg pinte hende med min Nærværelse, og vilde gøre kort Proces. Jeg gik til Døren. Vilde hun ikke kysse mig mer nu? Ikke engang række mig Hånden? Jeg stod og vented.

»Skal De gå nu da?« sagde hun, og hun stod endda stille borte ved Kaminen.

Jeg svared ikke. Jeg stod ydmyget og forvirret og så på hende, uden at sige noget. Hvorfor havde hun

167

da ikke ladet mig i Fred, når det ikke kunde blive til noget? Hvad gik der af hende i dette Øjeblik? Det lod ikke til at angå hende, at jeg stod færdig til at gå; hun var på en Gang aldeles tabt for mig, og jeg ledte efter noget at sige hende til Afsked, et tungt, dybt Ord, som kunde ramme hende og måske imponere hende lidt. Og stik imod min faste Beslutning, såret, istedetfor stolt og kold, urolig, fornærmet, gav jeg mig ligefrem til at tale om Uvæsentligheder; det rammende Ord kom ikke, jeg bar mig yderst tankeløst ad.

Hvorfor kunde hun ikke lige så godt sige klart og tydeligt, at jeg skulde gå min Vej? spurgte jeg. Jo, jo, hvorfor ikke? Det var ikke værdt at genere sig. Istedetfor at minde mig om, at Pigen snart vilde komme hjem, kunde hun også simpelthen have sagt følgende: Nu må De forsvinde, for nu skal jeg gå og hente min Mor, og jeg vil ikke have Deres Følge nedad Gaden. Så, det var ikke det, hun havde tænkt på? Å, jo, det var nok alligevel det, hun havde tænkt på; det forstod jeg straks. Der skulde så lidet til, forat sætte mig på Spor; bare den Måden, hvorpå hun havde taget efter Kåben og atter ladet den ligge, havde overbevist mig med en Gang. Som sagt, jeg havde det med Anelser. Og der var vel kanske ikke så meget Vanvid i det i Grunden . . . .

»Men, Herregud, tilgiv mig nu for det Ord! Det slap mig af Munden!« råbte hun. Men hun stod fremdeles stille og kom ikke hen til mig.

Jeg var ubøjelig og fortsatte. Jeg stod der og sludred væk med den pinlige Fornemmelse, at jeg keded hende, at ikke et eneste af mine Ord traf, og alligevel holdt jeg ikke op: I Grunden kunde man jo være et temmelig ømtåligt Gemyt, om man ikke var gal, mente jeg; der var Naturer, som næred sig af Bagateller og døde bare for et hårdt Ord. Og jeg lod underforstå, at jeg havde en sådan Natur. Sagen var den, at min Fattigdom havde i den Grad skærpet visse Evner i mig, at det voldte mig ligefrem Ubehageligheder, ja, jeg forsikrer Dem ligefrem Ubehageligheder, desværre. Men det havde også sine Fordele, det hjalp mig i visse Situationer. Den fattige intelligente var langt finere Iagttager end den rige intelligente. Den fattige ser sig om for hvert Skridt, han tager, lytter mistænksomt til hvert Ord, han hører af de Mennesker, han træffer; hvert Skridt, han selv tager, stiller således hans Tanker og Følelser en Opgave, et Arbejde. Han er lydhør og følsom, han er en erfaren Mand, hans Sjæl har Brandsår . . . .

Og jeg talte rigtig længe om disse Brandsår, som min Sjæl havde. Men jo længer jeg talte, des uroligere blev hun; tilsidst sagde hun: »Herregud!« et Par Gange i Fortvivlelse og vred sine Hænder. Jeg så godt, at jeg plaged hende, og jeg vilde ikke plage hende, men gjorde det alligevel. Endelig mente jeg at have fået sagt hende i grove Træk det nødvendigste af, hvad jeg havde at sige, jeg blev greben af hendes fortvivlede Blik og råbte:

»Nu går jeg! Nu går jeg! Kan De ikke se, at jeg allerede har Hånden på Låsen? Farvel! Farvel, siger jeg! De kunde dog gærne svare mig, når jeg siger Farvel to Gange og står fiks og færdig til at gå. Jeg beder ikke engang om at få træffe Dem igen, for det vil pine Dem; men sig mig: Hvorfor lod De mig ikke være i Fred? Hvad har jeg gjort Dem? Jeg gik dog ikke ivejen for Dem nu; vel? Hvorfor vender De Dem pludselig bort fra mig, som om De slet ikke kendte mig mer? Nu har De ribbet mig så inderlig blank, gjort mig endda mere ussel end jeg var nogensinde. Herregud, men jeg er jo ikke vanvittig, De ved meget godt, når De vil tænke Dem om, at der er ingenting, som fejler mig nu. Kom nu da og ræk mig Hånden! Eller lad mig få Lov til at komme til Dem! Vil De det? Jeg skal ikke gøre Dem noget ondt, jeg vil bare knæle for Dem et Øjeblik, knæle ned på Gulvet der foran Dem, blot et Øjeblik; må jeg? Nej, nej, så skal jeg ikke gøre det, jeg ser, De blir bange, jeg skal ikke, skal ikke gøre det, hører De. Herregud dog, hvorfor blir De så forfærdet? Jeg står jo stille, jeg rører mig ikke. Jeg vilde have knælet ned på Tæppet et Minut, just der, på den røde Farve lige ved deres Fødder. Men De blev bange, jeg kunde straks se det på Deres Øjne, at De blev bange, derfor stod jeg stille. Jeg gjorde ikke et Skridt, da jeg bad Dem derom; vel? Jeg stod lige så urørlig som nu, når jeg viser Dem det Sted, hvor jeg vilde knælet for Dem, der borte på den røde Rose i Tæppet. Jeg peger ikke med Fingeren engang, jeg peger slet ikke, jeg lader det være, for ikke at forskrække Dem, jeg nikker bare og ser derhen, således! Og De forstår meget godt, hvilken Rose, jeg mener, men De vil ikke tillade mig at knæle der; De er bange for mig og tør ikke komme mig nær. Jeg begriber ikke, at De kan bringe over Deres Hjærte at kalde mig gal. Ikke sandt, De tror det heller ikke længer? Det var engang i Sommer, for længe siden, da var jeg gal; jeg arbejded for hårdt og glemte at gå til Middags i ret Tid, når jeg havde meget at tænke på. Det hændte Dag efter Dag; jeg burde have husket det, men jeg glemte det stadig væk. Ved Gud i Himlen, det er sandt! Gud lade mig aldrig komme levende fra dette Sted, hvis jeg lyver! Der kan De se, De gør mig Uret.

Det var ikke af Trang, jeg gjorde det; jeg har Kredit, stor Kredit, hos Ingebret og Gravesen; jeg gik også ofte med mange Penge i Lommen og købte alligevel ikke Mad, fordi jeg glemte det. Hører De der! De siger ikke noget, De svarer ikke, De går aldeles ikke bort fra Kaminen, De står bare og venter på, at jeg skal gå . . . .«

Hun kom hurtigt henimod mig og rakte sin Hånd frem. Jeg så fuld af Mistro på hende. Gjorde hun det også med noget let Hjærte? Eller gjorde hun det blot, forat blive af med mig? Hun lagde sin Arm om min Hals, hun havde Tårer i Øjnene. Jeg stod bare og så på hende. Hun rakte sin Mund frem; jeg kunde ikke tro hende, det var ganske bestemt et Offer, hun bragte, et Middel til at få en Ende på det.

Hun sagde noget, det lød for mig som: »Jeg er glad i Dem alligevel!« Hun sagde det meget lavt og utydeligt, måske hørte jeg ikke rigtig, hun sagde kanske ikke just de Ord; men hun kasted sig heftigt om min Hals, holdt begge Armene om min Hals en liden Stund, strakte sig endog en Smule på Tæerne, forat række godt op, og stod således måske et helt Minut.

Jeg var bange for, at hun tvang sig selv til at vise denne Ømhed, jeg sagde blot:

»Hvor De er dejlig nu!«

Mer sagde jeg ikke. Jeg omfavned hende voldsomt, trådte tilbage, stødte til Døren og gik baglæns ud. Og hun stod igen derinde.

FJERDE STYKKE

Vinteren var kommet, en rå og våd Vinter næsten uden Sne, en tåget og mørk evigtvarende Nat, uden et eneste friskt Vindstød, så lang som Ugen var. Gassen brændte næsten hele Dagen i Gaderne, og Folk stødte alligevel på hinanden i Tågen. Alle Lyde, Kirkeklokkernes Klang, Bjælderne fra Drosche-hestene. Menneskenes Stemmer, Hovslagene, altsammen lød så sprukkent og klirrende i den tykke Luft, der lagde sig ivejen for alting og dæmped alt ned. Uge gik efter Uge, og Vejret var og blev det samme.

Og jeg opholdt mig stadigt nede i Vaterland.

Jeg blev fastere og fastere bunden til denne Beværtning, dette Logihus for Rejsende, hvor jeg havde fået bo, trods min Forkommenhed. Mine Penge var for længe siden opbrugte, og jeg vedblev alligevel at gå og komme på dette Sted, som om jeg havde Ret dertil og hørte hjemme der. Værtinden havde endnu intet sagt; men det pinte mig alligevel, at jeg ikke kunde betale hende. Således forløb tre Uger.

Jeg havde allerede for flere Dage tilbage genoptaget min Skrivning, men det lykkedes mig ikke længer at få til noget, som jeg var tilfreds med; jeg havde slet intet Held med mig mer, om jeg end

172

var meget flittig og forsøgte sent og tidligt; hvad jeg end tog mig til, nyttet det ikke, Lykken var borte, og jeg anstrængte mig altid forgæves.

Det var på et Værelse i anden Etage, i det bedste Gæsteværelse, jeg sad og gjorde disse Forsøg. Jeg var forbleven uforstyrret deroppe, siden den første Aften, da jeg havde Penge og kunde klarere for mig. Jeg havde også hele Tiden det Håb, at jeg endelig kunde få istand en Artikel om et eller andet, så jeg kunde få betalt Værelset og hvad jeg ellers skyldte for; det var derfor, jeg arbejded så ihærdigt. Især havde jeg et påbegyndt Stykke, som jeg vented mig meget af, en Allegori om en Ildebrand i en Boglade, en dybsindig Tanke, som jeg vilde lægge al min Flid på at udarbejde og bringe »Kommandøren« i Afbetaling. »Kommandøren« skulde dog erfare, at han denne Gang virkelig havde hjulpet et Talent; jeg havde ingen Tvivl om, at han skulde erfare det; det galdt blot at vente til Ånden kom over mig. Og hvorfor skulde ikke Ånden komme over mig? Hvorfor skulde den ikke komme over mig med det allerførste endog? Der var intet ivejen med mig mer; jeg fik lidt Mad hver Dag af min Værtinde, nogle Smørogbrød Morgen og Aften, og min Nervøsitet var næsten forsvunden. Jeg brugte ikke længer Klude om mine Hænder, når jeg skrev, og jeg kunde stirre ned i Gaden fra mine Vinduer i anden Etage, uden at blive svimmel. Det var bleven meget bedre med mig i alle Måder, og det begyndte ligefrem at forundre mig, at jeg ikke allerede havde fået min Allegori færdig. Jeg forstod ikke, hvordan det hang sammen.

En Dag skulde jeg endelig få en Anelse om, hvor svag jeg egentlig var bleven, hvor sløvt og udueligt min Hjærne arbejded. Den Dag kom nemlig min Værtinde op til mig med en Regning, som hun bad mig om at se på; der måtte være noget galt i den Regning, sagde hun, den stemte ikke med hendes egen Bog; men hun havde ikke kunnet finde Fejlen.

Jeg satte mig til at tælle; min Værtinde sad lige overfor mig og så på mig. Jeg talte disse tyve Poster, først en Gang nedad, og fandt Summen rigtig, derpå en Gang opad, og kom påny til samme Resultat. Jeg så på Konen, hun sad lige foran mig og vented på mit Ord; jeg lagde med det samme Mærke til, at hun var frugtsommelig, det undgik ikke min Opmærksomhed, og jeg stirred dog ingenlunde undersøgende på hende.

»Summen er rigtig,« sagde jeg.

»Nej, se nu efter for hvert Tal,« svared hun; »det kan ikke være så meget; jeg er sikker på det.«

Og jeg begyndte at revidere hver Post: 2 Brød á 25, i Lampeglas 18, Sæbe 20, Smør 32 . . . . Der skulde ikke noget kløgtigt Hoved til, forat gennemgå disse Talrækker, denne lille Høkerregning, hvori der ingen Vidtløftigheder fandtes, og jeg forsøgte redeligt at finde den Fejl, som Konen talte om, men fandt den ikke. Efterat jeg havde tumlet med disse Tal et Par Minutter, følte jeg desværre, at altsammen begyndte at danse rundt i mit Hoved; jeg gjorde ikke længer Forskel på Debet og Kredit, jeg blanded det hele sammen. Endelig stod jeg med ét bom stille ved følgende Post: »3 5/16 Pund Ost á 16«. Min Hjærne klikked fuldstændig, jeg stirred dumt ned på Osten og kom ingen Vej.

»Det er da også forbandet, så vredent dette er skrevet!« sagde jeg fortvivlet. »Her står Gud hjælpe mig simpelthen fem Sekstendele Ost. He-he, har

174

man hørt Magen! Ja, her kan De se selv!«

»Ja,« svared Madamen, »de plejer at skrive så. Det er Nøgleosten. Jo, det er korrekt! Fem Sekstendele er altså fem Lod«

»Ja, det forstår jeg nok!« atbrød jeg, skønt jeg i Virkeligheden ikke forstod nogen Ting mer.

Jeg forsøgte påny at klare dette lille Regnestykke, som jeg for nogle Måneder siden kunde have talt op på et Minut; jeg sveded stærkt og tænkte over disse gådefulde Tal af alle Kræfter, og jeg blinked eftertænksomt med Øjnene, som om jeg studered rigtig skarpt på denne Sag; men jeg måtte opgive det. Disse fem Lod Ost gjorde det fuldstændigt af med mig; det var som om noget knak over i min Pande.

For dog at give Indtryk af, at jeg fremdeles arbejded med mine Beregninger, bevæged jeg Læberne og nævnte nu og da et Tal højt, alt imens jeg gled længer og længer nedad Regningen, som om jeg stadig gik fremad og nærmed mig Afslutningen. Madamen sad og vented. Endelig sagde jeg:

»Ja, nu har jeg gået den igennem fra først til sidst, og der er virkelig ingen Fejl, såvidt jeg kan se.«

»Ikke det?« svared Konen, »jaså, ikke det?« Men jeg så godt, at hun ikke troed mig. Og pludselig syntes hun på en Gang at antage et lidet Stænk af Ringeagt for mig i sin Tale, en lidt ligegyldig Tone, som jeg ikke tidligere havde hørt hos hende. Hun sagde, at jeg kanske ikke var vant til at regne med Sekstendele; hun sagde også, at hun måtte henvende sig til nogen, som forstod sig på det, forat få Regningen ordentlig gennemset. Alt dette sagde hun ikke på nogen sårende Måde, forat gøre mig tilskamme, men tankefuldt og alvorligt. Da hun var kommet til Døren og skulde gå, sagde hun, uden at se på mig:

»Undskyld, at jeg har heftet Dem, da!«

Hun gik.

Lidt efter åbnedes Døren påny, og min Værtinde kom atter ind; hun kunde næppe have gået længer end ud på Gangen, før hun vendte om.

»Det er sandt!« sagde hun. »De må ikke tage det ilde op; men jeg har vel lidt tilgode hos Dem nu? Var det ikke tre Uger igår, siden De kom? Ja, jeg mente, det var så. Det er ikke grejt at klare sig med så stor Familje, så jeg kan ikke lade nogen få bo på Kredit, desværre . . . .«

Jeg standsed hende.

»Jeg arbejder på en Artikel, som jeg altså har fortalt Dem om før,« sagde jeg, »og såsnart den blir færdig, skal De få Deres Penge. De kan være ganske rolig.«

»Ja, men De får jo aldrig den Artikel færdig, jo?«

»Tror De det? Ånden kommer muligens over mig imorgen, eller kanske allerede inat; det er slet ikke umuligt, at den kommer over mig engang inat, og da blir min Artikel færdig på et Kvarter højst. Ser De, det er ikke således med mit Arbejde, som med andre Folks; jeg kan ikke sætte mig ned og få istand en vis Mængde om Dag, jeg må bare vente på Øjeblikket. Og der er ingen, som kan sige Dag og Time, på hvilken Ånden kommer over én; det må have sin Gang.«

Min Værtinde gik. Men hendes Tillid til mig var vist meget rokket.

Jeg sprang op og sled mig i Håret at Fortvivlelse, såsnart jeg var bleven alene. Nej, der blev virkelig ingen Redning for mig alligevel, ingen, ingen Redning! Min Hjærne var bankerot! Var jeg da altså bleven helt Idiot, siden jeg ikke længer kunde regne ud Værdien af et lidet Stykke Nøgleost? Men kunde jeg også have tabt min Forstand, når jeg stod og gav mig selv slige Spørgsmål? Havde jeg ikke ovenikøbet midt under mine Anstrængelser med Regningen gjort den soleklare Iagttagelse, at min Værtinde var frugtsommelig? Jeg havde ikke nogen Grund til at vide det, der var ingen, som havde fortalt mig noget derom, det faldt mig heller ikke vilkårligt ind, jeg sad og så det med mine egne Øjne, og jeg forstod det straks, til og med i et fortvivlet Øjeblik, hvori jeg sad og regned med Sekstendele. Hvorledes skulde jeg forklare mig det?

Jeg gik til Vinduet og så ud; mit Vindu vendte ud mod Vognmandsgaden. Der legte nogle Børn nede på Brostenene, fattigt klædte Børn midt i den fattige Gade; de kasted en Tomflaske imellem sig og skråled højt. Et Flyttelæs rulled langsomt forbi dem; det måtte være en fordreven Familje, som skifted Bopæl udenfor Flyttetiden. Dette tænkte jeg mig øjeblikkelig. På Vognen lå Sengeklæder og Møbler, mølædte Senge og Komoder, rødmalede Stole med tre Ben, Matter, Jærnskrab, Bliktøj. En liden Pige, bare et Barn, en rigtig hæslig Unge med forkølet Næse, sad oppe i Læsset og holdt sig fast med sine stakkels blå Hænder, for ikke at tumle ned. Hun sad på en Bundt af rædsomme, våde Madrasser, som Børn havde ligget på, og så ned på de små, der kasted Tomflasken imellem sig . . . .

Alt dette stod jeg og så på, og jeg havde ingen Møje med at forstå alt, som foregik. Mens jeg stod der ved Vinduet og iagttog dette, hørte jeg også min Værtindes Pige synge inde i Køkkenet lige ved Siden af mit Værelse; jeg kendte den Melodi, hun sang, jeg hørte derfor efter, om hun skulde synge fejl. Og jeg sagde til mig selv, at alt dette kunde ikke en Idiot have gjort; jeg var Gudskelov så fornuftig, som noget Menneske. Pludselig så jeg to af Børnene nede i Gaden fare op at skændes, to Smågutter; jeg kendte den ene, det var min Værtindes. Jeg åbner Vinduet, forat høre, hvad de siger til hinanden, og straks stimler en Flok Børn sammen nedenunder mit Vindu og ser længselsfuldt op. Hvad vented de på? At noget skulde blive kastet ud? Tørrede Blomster, Kødben, Cigarstumper, en eller anden Ting, som de kunde gnave i sig eller more sig med? De så med blåfrosne Ansigter, med uendelig lange Øjne op mod mit Vindu. Imidlertid fortsætter de to små Fjender at skælde hinanden ud. Ord som store, klamme Udyr myldrer ud af disse Barnemunde, forfærdelige Øgenavne, Skøgesprog, Matroseder, som de kanske havde lært nede ved Bryggerne. Og de er begge to så optagne heraf, at de slet ikke lægger Mærke til min Værtinde, der løber ud til dem, forat få høre, hvad der er påfærde.

»Jo,« forklarer hendes Søn, »han tog mig i Barken; jeg fik ikke Pusten på en lang Stund!« Og vendende sig om mod den lille Ugærningsmand, der står og flirer ondskabsfuldt ad ham, blir han aldeles rasende og råber: »Rejs til hede Helvede, dit kaldæiske Naut, du er! En slig Lushorrik skal tage Folk i Struben! Jeg skal Herr'n forsyne mig . . . .«

Og Moderen, denne frugtsommelige Kone, der dominerer hele den trange Gade med sin Mave, svarer det tiårige Barn, idet hun griber ham i Armen og vil have ham med:

»Sh! Hold Snavel'n din! Jeg mener, du bander også! Du bruger Kæften, som om du skulde være

178

på Ludderhus i årvis! Nu kommer du ind!«

»Nej, jeg gør ikke det!«

»Jo, du gør det!«

»Nej, jeg gør ikke det!«

Jeg står oppe i Vinduet og ser, at Moderens Vrede stiger; denne uhyggelige Scene ophidser mig voldsomt, jeg holder det ikke længer ud, jeg råber ned til Gutten, at han skal komme op til mig et Øjeblik. Jeg råber to Gange, blot forat forstyrre dem, forat få forpurret dette Optrin; den sidste Gang, råber jeg meget højt, og Moderen vender sig forbløffet om og ser op til mig. Og øjeblikkelig genvinder hun Fatningen, ser frækt på mig, rigtig overlegent ser hun på mig, og trækker sig så tilbage med en bebrejdende Bemærkning til sin Søn. Hun taler højt, så jeg kan høre det, og siger til ham:

»Fy, du måtte skamme dig for at lade Folk se, hvor slem du er!«

Af alt dette, som jeg således stod og iagttog, var der intet, ikke engang en liden Biomstændighed, som gik tabt for mig. Min Opmærksomhed var yderst vag, jeg indånded ømtåligt hver liden Ting, og jeg stod og gjorde mig mine Tanker om disse Ting, efterhvert som de foregik. Så der kunde umuligt være noget ivejen med min Forstand. Hvor kunde der også være noget ivejen med den nu?

Hør, ved du hvad, sagde jeg på en Gang; nu har du længe nok gået og befattet dig med din Forstand og gjort dig Bekymringer i så Henseende; nu får det være Slut med de Narrestreger! Er det Tegn på Galskab at mærke og opfatte alle Ting så nøjagtigt, som du gør det? Du får mig næsten til at le af dig, forsikkrer dig på, det er ikke uden Humor, såvidt jeg skønner. Kort og godt, det hænder alle Mennesker at stå fast for en Gangs Skyld, og det just netop i de simpleste Spørgsmål. Det siger intet, det er bare Tilfældighed. Som sagt, jeg er på et hængende Hår i Færd med at få mig en liden Latter over dig. Hvad den Høkerregning angår, disse lumpne fem Sekstendele Fattigmandsost, kan jeg gærne kalde det, — he-he, en Ost med Nellik og Pebber i, på min Ære en Ost, som man rent ud sagt kunde få Barn af, — hvad denne latterlige Ost angår, da kunde det have hændt den bedste at blive fordummet over den; selve Lugten af den Ost kunde gøre det af med en Mand . . . . Og jeg gjorde det værste Nar af al Nøgleost . . . . Nej, sæt mig på noget spiseligt! sagde jeg, sæt mig, om du vil, på fem Sekstendele godt Mejerismør! Det er en anden Sag!

Jeg lo hektisk ad mine egne Indfald og fandt dem såre morsomme. Der var virkelig ingenting, som fejled mig mer, jeg var vel bevaret. Jeg var så at sige yderst vel bevaret endog! Jeg var et klart Hoved; der mangled intet på det, Gud ske Lov og Tak!

Min Munterhed steg efterhvert, som jeg drev om der på Gulvet og samtalte med mig selv; jeg lo højt og følte mig voldsomt glad. Det var virkelig også, som om jeg blot behøved denne lille glade Stund, dette Øjeblik af egentlig lys Henrykkelse, uden Sorger til nogen Kant, forat få mit Hoved i arbejdsdygtig Stand. Jeg satte mig ind til Bordet og gav mig til at sysle med min Allegori. Og det gik meget godt, bedre end på lange Tider; det gik ikke hurtigt; men jeg syntes, at det lille, jeg fik til, blev aldeles udmærket. Jeg arbejded også en Times Tid, uden at blive træt.

Så sidder jeg just på et meget vigtigt Punkt i denne Allegori om en Ildebrand i en Boglade; det forekom mig så vigtigt, at alt det øvrige, jeg havde skrevet, var for intet at regne mod dette Punkt. Jeg vilde netop forme rigtig dybsindigt den Tanke, at det ikke var Bøger, som brændte, det var Hjærner, Menneskehjærner, og jeg vilde lave en ren Bartholomæusnat af disse brændende Hjærner. Da blev med en Gang min Dør åbnet med megen Hast, og min Værtinde kom sejlende ind. Hun kom midt ind i Værelset, hun standsed ikke engang på Dørstokken.

Jeg gav et lidet hæst Råb; det var virkelig, som om jeg havde fået et Slag.

»Hvad?« sagde hun. »Jeg syntes. De sagde noget? Vi har fået en Rejsende, og vi må have dette Værelse til ham; De får ligge nede hos os inat; ja, De skal få egen Seng der også.« Og førend hun havde fået mit Svar, begyndte hun uden videre at samle sammen mine Papirer på Bordet og bringe Uorden i dem allesammen.

Min glade Stemning var blæst bort, jeg var vred og fortvivlet og rejste mig straks. Jeg lod hende rydde Bordet og sagde ingenting; jeg mæled ikke et Ord. Og hun gav mig alle Papirerne i min Hånd.

Der var intet andet for mig at gøre, jeg måtte forlade Værelset. Nu var også dette dyrebare Øjeblik spoleret! Jeg mødte den ny Rejsende allerede i Trappen, en ung Mand med store blå Anker-tegninger på Håndbagerne; bagefter ham fulgte en Sjouer med en Skibskiste på Skulderen. Den fremmede var vist en Sjømand, altså blot en tilfældig Rejsende for Natten; han skulde nok ikke optage mit Værelse i nogen længere Tid. Kanske kunde jeg også være heldig imorgen, når Manden var rejst, og få et af mine Øjeblikke igen; der mangled mig blot en

Inspiration på fem Minutter nu, så var mit Værk om Ildebranden færdig. Altså, jeg fik finde mig i Skæbnen . . . .

Jeg havde ikke tidligere været inde i Familjens Lejlighed, denne eneste Stue, hvori allesammen holdt til Dag og Nat, Manden, Konen, Konens Fader og fire Børn. Pigen boed i Køkkenet, hvor hun også sov om Natten. Jeg nærmed mig med megen Modvilje Døren og banked på; ingen svared, dog hørte jeg Stemmer indenfor.

Manden sagde ikke et Ord, da jeg trådte ind, besvared ikke engang min Hilsen; han så blot ligegyldigt på mig, som om jeg ikke vedkom ham. Forresten sad han og spilled Kort med en Person, som jeg havde set nede ved Bryggerne, en Bærer, der lød Navnet »Glasruden«. Et Spædbarn lå og pludred med sig selv henne i Sengen, og den gamle Mand, Værtindens Fader, sad sammenkrøben på en Sengebænk og luded med Hovedet over sine Hænder, som om hans Bryst eller Mave smærted ham. Han havde næsten hvidt Hår og så ud i sin sammenkrøbne Stilling som et duknakket Kryb, der sad og spidsed Øren efter noget.

»Jeg kommer nok desværre til at bede om Rum hernede inat,« sagde jeg til Manden.

»Har min Kone sagt det?« spurgte han.

»Ja. Der kom en ny Mand på mit Værelse.«

Hertil svared ikke Manden noget; han gav sig atter i Færd med Kortene.

Således sad denne Mand Dag efter Dag og spilled Kort med hvemsomhelst, som kom ind til ham, spilled om ingenting, blot forat fordrive Tiden og have noget mellem Hænderne imens. Han foretog sig ellers intet, rørte sig netop så meget som hans lade Lemmer gad, mens Konen traved op og ned i Trapperne, var om sig på alle Kanter og havde Omsorg for at få Gæster til Huset. Hun havde også sat sig i Forbindelse med Bryggesjouere og Bærere, hvem hun betalte et vist Honorar for hver ny Logerende, de bragte hende, og hun gav ofte disse Sjouere Husly for Natten. Nu var det »Glasruden«, som just havde bragt den ny Rejsende med.

Et Par af Børnene kom ind, to Småpiger med magre, fregnede Tøseansigter; de havde rigtig usle Klæder på. Lidt efter kom også Værtinden ind. Jeg spurgte hende, hvor hun vilde anbringe mig for Natten, og hun svared kort, at jeg kunde ligge herinde, sammen med de andre, eller ude i Forstuen på Sofabænken, aldeles som jeg selv fandt for godt. Mens hun svared mig dette, gik hun omkring i Stuen og pusled med forskellige Ting, som hun satte i Orden, og hun så ikke en Gang på mig.

Jeg sank sammen ved hendes Svar, stod nede ved Døren og gjorde mig liden, lod endog som om jeg var godt tilfreds med at bytte Værelse med en anden for en Nats Skyld; jeg satte med Hensigt et venligt Ansigt op, for ikke at opirre hende og måske blive jaget helt ud af Huset. Jeg sagde: »Å, ja, der blir vel en Råd!« og taug.

Hun vimsed fremdeles omkring i Stuen.

»Forresten vil jeg sige Dem, at jeg slet ikke har Udkomme til at have Folk i Kost og Logi på Kredit,« sagde hun. »Og det har jeg sagt Dem før også.«

»Ja, men kære, det er jo bare disse Par Dage, til min Artikel er færdig,« svared jeg, »og da skal jeg gærne give Dem en Femkrone atpå, gærne det.«

Men hun havde åbenbart ingen Tro på min Artikel, det kunde jeg se. Og jeg kunde ikke give mig til at være stolt og forlade Huset, bare af en Smule Krænkelse; jeg vidste, hvad der vented mig, hvis jeg gik min Vej.

* * *

Der forløb et Par Dage.

Jeg holdt fremdeles til nede hos Familjen, da det var for koldt i Forstuen, hvor der ingen Ovn var; jeg sov også om Natten på Gulvet inde i Stuen. Den fremmede Sjømand boed stadigt på mit Værelse og lod ikke til at ville flytte så snart. Ved Middagstid kom også Værtinden ind og fortalte, at han havde betalt hende i Forskud for en hel Måned; forresten skulde han tage Styrmandseksamen, inden han rejste; det var derfor, han opholdt sig i Byen. Jeg stod og hørte på dette og forstod, at mit Værelse nu var tabt for mig for bestandigt.

Jeg gik ud i Forstuen og satte mig; skulde jeg være så heldig at få noget skrevet, så måtte det alligevel være her, i Stilheden. Det var ikke længer min Allegori, som beskæftiged mig; havde fået en ny Idé, en ganske fortræffelig Plan: jeg vilde forfatte et en Akts Drama, »Korsets Tegn«, Emne fra Middelalderen. Især havde jeg altsammen udtænkt angående Hovedpersonen, en herlig, fanatisk Skøge, der havde syndet i Templet, ikke af Svaghed og ikke af Attrå, men af Had mod Himlen, syndet lige ved Alterets Fod, med Alterdugen under sit Hoved, bare af dejlig Foragt for Himlen.

Jeg blev mer og mer besat af denne Skikkelse, efterhvert som Timerne gik. Hun stod tilsidst lys levende for mit Blik, og netop således, som jeg vilde have hende frem. Hendes Krop skulde være mangelfuld og frastødende: høj, meget mager og en Smule mørk, og når hun gik, vilde hendes lange Ben komme til at skinne igennem hendes Skørter for hvert Skridt, hun tog. Hun skulde også have store, udstående Ører. Kortsagt, hun vilde intet blive for Øjet, knapt nok udholdelig at se på. Hvad der interesserd mig hos hende, var hendes underfulde Skamløshed, dette desperate Topmål af overlagt Synd, som hun havde begået. Hun sysselsatte mig virkelig altfor meget; min Hjærne var ligefrem udbulnet af denne sære Misdannelse af et Menneske. Og jeg skrev i samfulde to Timer i Træk på mit Drama.

Da jeg havde fået istand et halvt Snes Sider, måske tolv Sider, ofte med stort Besvær, undertiden med lange Mellemrum, hvori jeg skrev forgæves og måtte rive mine Ark itu, var jeg bleven træt, ganske stiv af Kulde og Træthed, og jeg rejste mig og gik ud på Gaden. I den sidste Halvtime var jeg også bleven forstyrret af Barneskrig inde fra Familjens Stue, så jeg kunde i ethvert Tilfælde ikke have skrevet mer netop da. Jeg tog derfor en lang Tur udad Drammensvejen og blev borte helt til Aften, idet jeg stadig gik og grunded på, hvorledes jeg videre vilde fortsætte mit Drama. Inden jeg kom hjem om Aftenen den Dag, havde der hændt mig følgende:

Jeg stod udenfor en Skomagerbutik nederst i Karl Johan, næsten nede ved Jærnbanetorvet. Gud ved, hvorfor jeg var standset just udenfor denne Skomagerbutik! Jeg så indad Vinduet, hvor jeg stod, men tænkte forresten ikke på, at jeg mangled Sko netop da; min Tanke var langt borte, i andre Egne af Verden. En Sverm af samtalende Mennesker gik bag min Ryg, og jeg hørte ingenting af, hvad der blev sagt. Da hilser en Stemme højt:

»Godaften!«

Det var »Jomfruen«, som hilste på mig.

»Godaften!« svared jeg fraværende. Jeg så også på »Jomfruen« en kort Stund, inden jeg kendte ham.

»Nå, hvordan går det?« spurgte han.

»Jo, bare bra . . . . som sædvanligt!«

»Hør, sig mig,« sagde han, »De er altså hos Christie endda?«

»Christie?«

»Jeg syntes, De sagde engang, at De var Bogholder hos Grosserer Christie?«

»Å! Ja, nej, det er forbi. Det var umuligt at arbejde sammen med den Mand; det gik istå temmelig snart af sig selv.«

»Hvorfor det, da?«

»Å, jeg kom til at skrive fejl en Dag, og så . . . .«

»Falsk?«

Falsk? Der stod »Jomfruen« og spurgte ligefrem, om jeg havde skrevet falsk. Han spurgte endog hurtigt og meget interesseret. Jeg så på ham, følte mig dybt krænket og svared ikke.

»Ja, ja, Herregud, det kan hænde den bedste!« sagde han, forat trøste mig. Han troed fremdeles, at jeg havde skrevet falsk.

»Hvad er det, som ja, ja Herregud kan hænde den bedste?« spurgte jeg. »At skrive falsk? Hør, min gode Mand, tror De virkelig, der De står, at jeg kunde have begået en slig Nederdrægtighed? Jeg?«

»Men, kære, jeg syntes så tydeligt, De sagde . . . .«

»Nej, jeg sagde, at jeg havde skrevet fejl engang, et Årstal, en Bagatel, om De vil vide det, en fejl Dato på et Brev, et eneste Pennestrøg galt — det var hele min Brøde. Nej, Gudskelov, man kan da skælne

Ret fra Uret endda! Hvordan skulde det også bære
afsted med mig, hvis jeg ovenikøbet gik hen og
pletted min Ære? Det er simpelthen min
Æresfølelse, jeg flyder på nu. Men den er også stærkt
nok, håber jeg; den har ialfald bevaret mig til Dato.«

Jeg kasted på Hovedet, vendte mig bort fra
»Jomfruen« og så nedad Gaden. Mit Øje faldt på en
rød Kjole, som nærmed sig os, en Kvinde ved Siden
af en Mand. Havde jeg nu ikke ført netop denne
Samtale med »Jomfruen«, var jeg ikke bleven stødt
af hans grove Mistanke, og havde jeg ikke gjort just
dette Kast med Hovedet, samt vendt mig lidt
fornærmet bort, så vilde denne røde Kjole måske
have passeret mig, uden at jeg havde lagt Mærke til
den. Og hvad vedkom den mig i Grunden? Hvad
angik den mig, selv om det var Hoffrøken Nagels
Kjole?

»Jomfruen« stod og talte og søgte at gøre sin
Fejltagelse god igen; jeg hørte slet ikke på ham, jeg
stod hele Tiden og stirred på denne røde Kjole, der
nærmed sig opad Gaden. Og en Bevægelse løb mig
gennem Brystet, et glidende, fint Stik; jeg hvisked i
min Tanke, hvisked uden at røre Munden:

»Ylajali!«

Nu vendte også »Jomfruen« sig om, opdaged de
to, Damen og Herren, hilste på dem og fulgte dem
med Øjnene. Jeg hilste ikke, eller måske hilste jeg
ubevidst. Den røde Kjole gled opad Karl Johan og
forsvandt.

»Hvem var det, som fulgte hende?« spurgte
»Jomfruen«.

»Hertugen«, så De ikke det? »Hertugen« kaldet.
Kendte De Damen?«

»Ja, såvidt. Kendte ikke De hende!«

»Nej,« svared jeg.

»Jeg syntes, De hilste så dybt?«

»Gjorde jeg det?«

»He, gjorde De kanske ikke det?« sagde »Jomfruen«. »Det var da besynderligt! Det var også blot Dem, hun så på hele Tiden.«

»Hvor kender De hende fra?« spurgte jeg.

Han kendte hende egentlig ikke. Det skrev sig fra en Aften i Høst. Det var sent, de havde været tre glade Sjæle sammen, kom just fra Grand, traf dette Menneske gående alene ved Cammermeyer og havde talt til hende. Hun havde først svaret afvisende; men den ene af de glade Sjæle, en Mand, som ikke skyed hverken Ild eller Vand, havde bedt hende lige op i hendes Ansigt om at måtte have den Civilisationens Nydelse at følge hende hjem. Han skulde ved Gud ikke krumme et Hår på hendes Hoved, som skrevet står, blot følge hende til Porten, forat overbevise sig om, at hun kom sikkert hjem, ellers vilde ikke han få Ro hele Natten. Han talte ustandseligt, mens de gik, fandt på den ene Ting efter den anden, kaldte sig Waldemar Atterdag og udgav sig for Fotograf. Tilsidst havde hun måttet le ad denne glade Sjæl, som ikke havde ladet sig forbløffe af hendes Kulde, og det endte med, at han fulgte hende.

»Nå, ja, hvad blev det så til?« spurgte jeg, og jeg holdt mit Åndedræt sålænge.

»Blev til? Å, kom ikke der! Det er en Dame.«

Vi taug begge et Øjebik, både »Jomfruen« og jeg.

»Nej, Fan, var dét »Hertugen«! Ser han slig ud!« sagde han derpå tankefuldt. »Men når hun er sammen med den Mand, så vil jeg ikke svare for hende.«

Jeg taug fremdeles. Ja, naturligvis vilde »Hertugen« trække af med hende! Godt og vel! Hvad kom det mig ved? Jeg gav hende en god Dag, med samt hendes Yndigheder, en god Dag gav jeg hende! Og jeg forsøgte at trøste mig selv ved at tænke de værste Tanker om hende, gjorde mig ligefrem en Glæde af at rode hende rigtig ned i Sølen. Det ærgred mig blot, at jeg havde taget Hatten af for Parret, hvis jeg virkelig havde gjort det. Hvorfor skulde jeg tage Hatten af for sådanne Mennesker? Jeg brød mig ikke længer om hende, aldeles ikke; hun var ikke det allerringeste vakker mer, hun havde tabt sig, fy, Fan, hvor hun var falmet! Det kunde jo gærne være, at det blot var mig, hun havde set på; det forundred mig ikke; det var kanske Angeren, som begyndte at slå hende. Men derfor behøved ikke jeg at falde til Fode og hilse som en Nar, specielt når hun altså var bleven så betænkelig falmet på det sidste. »Hertugen« kunde gærne beholde hende, velbekomme! Der kunde komme en Dag, da jeg fik i Sinde at gå hende stolt forbi, uden at se til den Kant, hvor hun befandt sig. Det kunde hænde, at jeg tillod mig at gøre dette, selv om hun så stivt på mig og ovenikøbet gik i blodrød Kjole. Det kunde godt hænde! He-he, det vilde blive en Triumf! Kendte jeg mig selv ret, så var jeg istand til at gøre mit Drama færdigt i Løbet af Natten, og inden otte Dage skulde jeg da have bøjet Frøkenen i Knæ. Med samt hendes Yndigheder, he-he, med samt alle hendes Yndigheder . . . .

»Farvel!« sagde jeg kort.

Men »Jomfruen« holdt mig tilbage. Han spurgte:

»Men hvad bestiller De da nu om Dagen?«

»Bestiller? Jeg skriver, naturligvis. Hvad andet

skulde jeg bestille? Det er jo det, jeg lever af. For Øjeblikket arbejder jeg på et stort Drama, »Korsets Tegn«, Emne fra Middelalderen.«

»Død og Pine!« sagde »Jomfruen« oprigtigt. »Ja, får De dét til, så . . . .«

»Har ingen store Bekymringer desangående!« svared jeg. »Om en otte Dages Tid tænker jeg, at De skal have hørt fra mig nogen hver.«

Dermed gik jeg.

Da jeg kom hjem, henvendte jeg mig straks til min Værtinde og bad om en Lampe. Det var mig meget om at gøre at få denne Lampe; jeg vilde ikke gå tilsengs inat, mit Drama rased inde i mit Hoved, og jeg håbed så sikkert at kunne skrive et godt Stykke til om Morgenen. Jeg fremførte min Begæring meget ydmygt for Madamen, da jeg mærked, at hun gjorde en utilfreds Grimase, fordi jeg atter kom ind i Stuen. Jeg havde altså næsten færdigt et mærkeligt Drama, sagde jeg; der mangled mig bare et Par Scener, og jeg slog på, at det kunde blive opført på et eller andet Teater, inden jeg selv vidste Ordet af det. Om hun nu vilde gøre mig denne store Tjeneste, så . . . .

Men Madamen havde ingen Lampe. Hun tænkte sig om, men husked slet ikke, at hun havde nogen Lampe nogen Steder. Hvis jeg vilde vente til efter Klokken tolv, så kunde jeg kanske få Køkkenlampen. Hvorfor kunde jeg ikke købe mig et Lys?

Jeg taug. Jeg havde ikke ti Øre til et Lys, og det vidste hun nok. Naturligvis skulde jeg strande igen! Nu sad Pigen nede hos os, hun sad simpelthen inde i Stuen og var slet ikke i Køkkenet; Lampen der oppe var således ikke engang tændt. Og jeg stod og overtænkte dette, men sagde intet mer.

190

Pludselig siger Pigen til mig:

»Jeg syntes, De kom ud af Slottet for lidt siden? Har De været i Middag?« Og hun lo højt ad denne Spas.

Jeg satte mig ned, tog mine Papirer frem og vilde forsøge at gøre noget her sålænge, her, hvor jeg sad. Jeg holdt Papirerne på mine Knæ og stirred uafbrudt ned i Gulvet, for ikke at adspredes af noget; men det nytted mig ikke, ingenting nytted mig, jeg kom ikke af Pletten. Værtindens to Småpiger kom ind og holdt Støj med en Kat, en underlig, syg Kat, som næsten ingen Hår havde; når de blæste den ind i Øjnene, flød der Vand ud af dem og nedad dens Næse. Værten og et Par andre Personer sad ved Bordet og spilled Hundred og En. Konen alene var flittig som altid og sad og syed på noget. Hun så godt, at jeg ikke kunde skrive noget midt i denne Forstyrrelse, men hun brød sig ikke om mig mer; hun havde endog smilet, da Tjenestepigen spurgte, om jeg havde været i Middag. Hele Huset var bleven fjendtlig mod mig; det var, som om jeg blot behøved den Forsmædelse at måtte overlade mit Værelse til en anden, forat blive behandlet ganske som en uvedkommende. Endog denne Tjenestepige, en liden brunøjet Gadetøs med Pandehår og aldeles fladt Bryst, gjorde Nar af mig om Aftenen, når jeg fik mine Smørogbrød. Hun spurgte idelig, hvor jeg dog plejed at indtage mine Middage, eftersom hun aldrig havde set mig gå og stikke mine Tænder udenfor Grand. Det var klart, at hun vidste Besked om min elendige Tilstand og gjorde sig en Fornøjelse af at vise mig det.

Jeg falder pludselig i Tanker om alt dette og er ikke istand til at finde en eneste Replik til mit

Drama. Jeg forsøger Gang på Gang forgæves; det begynder at summe underligt i mit Hoved, og jeg giver mig tilsidst over. Jeg stikker Papirerne i Lommen og ser op. Pigen sidder lige foran mig, og jeg ser på hende, ser på denne smale Ryg og et Par lave Skuldre, som endnu ikke var rigtig voksne engang. Hvad havde nu hun med at kaste sig over mig? Og om jeg var kommet ud af Slottet, hvad så? Kunde det skade hende? Hun havde i de sidste Dage leet frækt ad mig, når jeg var uheldig og snubled i Trapperne eller hang fast i en Spiger, så jeg fik en Rift i min Frakke. Det var heller ikke længer siden end igår, at hun havde samlet op mine Kladder som jeg havde slængt fra mig i Forstuen, stjålet disse kasserede Brudstykker til mit Drama og læst dem op inde i Stuen, holdt Løjer med dem i alles Påhør, bare forat more sig over mig. Jeg havde aldrig forulempet hende og kunde ikke huske, at jeg nogensinde havde bedt hende om en Tjeneste. Tvertimod, jeg gjorde selv min Seng istand om Aftenen inde på Stuegulvet, for ikke at skaffe hende noget Bryderi dermed. Hun gjorde også Nar af mig, fordi mit Hår faldt af. Der lå Hår og fløj i Vaskevandet om Morgenen, og det gjorde hun sig lystig over. Nu var mine Sko blevne noget dårlige, især den ene, som var bleven overkørt af Brødvognen, og hun drev også Spas med dem. Gud velsigne Dem og Deres Sko! sagde hun; se på dem, de er store som Hundehus! Og hun havde Ret i, at mine Sko var udtrådte; men jeg kunde altså ikke skaffe mig nogen andre netop for Øjeblikket.

Mens jeg sidder og husker på alt dette og forundrer mig over denne åbenlyse Ondskab hos Tjenestepigen, var Småpigerne begyndt at tirre den gamle Olding henne i Sengen; de hopped begge to omkring ham og var fuldt optagne af dette Arbejde. De havde fundet sig hver sit Halmstrå, som de stak ham i Ørene med. Jeg så på dette en Stund og blanded mig ikke ind i det. Den gamle rørte ikke en Finger, forat forsvare sig; han så blot på sine Plageånder med rasende Øjne for hver Gang, de stak efter ham, og rysted på Hovedet, forat befri sig, når Stråene allerede sad ham i Ørene.

Jeg blev mer og mer ophidset ved dette Syn og kunde ikke få mine Øjne bort fra det. Faderen så op fra Kortene og lo ad de små; han gjorde også sine Medspillere opmærksom på, hvad der foregik. Hvorfor rørte han sig ikke, den gamle? Hvorfor slængte han ikke Børnene væk med Armen? Jeg tog et Skridt og nærmed mig Sengen.

»Lad dem være! Lad dem være! Han er lam,« råbte Værten.

Og af Frygt for at blive vist Døren imod Natten, simpelthen bange for at vække Mandens Mishag ved at gribe ind i dette Optrin, trådte jeg stiltiende tilbage til min gamle Plads og forholdt mig rolig. Hvorfor skulde jeg resikere mit Logi og mine Smørogbrød ved at stikke min Næse ind i Familjens Kævlerier? Ingen Narrestreger for en halvdød Oldings Skyld! Og jeg stod og følte mig dejligt hård som Flint.

De små Tyvetøser holdt ikke op med sine Plagerier. De tirredes af, at Oldingen ikke vilde holde Hovedet stille, og de stak også efter hans Øjne og Næsebor. Han stirred på dem med et forhærdet Blik, han sagde intet og kunde ikke røre Armene. Pludselig letted han sig med Overkroppen og spytted den ene af Småpigerne ind i Ansigtet; han letted sig atter op og spytted også efter den anden, men traf hende ikke. Jeg stod og så på, at Værten kasted Kortene ned på Bordet, hvor han sad, og sprang hen til Sengen. Han var rød i Ansigtet og råbte:

»Sidder du og spytter Folk lige i Øjnene, din gamle Råne!«

»Men, Herregud, han fik jo ikke Fred for dem!« råbte jeg ude af mig selv. Men jeg stod hele Tiden og var bange for at blive udvist, og jeg råbte aldeles ikke med synderlig Kraft; jeg skalv blot over hele Legemet af Ophidselse.

Værten vendte sig om mod mig.

»Nej, hør på den! Hvad Fan skiller det Dem? Hold De bare Flabben på Dem ganske igen, De, og gør som jeg siger; det vil De have bedst af.«

Men nu lød også Madamens Stemme, og hele Huset blev fuldt af Skænderi.

»Jeg mener Gud hjælpe mig De er gale og besatte allesammen!« skreg hun. »Vil De være herinde, så får De være rolige begge to, det siger jeg Dem! He, det er ikke nok med, at man skal holde Hus og Kost for Kræket, man skal have Dommedag og Kommers og Satansmagt inde i Stuerne også. Men det skal jeg ikke have mer af, har jeg tænkt! Sh! Hold Tryterne Deres sammen. Unger, og tørk Næserne Deres også, hvis ikke, så skal jeg komme og gøre det. Jeg har aldrig set på Magen til Mennesker! Her kommer de ind fra Gaden, uden en Øre til Lusesalve engang, og begynder at holde Spræt midt på Katters Tide og gøre Leven med Husens Folk. Jeg vil ikke vide af det, forstår De, og De kan gå Deres Vej alle, som ikke hører hjemme her. Jeg vil have Fred i min egen Lejlighed, har jeg tænkt!«

Jeg sagde intet, jeg lukked slet ikke Munden op,

men satte mig nede ved Døren igen og hørte på Larmen. Alle skråled med, endog Børnene og Tjenestepigen, som vilde forklare, hvordan hele Striden var begyndt. Når jeg bare var taus, så vilde det nok drive over engang; det vilde ganske vist ikke komme til det yderste, når jeg blot ikke sagde et Ord. Og hvilket Ord kunde jeg have at sige? Var det måske ikke Vinter ude, og led det ikke ovenikøbet mod Natten? Var det da Tid at slå i Bordet og være Karl for sin Hat? Bare ingen Narrestreger! Og jeg sad stille og forlod ikke Huset, undså mig ikke for at blive siddende, skammed mig ligefrem ikke herfor, skønt jeg næsten var bleven sagt op. Jeg stirred forhærdet hen på Væggen, hvor Kristus hang i Oljetryk, og taug hårdnakket til alle Værtindens Udfald.

»Ja, er det mig. De vil blive af med. Madam, så skal der ikke være noget ivejen for mit ved-kommende,« sagde den ene af Kortspillerne.

Han rejste sig. Den anden Kortspiller rejste sig også.

»Nej, jeg mente ikke dig. Og ikke dig heller,« svared Værtinden de to. »Gælder det på, så skal jeg nok vise, hvem jeg mener. Hvis det gælder på. Har jeg tænkt! Det skal vise sig, hvem det er....«

Hun talte afbrudt, gav mig disse Stød med små Mellemrum og trak det rigtigt i Langdrag, forat gøre det tydeligere og tydeligere for mig, at det var mig, hun mente. Stille! sagde jeg til mig selv. Bare stille! Hun havde ikke bedt mig om at gå, ikke udtrykkelig, ikke med rene Ord. Bare ingen Hovmodighed fra min Side, ingen utidig Stolthed! Ørene stive! . . . .

Det var dog et ejendommeligt grønt Hår på den Kristus i Oljetryk. Det ligned ikke så lidet grønt

Græs, eller udtrykt med udsøgt Nøjagtighed: tykt Enggræs. He, en ganske rigtig Bemærkning, forsvarligt tykt Enggræs . . . . En Række af flygtige Idéforbindelser løb mig i denne Stund gennem Hovedet: Fra det grønne Græs til et Skriftsted om, at hvert Liv var som Græs, der antændtes, derfra til Dommedag, når alt skulde brænde op, så en liden Afstikker ned til Jordskælvet i Lissabon, hvorpå der foresvæved mig noget om en spansk Spyttebakke af Messing og et Penskaft af Ibenholdt, som jeg havde set nede hos Ylajali. Ak, ja, alt var forgængeligt! Ganske som Græs, der antændtes! Det gik ud på fire Fjæle og et Ligsvøb — Ligsvøb hos Jomfru Andersen, tilhøjre i Porten . . . .

Og alt dette kastedes om i mit Hoved i dette fortvivlede Øjeblik, da min Værtinde stod i Færd med at jage mig på Dør.

»Han hører ikke!« råbte hun. »Jeg siger. De skal forlade Huset, nu ved De det! Jeg tror Gud fordømme mig, at Manden er gal, jeg! Nu går De på hellige Flæk, og så ikke mere Snak om den Sag.«

Jeg så mod Døren, ikke forat gå, aldeles ikke forat gå; der faldt mig ind en fræk Tanke: hvis der havde været en Nøgle i Døren, vilde jeg have vredet den om, stængt miginde sammen med de andre, forat slippe at gå. Jeg havde en aldeles hysterisk Gru for at komme ud på Gaden igen. Men der var ingen Nøgle i Døren, og jeg rejste mig op; der var intet Håb mer.

Da blander pludselig min Værts Røst sig med Konens. Jeg blev forbauset stående. Den samme Mand, som nylig havde truet mig, tager underligt nok mit Parti. Han siger:

»Nej, det går ikke an at jage Folk ud imod

Natten, ved du. Der er Straf for det.«

Jeg vidste ikke, om der var Straf herfor, jeg kunde ikke sige det; men det var måske så, og Konen besinded sig ganske snart, blev rolig og talte ikke til mig mer. Hun lagde endog to Smørogbrød frem til mig til Aftens, men jeg modtog dem ikke, bare af Taknemmelighed mod Manden modtog jeg dem ikke, idet jeg foregav, at jeg havde fået lidt Mad ude i Byen.

Da jeg endelig begav mig ud i Forstuen, forat gå tilsengs, kom Madamen efter mig, standsed på Dørstokken og sagde højt, mens hendes store, frugtsommelige Mave strutted ud imod mig:

»Men det er sidste Nat, De ligger her, så De ved om det.«

»Ja, ja!« svared jeg.

Der blev vel kanske også en Råd til Husly imorgen, hvis jeg gjorde mig rigtig Flid for det. Et eller andet Skjulested måtte jeg dog finde. Foreløbig glæded jeg mig over, at jeg ikke behøved at gå ude inat.

* * *

Jeg sov til fem-seks Tiden om Morgenen. Det var endnu ikke lyst, da jeg vågned, men jeg stod alligevel op med det samme; jeg havde ligget i fulde Klæder for Kuldens Skyld og havde intet mer at klæde mig på. Da jeg havde drukket lidt Vand og i al Stilhed fået Døren åbnet, gik jeg også straks ud, idet jeg frygted for at træffe min Værtinde påny.

En og anden Konstabel, som havde våget Natten ud, var det eneste levende, jeg så i Gaderne; lidt efter begyndte også et Par Mænd at slukke Gaslygterne omkring. Jeg drev om uden Mål og Med, kom op i Kirkegaden og tog Vejen ned til Fæstningen. Kold og endnu søvnig, mat i Knæerne og Ryggen efter den lange Tur og meget sulten, satte jeg mig ned på en Bænk og døsed en lang Tid. Jeg havde i tre Uger levet udelukkende af de Smørogbrød, som min Værtinde havde givet mig Morgen og Aften; nu var det netop et Døgn, siden jeg fik mit sidste Måltid, det begyndte at gnave mig slemt påny, og jeg måtte have en Udvej ret snart. Med den Tanke sovned jeg atter ind på Bænken . . . .

Jeg vågned af, at Mennesker talte i min Nærhed, og da jeg havde summet mig lidt, så jeg, at det var lys Dag, og at alle Folk var kommet på Benene. Jeg rejste mig og gik bort. Solen brød op over Åserne, Himlen var hvid og fin, og i min Glæde over den skønne Morgen efter de mange mørke Uger glemte jeg alle Sorger og syntes, at det mangen Gang havde været værre for mig. Jeg klapped mig på mit Bryst og sang en liden Stump for mig selv. Min Stemme lød så dårlig, rigtig medtagen lød den, og jeg rørte mig selv til Tårer ved den. Denne pragtfulde Dag, den hvide, lysdrukne Himmel virked også altfor stærkt på mig, og jeg stak i at græde højt.

»Hvad er det, som fejler Dem?« spurgte en Mand.

Jeg svared ikke, hasted blot bort, skjulende mit Ansigt for alle Mennesker.

Jeg kom ned til Bryggerne. En stor Bark med russisk Flag lå og lossed Kul; jeg læste dens Navn, »Copégoro«, på Siden. Det adspreded mig en Tidlang at iagttage, hvad der foregik ombord i dette fremmede Skib. Det måtte være næsten udlosset, det lå allerede med IX Fod nøgne på Stilken, trods den Ballast, det alt havde taget ind, og når Kulsjouerne stamped henover Dækket med sine tunge Støvler, drøned det hult i hele Skibet.

Solen, Lyset, det salte Pust fra Havet, hele dette travle og lystige Liv stived mig op og fik mit Blod til at banke levende. Med en Gang faldt det mig ind, at jeg måske kunde gøre et Par Scener på mit Drama, mens jeg sad her. Og jeg tog mine Blade op af Lommen.

Jeg forsøgte at forme en Replik i en Munks Mund, en Replik, der skulde svulme af Kraft og Intolerance; men det lykkedes mig ikke. Så sprang jeg over Munken og vilde udarbejde en Tale, Dommerens Tale til Tempelskændersken, og jeg skrev en halv Side på denne Tale, hvorpå jeg holdt op. Der vilde ikke lægge sig det rette Klima over mine Ord. Travlheden omkring mig, Hejsesangene, Gangspillenes Støj og den uafbrudte Raslen med Jærnkættingerne passed så lidet til den Luft af tæt, muggen Middelalder, der skulde stå som en Tåge i mit Drama. Jeg pakked Papirerne sammen og rejste mig.

Nu var jeg alligevel kommet velsignet på Glid, og jeg følte klart, at jeg kunde udrette noget nu, hvis alt gik godt. Bare jeg havde et Sted at ty hen til! Jeg tænkte efter det, standsed ligefrem op i Gaden og tænkte efter, men vidste ikke af et eneste stille Sted i hele Byen, hvor jeg kunde slå mig ned en Stund. Der blev ingen anden Udvej, jeg fik gå tilbage til Logihuset i Vaterland. Jeg krymped mig ved det, og jeg sagde hele Tiden til mig selv, at det gik ikke an, men jeg gled dog fremad og nærmed mig stadig det forbudte Sted. Vist var det ynkeligt, indrømmed jeg mig selv, ja, det var forsmædeligt, rigtig forsmædeligt var det; men det fik ikke hjælpe. Jeg var ikke det ringeste hovmodig, jeg turde sige så stort et Ord, at jeg var et af de mindst kæphøje Væsener, som Dags Dato var til. Og jeg gik.

Jeg standsed ved Porten og overvejed endnu engang. Jo, det fik gå som det vilde, jeg måtte vove det! Hvad var det egentlig for en Bagatel, det drejed sig om? For det første skulde det jo vare blot i nogle Timer, for det andet skulde Gud forbyde, at jeg nogensinde senere tog min Tilflugt til det Hus igen. Jeg gik ind i Gården. Endnu mens jeg gik over disse ujævne Stene på Gårdspladsen, var jeg usikker og havde nær vendt om ved Døren. Jeg bed Tænderne sammen. Nej, ingen utidig Stolthed! I værste Fald kunde jeg undskylde mig med, at jeg kom for at sige Farvel, tage ordentlig Afsked og gjøre en Aftale angående min Gjæld til Huset. Jeg åbned Døren til Forstuen.

Jeg blev stående aldeles stille indenfor. Lige foran mig, blot i to Skridts Afstand, stod Værten selv, uden Hat og uden Frakke, og kiged ind gennem Nøglehullet til Familjens egen Stue. Han gjorde en tyst Bevægelse med Hånden, forat få mig til at være stille, og kiged atter indad Nøglehullet. Han stod og lo.

»Kom hid!« sagde han hviskende.

Jeg nærmed mig på Tæerne.

»Se her!« sagde han og lo med en stille, hidsig Latter. »Kig ind! Hi-hi! Der ligger de! Se på Gammeln! Kan De se Gammeln?«

Inde i Sengen, ret under Kristus i Oljetryk og lige mod mig, så jeg to Skikkelser, Værtinden og den fremmede Styrmand; hendes Ben skinned hvide mod den mørke Dyne. Og i Sengen ved den anden Væg sad hendes Fader, den lamme Olding, og så på, ludende over sine Hænder, sammenkrøben som sædvanligt, uden at kunne røre sig . . . .

Jeg vendte mig om mod min Vært. Han havde den største Møje med at af holde sig fra at le højt.

»Så De Gammeln?« hvisked han. »Å, Gud, så De Gammeln? Han sidder og ser på!« Og han lagde sig igen ind til Nøglehullet.

Jeg gik hen til Vinduet og satte mig. Dette Syn havde ubarmhjærtigen bragt Uorden i alle mine Tanker og vendt op og ned på min rige Stemning. Nå, hvad vedkom det mig? Når Manden selv fandt sig i det, ja, endog havde sin store Fornøjelse af det, så var der ingen Grund for mig til at tage mig det nær. Og hvad Oldingen angik, da var Oldingen en Olding. Han så det måske ikke engang; kanske sad han og sov; Gud ved, om han ikke endogså var død; det skulde ikke undre mig om han var død. Og jeg gjorde mig ingen Samvittighed af det.

Jeg tog atter mine Papirer op og vilde vise alle uvedkommende Indtryk tilbage. Jeg var standset midt i en Sætning i Dommerens Tale: »Så byder mig Gud og Loven, så byder mig mine vise Mænds Råd, så byder mig og min egen Samvittighed . . . .« Jeg så ud af Vinduet, forat tænke efter, hvad hans Samvittighed skulde byde ham. En liden Støj trængte ud til mig fra Stuen indenfor. Nå, det angik ikke mig, aldeles ikke; Oldingen var desuden død, døde kanske imorges ved fire Tiden; det var mig altså inderlig knusende ligegyldigt med den Støj; hvorfor Fan sad jeg da og gjorde mig mine Tanker om den? Rolig nu!

»Så byder mig og min egen Samvittighed . . . .«

Men alt havde forsvoret sig imod mig. Manden stod slet ikke ganske rolig henne ved Nøglehullet, jeg hørte nu og da hans indeklemte Latter og så, at han rysted; ude på Gaden foregik der også noget, som adspredte mig. En liden Gut sad og pusled for sig selv i Solen over på det andet Fortoug; han aned Fred og ingen Fare, knytted blot endel Papirstrimler sammen og gjorde ingen Fortræd. Pludselig springer han op og bander; han rykker baglænds ud i Gaden og får Øje på en Mand, en voksen Mand med rødt Skjæg, som lå udaf et åbent Vindu i anden Etage og spytted ned i hans Hoved. Den lille græd af Vrede og bandte vanmægtigt op mod Vinduet, og Manden lo ham ned i Ansigtet; der gik måske fem Minutter på den Måde. Jeg vendte mig bort, for ikke at se Guttens Gråd.

»Så byder mig og min egen Samvittighed, at . . . .«

Det var mig umuligt at komme længer. Tilsidst begyndte alt at rable for mig; jeg syntes, at endog det, jeg allerede havde skrevet, var ubrugeligt, ja, at hele Idéen var noget farligt Tøv. Man kunde slet ikke tale om Samvittighed i Middelalderen, Samvittig-heden blev først opfundet af Danselærer Shake-speare, følgelig var min hele Tale urigtig. Var der altså intet godt i disse Blade? Jeg løb dem igennem påny og løste straks mine Tvivl; jeg fandt storartede Steder, rigtig lange Stykker af stor Mærkværdighed. Og der jog mig atter gennem mit Bryst den berusende Trang til at tage fat igen og få mit Drama færdigt.

Jeg reiste mig og gik til Døren, uden at agte på Værtens rasende Tegn til mig om at fare stille frem. Jeg gik bestemt og fast i Sind ud af Forstuen, opad Trapperne til anden Etage og trådte ind i mit gamle Værelse. Styrmanden var der jo ikke, og hvad var der så ivejen for, at jeg kunde sidde her et Øjeblik? Jeg skulde ikke røre nogen af hans Sager, jeg skulde slet ikke bruge hans Bord engang, men slå mig ned på en Stol ved Døren og være glad til. Jeg folder heftigt Papirerne ud på mine Knæ.

Nu gik det i flere Minutter aldeles udmærket. Replik efter Replik opstod fuldt færdig i mit Hoved, og jeg skrev uafbrudt. Jeg fylder den ene Side efter den anden, sætter afsted over Stok og Sten, klynker sagte af Henrykkelse over min gode Stemning og ved næsten ikke af mig selv. Den eneste Lyd, jeg hører i denne Stund, er min egen glade Klynken. Der faldt mig også ind en såre heldig Idé med en Kirkeklokke, som skulde smælde i at ringe på et vist Punkt i mit Drama. Alt gik overvældende.

Så hører jeg Skridt i Trappen. Jeg skælver og er næsten fra mig selv, sidder sågodtsom på Sprang, sky, vag, fuld af Angst for alle Ting og ophidset af Sult; jeg lytter nervøst, holder Blyanten stille i Hånden og lytter, jeg kan ikke skrive et Ord mer. Døren går op; Parret nede fra Stuen træder ind.

Endnu førend jeg havde fået Tid til at bede om Undskyldning for, hvad jeg havde gjort, råber Værtinden aldeles himmelfalden:

»Nej, Gud trøste og hjælpe mig, sidder han ikke her igen!«

»Undskyld!« sagde jeg, og jeg vilde sagt mer, men kom ikke længer.

Værtinden slog Døren op på vid Væg og skreg:

»Går De nu ikke ud, så Gud fordømme mig henter jeg ikke Politiet!«

Jeg rejste mig.

»Jeg vilde bare sige Farvel til Dem,« mumled jeg, »og så måtte jeg vente på Dem. Jeg har ikke rørt nogen Ting, jeg sad her på Stolen . . . .«

»Ja, det gjorde ingenting« sagde Styrmanden.

»Hvad Fan gjorde det? Lad Manden være, han!«

Da jeg var kommet ned i Trappen, blev jeg med en Gang rasende på denne tykke, opsvulmede Kone, der fulgte mig i Hælene, forat få mig hurtigt væk, og jeg stod et Øjeblik stille, med Munden fuld af de værste Øgenavne, som jeg vilde slynge mod hende. Men jeg betænkte mig i Tide og taug, taug blot af Taknemmelighed mod den fremmede Mand, der gik bag hende og vilde kunne høre det. Værtinden fulgte stadig efter mig og skældte ustandseligt, mens samtidig min Vrede tiltog for hvert Skridt, jeg gik.

Vi kom ned i Gården, jeg gik rigtig langsomt, endnu overvejende, om jeg skulde give mig af med Værtinden. Jeg var i denne Stund ganske forstyrret af Raseri, og jeg tænkte på den værste Blods-udgydelse, et Tryk, som kunde lægge hende død på Stedet, et Spark i Maven. Et Bybud går forbi mig i Porten, han hilser, og jeg svarer ikke; han henvender sig til Madamen bag mig, og jeg hører, at han spørger efter mig; men jeg vender mig ikke om.

Et Par Skridt udenfor Porten indhenter Bybudet mig, hilser påny og standser mig. Han giver mig et Brev. Heftigt og uvilligt river jeg det op, en Tikrone falder ud af Konvolutten, men intet Brev, ikke et Ord.

Jeg ser på Manden og spørger:

»Hvad er dette for Slags Narrestreger? Hvem er Brevet ifra?«

»Ja, det ved jeg ikke,« svarer han, »men det var en Dame, som gav mig det.«

Jeg stod stille. Bybudet gik. Da stikker jeg Pengesedlen atter ind i Konvolutten, krøller det hele rigtig godt sammen, vender om og går hen til Værtinden, som endnu holder Udkig efter mig fra

Porten, og kaster hende Sedlen i Ansigtet. Jeg sagde ikke noget, yttred ikke en Stavelse, jeg iagttog blot, at hun undersøgte det sammenkrøllede Papir, inden jeg gik . . . .

He, det kunde man kalde at opføre sig med Ære i Livet! Ikke sige noget, ikke tiltale Pakket, men ganske rolig krølle sammen en stor Pengeseddel og kaste den i Øjnene på sine Forfølgere. Det kunde man kalde at optræde med Værdighed! Således skulde de have det, de Dyr! . . . .

Da jeg var kommet på Hjørnet af Tomtegaden og Jærnbanetorvet, begyndte pludselig Gaden at svinge rundt for mine Øjne, det sused tomt i mit Hoved, og jeg faldt ind mod en Husvæg. Jeg kunde simpelthen ikke gå længer, kunde ikke engang rette mig op fra min skæve Stilling; således, som jeg var falden ind mod Væggen, således blev jeg stående, og jeg følte, at jeg begyndte at tabe Besindelsen. Min vanvittige Vrede forhøjedes blot ved dette Anfald af Udmattelse, og jeg løftede Foden og stamped i Fortouget. Jeg gjorde også forskellige andre Ting, forat komme til Kræfter, bed Tænderne sammen, rynked Panden, rulled fortvivlet med Øjnene, og det begyndte at hjælpe. Min Tanke blev klar, jeg forstod, at jeg holdt på at forgå. Jeg satte Hænderne frem og stødte mig tilbage fra Væggen; Gaden dansed fremdeles rundt med mig. Jeg begyndte at hikke af Raseri, og jeg stred af min inderste Sjæl med min Elendighed, holdt rigtig tappert Stand, for ikke at falde om; jeg agted ikke at synke sammen, jeg vilde dø stående. En Arbejdskærre ruller langsomt forbi, og jeg ser, at der er Poteter i den Kærre, men af Raseri, af Halsstarrighed finder jeg på at sige, at det slet ikke var Poteter, det var Kålhoveder, og jeg bandte grusomt på, at det var Kålhoveder. Jeg hørte godt, hvad jeg selv sagde, og jeg svor bevidst Gang efter Gang på denne Løgn, blot forat have den desperate Tilfredsstillelse, at jeg begik stiv Mened. Jeg berused mig i denne mageløse Synd, jeg rakte mine tre Fingre ivejret og svor med dirrende Læber i Faderens, Sønnens og den Helligånds Navn, at det var Kålhoveder.

Tiden gik. Jeg lod mig falde ned på et Trappetrin ved Siden af mig og tørred Sveden af min Pande og Hals, trak Vejret til mig og tvang mig til at være rolig. Solen gled ned, det led ud på Eftermiddagen. Jeg begyndte igen at gruble over min Stilling; Sulten blev skammelig mod mig, og om nogle Timer vilde det atter være Nat; det galdt at finde på en Råd, mens der endnu var Tid. Mine Tanker begyndte igen at kredse om Logihuset som jeg var bleven fordrevet fra; jeg vilde aldeles ikke vende tilbage dertil, men kunde alligevel ikke lade være at tænke på det. Egentlig havde Konen været i sin gode Ret til at kaste mig ud. Hvor kunde jeg vente at få bo hos nogen, når jeg ikke kunde betale for mig? Hun havde ovenikøbet givet mig Mad nu og da; endog igåraftes, da jeg havde opirret hende, havde hun budt mig to Smørogbrød, af Godhed havde hun budt mig dem fordi hun vidste, at jeg trængte til dem. Så jeg havde intet at beklage mig over, og jeg begyndte mens jeg sad på Trappen at bede og tigge hende i mit stille Sind om Tilgivelse for min Opførsel. Især angred jeg bitterlig, at jeg havde vist mig utaknemmelig mod hende tilsidst og kastet hende en Tikrone i Ansigtet . . . .

Tikronen! Jeg plystred en Gang med Munden. Brevet, som Budet bragte, hvor kom det fra? Først

nu i dette Øjeblik tænkte jeg klart over dette og aned
med en Gang, hvordan det hele hang sammen. Jeg
blev syg af Smærte og Skam, jeg hvisked Ylajali
nogle Gange med hæs Stemme og rysted på
Hovedet. Var det ikke mig, som endog så sent som
igår havde bestemt mig til at gå hende stolt forbi,
når jeg traf hende, og vise hende den største
Ligegyldighed? Og istedet derfor havde jeg blot vakt
hendes Medlidenhed og aflokket hende en
Barmhjærtighedsskilling. Nej, nej, nej, der blev aldrig
Ende på min Nedværdigelse! Ikke engang overfor
hende havde jeg kunnet hævde en skikkelig Stilling;
jeg sank, sank på alle Kanter, hvor jeg vendte mig
hen, sank tilknæs, sank tillivs, dukked mig under i
Vanære og kom aldrig op igen, aldrig! Det var
Toppunktet! Tage ti Troner i Almisse, uden at kunne
slynge dem tilbage mod den hemmelige Giver,
gramse Ører sammen med begge Hænder, hvor de
bødes frem, og beholde dem, bruge dem til
Logipenge, trods sin egen inderste Modbydelig-
hed . . . .

Kunde jeg ikke atter skaffe tilveje disse ti Kroner
på en eller anden Måde? At gå tilbage til Værtinden
og få Pengesedlen tilbageleveret af hende, nytted
nok ikke; der måtte også gives en anden Råd, når jeg
tænkte mig om, når jeg bare anstrængte mig rigtigt
meget og tænkte mig om. Her var det ved Gud ikke
nok at tænke blot på almindelig Vis, jeg fik tænke, så
det sled mig gennem hele mit Menneskeværk, efter
en Udvej til disse ti Kroner. Og jeg satte mig til at
tænke svare.

Klokken kunde vel være omkring fire, om et Par
Timer kunde jeg kanske træffe Teaterchefen, hvis jeg
blot havde havt mit Drama færdigt. Jeg tager

Manuskriptet op, der jeg sidder, og vil med Vold og
Magt få istand de tre fire sidste Scener; jeg tænker og
sveder og læser over fra Begyndelsen, men kommer
ingen Vej. Ikke noget Pæreværv! siger jeg, ingen
Stivnakkethed her! Og jeg skriver løs på mit Drama,
skriver ned alt, som falder mig ind, blot forat blive
hurtigt færdig og komme afsted. Jeg vilde indbilde
mig selv, at jeg havde et nyt stort Øjeblik, jeg løj mig
fuld, bedrog mig åbenlyst og skrev væk, som om jeg
ikke behøved at søge efter Ordene. Det er godt! det
er virkelig et Fund! hvisked jeg alt imellem; skriv det
bare ned!

Tilslut begynder imidlertid mine sidste Repliker
at blive mig mistænkelige; de stak så stærkt af mod
Replikerne i de første Scener, desuden havde der slet
ikke lagt sig nogen Middelalder i Munkens Ord. Jeg
knækker min Blyant over mellem mine Tænder,
springer op, river mit Manuskript itu, river hvert
Blad itu, kaster min Hat på Gaden og tramper på
den. Jeg er fortabt! hvisker jeg for mig selv; mine
Damer og Herrer, jeg er fortabt! Og jeg siger ikke
andet end disse Ord, sålænge jeg står der og tramper
på min Hat.

En Politibetjent står nogle få Skridt borte og
iagttager mig; han står midt ude i Gaden og lægger
ikke Mærke til noget andet end mig. Idet jeg slår
Hovedet op, mødes vore Øjne; han havde kanske
stået der i længere Tid og bare set på mig. Jeg tager
min Hat op, sætter den på og går hen til Manden.

»Ved De, hvormange Klokken er?« siger jeg.

Han venter en Stund, inden han haler sit Ur
frem, og tager ikke sine Øjne bort fra mig imens.

»Vel fire,« svarer han.

»Akkurat!« siger jeg; »vel fire, fuldkommen rigtigt!

De kan Deres Ting, hører jeg, og jeg skal tænke på Dem.«

Dermed forlod jeg ham. Han blev til det yderste forbauset over mig, stod og så efter mig med åben Mund og holdt endnu Uret i Hånden. Da jeg var kommet udenfor Royal, vendte jeg mig om og så tilbage: endnu stod han i samme Stilling og fulgte mig med Øjnene.

He-he, således skulde man behandle Dyrene! Med den mest udvalgte Uforskammethed! Det imponered Dyrene, det satte Skræk i Dyrene . . . . Jeg var særdeles tilfreds med mig selv og gav mig atter til at synge en Stump. Anspændt af Ophidselse, uden at føle nogen Smærte mer, uden endog at kende noget Ubehag af nogen Sort, gik jeg let som en Fjær henover hele Torvet, drejed op ved Basarerne og slog mig ned på en Bænk ved Vor Frelsers.

Kunde det ikke også være temmelig ligegyldigt, enten jeg sendte den Tikrone tilbage eller ej? Når jeg havde fået den, så var den min, og der var visselig ikke Nød der, hvor den kom fra. Jeg måtte jo dog tage imod den, når den udtrykkelig blev sendt til mig; der var ingen Mening i at lade Bybudet beholde den. Heller ikke gik det an at sende tilbage en helt anden Tikrone, end den, jeg havde fået. Så der var intet at gøre ved det.

Jeg forsøgte at se på Færdselen omkring på Torvet foran mig og sysselsætte min Tanke med ligegyldige Ting; men det lykkedes mig ikke, og jeg beskæftiged mig stadig med Tikronen. Tilsidst knytted jeg Hænderne og blev vred. Det vilde såre hende, sagde jeg, hvis jeg sendte den tilbage; hvorfor skulde jeg da gøre det? Bestandig skulde jeg gå og holde mig for god til alt muligt, ryste hovent på Hovedet og sige Nej Tak. Nu så jeg, hvad det førte til; jeg stod atter på bar Gade. Selv når jeg havde den bedste Anledning til det, beholdt jeg ikke mit gode, varme Logi; jeg blev stolt, sprang op ved det første Ord og var Karl for min Hat, betalte Tikroner tilhøjre og venstre og gik min Vej . . . . Jeg gik skarpt i Rette med mig selv, fordi jeg havde forladt mit Logi og atter bragt mig i Omstændighed.

Forresten gav jeg den lysegule Fan altsammen! Jeg havde ikke bedt om den Tikrone, og jeg havde næsten ikke havt den mellem Hænderne engang, men givet den bort straks, betalt den ud til vild fremmede Mennesker, som jeg aldrig vilde få se igen. Den Slags Mand var jeg, betalte altid til sidste Hvid, når det galdt noget. Kendte jeg Ylajali ret, så angred hun heller ikke på, at hun havde sendt mig de Penge; hvad sad jeg da og hussered for? Det var ligefrem det mindste, hun kunde gøre, at sende mig en Tikrone nu og da. Den stakkels Pige var jo forelsket i mig, he, kanske dødeligt forelsket i mig endogså . . . . Og jeg sad og blæred mig dygtigt for mig selv ved denne Tanke. Der var ingen Tvivl om, at hun var forelsket i mig, den stakkels Pige! . . . .

Klokken blev fem. Jeg faldt atter sammen efter min lange nervøse Ophidselse og begyndte påny at føle den tomme Susen i mit Hoved. Jeg stirred ret frem, holdt Øjnene stive og så ud for mig henimod Elefantapoteket. Sulten rased rigtig stærkt i mig da, og jeg led meget. Mens jeg sidder således og ser ind i Luften, klarner der sig lidt efter lidt for mit stive Blik en Skikkelse, som jeg tilslut ser aldeles tydeligt og genkender: det er Kagekonen ved Elefantapoteket.

Jeg rykker til, retter mig op på Bænken og

begynder at tænke mig om. Jo, det havde sin Rigtighed, det var den samme Kone foran det samme Bord på det samme Sted! Jeg plystrer et Par Gange og knipser i Fingrene, rejser mig op fra Bænken og begynder at gå henimod Apoteket. Ikke noget Nonsens! Jeg gav Fan, enten det var Syndens Penge eller gode norske Høkerpenge af Sølv fra Kongsberg! Jeg vilde ikke være latterlig, man kunde dø af formeget Hovmod . . . .

Jeg går frem til Hjørnet, tager Sigte på Konen og stiller mig op foran hende. Jeg smiler, nikker kendt og indretter mine Ord, som om det var en Selvfølge, at jeg vilde komme tilbage engang.

»Goddag!« siger jeg. »De kender mig kanske ikke igen?«

»Nej,« svarer hun langsomt og ser på mig.

Jeg smiler endda mer, som om det var bare hendes kostelige Spøg, at hun ikke kendte mig, og siger:

»Husker De ikke, at jeg gav Dem en hel Del Kroner engang? Jeg sagde ikke noget ved den Lejlighed, såvidt jeg husker, det gjorde jeg ikke; det plejer jeg ikke at gøre. Når man har med ærlige Folk at skaffe, så er det unødvendigt at aftale noget og så at sige oprette Kontrakt for hver liden Ting. He-he! Jo, det var mig, som levered Dem de Penge.«

»Nej, jaså, var det Dem! Ja, nu kender jeg Dem nok også, når jeg tænker mig om . . . . .«

Jeg vilde forebygge, at hun skulde begynde at takke mig for Pengene, og jeg siger derfor hurtigt, idet jeg allerede søger med mine Øjne omkring på Bordet efter Madvarer:

»Ja, nu kommer jeg, forat få Kagerne.«

Det forstår hun ikke.

»Kagerne,« gentager jeg, »nu kommer jeg, forat få dem. Ialfald endel, første Forsyning. Jeg trænger ikke alt idag.«

»Kommer De, forat få dem?« spørger hun.

»Jagu kommer jeg, forat få dem, ja!« svarer jeg og ler højt, som om det burde have været indlysende for hende allerede straks, at jeg kom, forat få dem. Jeg tager også nede på Bordet en Kage, et Slags Franskbrød, som jeg begynder at spise på.

Da Konen ser dette, letter hun sig op i Kælderhullet, gør uvilkårlig en Bevægelse, som forat beskytte sine Varer, og hun lader mig forstå, at hun ikke havde ventet mig tilbage, forat berøve hende dem.

Ikke det? siger jeg. Jaså, ikke det? Hun var mig virkelig en kostelig Kone! Havde hun nogensinde oplevet, at nogen havde givet hende til Forvaring en Slump Kroner, uden at vedkommende havde krævet dem tilbage? Nej, ser De der! Troed hun kanske, at det var stjålne Penge, siden jeg havde slængt dem til hende på den Måde? Nå, det troed hun dog ikke; det var endda godt, virkelig godt! Det var om jeg så måtte sige snilt af hende, at hun dog holdt mig for en ærlig Mand. Ha-ha! Jo, hun var virkelig god!

Men hvorfor gav jeg hende da Pengene? Konen blev forbittret og råbte højt derom.

Jeg forklared, hvorfor jeg havde givet hende Pengene, forklared det dæmpet og eftertrykkeligt: Det var min Vane at gå frem på den Måde, fordi jeg troed alle Mennesker så godt. Bestandig når nogen bød mig en Kontrakt, et Bevis, så rysted jeg på Hovedet og sagde Nej Tak. Det skulde Gud vide, at jeg gjorde!

Men Konen forstod det fremdeles ikke.

Jeg greb til andre Midler, talte skarpt og frabad mig mig Vrøvl. Havde det aldrig hændt, at nogen anden havde betalt hende i Forskud på lignende Måde? spurgte jeg. Jeg mente naturligvis Folk, som havde god Råd, for Eksempel nogen af Konsulerne? Aldrig? Ja, det kunde ikke jeg undgælde for, at det var en hende fremmed Omgangsmåde. Det var Skik og Brug i Udlandet. Hun havde kanske aldrig været udenfor Landets Grændser? Nej, ser De der! Da kunde hun slet ikke tale med i denne Sag . . . . Og jeg tog efter flere Kager på Bordet.

Hun knurred vredt, vægred sig hårdnakket for at udlevere noget av, hvad hun havde på Bordet, rykked endog et Stykke Kage ud af min Hånd og lagde det tilbage på sin Plads. Jeg blev vred, slog i Bordet og trued med Politiet. Jeg skulde være nådig mod hende, sagde jeg; hvis jeg tog alt, hvad mit var, Så vilde jeg ruinere hele hendes Butik, for det var en farlig Masse Penge, jeg havde leveret hende i sin Tid. Men jeg vilde ikke tage så meget, jeg vilde i Virkeligheden kun have halv Valutta. Og jeg skulde ovenikøbet ikke komme igen mer. Det måtte Gud bevare mig for, eftersom hun var af den Slags Mennesker . . . .

Endelig lagde hun frem endel Kager til en ublu Pris, fire fem Stykker, som hun takseret til det højeste, hun kunde finde på, og bad mig tage dem og gå min Vej. Jeg kævled fremdeles med hende, påstod, at hun snød mig for mindst en Krone af Pengene og desuden udsuged mig ved sine blodige Priser. Ved De, at der er Straf for slige Kæltring-streger? sagde jeg. Gud bevare Dem, De kunde komme på Slaveriet for Levetiden, gamle Asen! Hun slængte endnu en Kage

hen til mig og bad mig næsten tænderskærende
om at gå.

Og jeg forlod hende.

He, Mage til uefterretlig Kagekone skulde man
aldrig have set! Hele Tiden, mens jeg gik hen ad
Torvet og åd på mine Kager, talte jeg højt om
Konen og hendes Uforskammethed, gentog for mig
selv, hvad vi begge havde sagt til hinanden, og
syntes, at jeg havde været hende langt overlegen. Jeg
åd af Kagerne i alle Folks Påsyn og talte om dette.

Og Kagerne forsvandt en efter en; det forslog
intet, hvor meget jeg tog tillivs, jeg var lige bundløst
hungrig. Herregud dog, at det ikke vilde forslå! Jeg
var så grådig, at jeg endog nær havde forgrebet mig
på den sidste Kage, Som jeg lige fra Begyndelsen
havde bestemt mig til at spare, gæmme til den lille
nede i Vognmandsgaden, Gutten, som havde leget
med Papirstrimlerne. Jeg husked ham stadigt, kunde
ikke få mig til at glemme hans Mine, da han sprang
op og bandte. Han havde vendt sig ona mod mit
Vindu, da Manden spytted ned på ham, og han
havde ligefrem set efter, om også jeg skulde le deraf.
Gud ved, om jeg nu traf ham, når jeg kom derned!
Jeg anstrængte mig stærkt, forat komme hurtigt ned i
Vognmandsgaden, passered det Sted, hvor jeg havde
revet mit Drama istykker, og hvor endnu endel Papir
lå tilbage, omgik Politibetjenten, som jeg nys havde
forbauset så ved min Opførsel, og stod tilsidst ved
Trappen, hvor Gutten havde siddet.

Han var der ikke. Gaden var næsten tom. Det tog
til at mørkne, og jeg kunde ikke blive Gutten var;
han var måske gået ind. Jeg lagde Kagen forsigtigt
ned, rejste den på Kant mod Døren, banked hårdt
på og sprang min Vej med det samme. Han finder

den nok! sagde jeg til mig selv; det første, han gør, når han kommer ud, det er at finde den! Og mine Øjne blev våde af Glæde, over, at den lille vilde finde Kagen.

Jeg kom ned til Jærnbanebryggen igen.

Nu sulted jeg ikke mer, blot den søde Mad, jeg havde nydt, begyndte at volde mig ondt. I mit Hoved støjed også påny de vildeste Tanker: Hvad om jeg i Hemmelighed overskar Trossen til et af disse Skibe? Hvad om jeg pludselig gav mig til at råbe på Brand? Jeg går længer ud på Bryggen, finder mig en Kasse at sidde på, folder Hænderne og føler, at mit Hoved blir mer og mer fortumlet. Og jeg rører mig ikke, gør slet intet, forat holde mig oppe mer.

Jeg sidder der og stirrer på »Copégoro«, Barken med det russiske Flag. Jeg skimter en Mand ved Rækken; Bagbords røde Lanterne lyser ned på hans Hoved, og jeg rejser mig op og taler over til ham. Jeg havde ingen Hensigt med at tale, som jeg gjorde, jeg vented heller ikke at få noget Svar. Jeg sagde:

»Sejler De iaften, Kaptejn?«

»Ja, om en liden Stund,« svarer Manden. Han talte Svensk.

»Hm. De skulde ikke mangle en Mand?« Jeg var i dette Øjeblik lige glad, enten jeg fik et Afslag eller ej, det var mig ligegyldigt, hvilket Svar Manden vilde give mig. Jeg stod og vented så på ham.

»Å, nej,« svared han. »Det skulde da være en Jungmand.«

En Jungmand! Jeg gjorde et Ryk på mig, sneg mine Briller af og stak dem i Lommen, trådte op på Landgangen og skræved ombord.

»Jeg er ikke befaren,« sagde jeg, »men jeg kan

gøre det. De sætter mig til. Hvor går Turen?«

»Vi er ballastet til Leeds efter Kul for Cadix.«

»Godt!« sagde jeg og tvang mig ind på Manden. »Jeg er lige glad, hvor det bærer hen. Jeg skal gøre mit Arbejde.«

Han stod en Stund og så på mig og tænkte sig om.

»Har du ikke faret før?« spurgte han.

»Nej. Men som jeg siger Dem, sæt mig til et Arbejde, og jeg skal gøre det. Jeg er vant til noget af hvert.«

Han tænkte sig atter om. Jeg havde allerede sat mig levende i Hovedet, at jeg vilde tage med, og jeg begyndte at ængstes for at blive jaget iland igen.

»Hvad mener De så, Kaptejn?« spurgte jeg endelig. »Jeg kan virkelig gøre, hvad det skal være. Hvad siger jeg! Jeg måtte være en dårlig Mand, om jeg ikke gjorde mer, end netop det, jeg var sat til. Jeg kan tage to Vagter i Træk, om det gælder. Det har jeg godt af, og jeg holder nok ud med det.«

»Ja, ja, vi kan forsøge det,« sagde han. »Går det ikke, så kan vi jo skilles i England.«

»Naturligvis!« svared jeg i min Glæde. Og jeg gentog endnu engang, at vi kunde skilles i England, hvis det ikke gik.

Så satte han mig til Arbejde . . . .

Ude i Fjorden retted jeg mig op engang, våd af Feber og Mathed, så indad mod Land og sagde Farvel for denne Gang til Byen, til Kristiania, hvor Vinduerne lyste så blankt fra alle Hjem.

Made in the USA
Monee, IL
07 March 2025

13634986R00125